스물네 개의 눈동자

쓰보이 사카에 지음
박현석 옮김

玄 人

스물네 개의 눈동자
二十四の瞳

쓰보이 사카에

국립중앙도서관 출판예정도서목록(CIP)

스물네 개의 눈동자 / 지은이: 쓰보이 사카에 ; 옮긴이: 박
현석. -- 서울 : 玄人, 2018
    p. ;   cm

원표제: 二十四の瞳
원저자명: 口井口
일본어 원작을 한국어로 번역
ISBN 979-11-88152-20-9 03830 : ￦11500

일본 소설[日本小說]

833.6-KDC6
895.635-DDC23   CIP2017035350

목   차

<스물네 개의 눈동자들>

오카다 이소키치(통칭 : 손키) 꼬맹이. 두부장수의 아들. 소학교 졸업 후 전당포의 지배인을 목표로 오사카로 나간다. 전쟁에 나갔다가 실명한다.

다케시타 다케이치 쌀집의 아들로 소학교 졸업 후 중학에 들어갔다가 도쿄의 대학에 진학한다. 전쟁에 나갔다가 목숨을 잃는다.

도쿠다 기치지(통칭 : 키친) 소심한 성격의 소년. 소학교 졸업 후 고등과에 진학한다. 이후 성인이 되어서도 고향을 떠나지 않고 벌목과 고기잡이를 직업으로 삼는다.

아이자와 니타 키가 크고 조금 설치는 성격이나 시원시원하고 숨김이 없다. 아버지의 비누 만드는 일을 돕는다. 전쟁에 나갔다가 목숨을 잃는다.

모리오카 다다시(통칭 : 탄코) 선주의 아들. 소학교 졸업 후 고등과에 진학한다. 하사관을 꿈꿨으나 고베의 조선소에서 일하게 된다. 전쟁에 나갔다가 목숨을 잃는다.

가와모토 마쓰에(통칭 : 맛짱, 혹은 마쓰짱) 목수의 딸. 5학년 때 어머니가 세상을 떠나 학교에 나오지 못하게 된다. 그 직후, 음식점으로 팔려갔다가 화류계에 발을 들여놓게 된다. 딸도 오이시 선생님의 제자가 된다.

니시구치 미사코(통칭 : 미이상) 유복한 집안의 외동딸. 소학교 졸업 후 바느질학원, 도쿄의 신부학교를 거쳐 일찍 결혼한다. 딸도 오이시 선생님의 제자가 된다.

가가와 마스노(통칭 : 마아짱) 요릿집 외동딸. 노래를 좋아해 음악학교에 들어가려 했으나 부모님이 반대해 몇 번이고 가출한다. 결국은 어머니의 요릿집을 물려받는다.

기노시타 후지코(별명 : 썩어도 준치) 몰락한 명문가의 딸. 소학교 졸업 후 다른 지방으로 이사하며 가난을 못 견딘 부모가 그녀를 화류계에 판다.

야마이시 사나에 내성적인 성격. 소학교 때부터 교사를 목표로 삼으며, 사범학교를 우수한 성적으로 졸업한다. 이후 오이시 선생님의 재임을 돕는다.

가베 고쓰루(통칭 : 고쓰양, 별명 : 짝눈) 딸랑이의 딸. 소탈하고 감추는 것이 없는 성격. 소학교 졸업 후 고등과로 진학, 이후 산파학교를 우수한 성적으로 졸업하고 산파가 된다.

가타기리 고토에(통칭 : 고토양) 어렸을 때부터 동생들을 보살폈다. 소학교를 끝으로 집안일을 하다 오사카로 일을 하러 나갔다가 폐병에 걸려 귀향한다. 창고에서 홀로 쓸쓸한 죽음을 맞이한다.

작은 돌 선생님

10년이면 강산도 변한다고 하니 이 이야기의 시작은 지금으로부터 강산이 2번 반이나 변하기도 전의 일이다. 세상에서 있었던 일로 말하자면 선거의 규칙이 새롭게 바뀌어 보통선거법이라는 것이 생겨났고, 2월에 그 제1회 선거가 행해진 후 2개월 뒤의 일이 된다. 1928년 4월 4일, 농산어촌이라는 이름이 전부 어울리는 세토(瀨戶) 내해의 한 가난한 마을에 젊은 여자 선생님이 부임해왔다.

100호 남짓한 그 조그만 마을은 후미진 바다를 호수 같은 모습으로 보이게 해주는 길고 가느다란 곶의 끝자락에 있었기에 맞은편 바닷가에 있는 읍내나 마을로 가려면 작은 배로 건너거나, 구불구불 굽이치며 이어진 곶의 산길을 터벅터벅 걸어가지 않으면 안 되었다. 교통이 아주 불편했기에 소학교 학생들은 4학년까지 마을의 분교에 다녔으며, 5학년이 되어야 비로소 가는 데만 5㎞인 본마을의 학교로 다녔다. 손으로 삼은 짚신은 하루 만에 끊어졌다. 모두는 그것이 자랑이었다. 매일 아침 새 짚신을 꺼내 신는 것은 틀림없이 기쁜 일이었으리라. 자신의 짚신을 자신의 손으로 삼는 것도 5학년이 된 뒤의 일이었다. 일요일에 누군가의 집에 모여 짚신을 삼는 것은 즐거운 일이었다. 조그만 아이들은 부럽다는 듯 그것을 바라보며 자신도 모르는 사이에 짚신 삼는 법을 배워나갔다. 조그만 아이들에게 5학년이 된다는 것은 독립을 의미할 정도의 일이었다. 하지만 분교도 즐거웠다.

분교의 선생님은 2분으로 언제나 아주 나이 많으신 남선생님과 아기 같이 젊은 여선생님이 오셨다. 그것은 마치 그런 규칙이 있기라도 하다는 듯 먼 옛날부터 그래왔다. 남선생님은 직원실 옆의 숙직실에서 살고, 여선생님은 먼 길을 출퇴근하는 것도, 남선생님이 3, 4학년의 담임을 맡고 여선생님이 1, 2학년의 담임을 맡으며 전부의 창가(唱歌)와 4학년 여학생들의 재봉을 가르치는 것도 옛날부터의 규칙이었다. 학생들은 선생님을 부를 때 이름으로 부르지 않고 남선생님, 여선생님이라고 불렀다. 나이 많은 남선생님이 연금을 기대하며 눌러앉아 있는 것과는 달리, 여선생님은 1년이나 기껏해야 2년이 지나면 전임했다. 교장선생님이 되지 못한 남선생님의 교사로서의 마지막 근무와, 신참 여선생님이 고생길의 첫 발걸음을 이 곳에 있는 마을의 분교에서 시작하는 것이라는 소문도 있었으나 거짓말인지 참말인지는 알 수가 없었다. 그러나 대부분은 사실인 듯도 했다.

여기서 다시 1928년 4월 4일로 돌아가겠다. 그날 아침, 곶에 있는 마을의 5학년 이상 학생들은 본교까지의 5km 길을 서둘러 가고 있었다. 모두가 각각 하나씩 진급했다는 사실이 마음을 설레게 했기에 발걸음도 가벼웠다. 가방 속은 새로운 교과서로 바뀌어 있었으며, 오늘부터 새로운 교실에서 새로운 선생님에게 배운다는 즐거움 때문에 늘 다니던 길까지 새롭게 느껴졌다. 그도 그럴 것이 오늘은 분교로 새로 부임해 오시는 여선생님과 이 길에서 만날 수 있다는 사실도 있었기 때문이었다.

"이번 여선생님은 어떤 녀석일까?"

일부러 거친 척, 녀석이라고 부른 것은 고등과(지금의 중학생에 해당)의 남자아이들이었다.

"이번에도 또 여학교를 갓 나온 햇병아리라고 하던데."

"그럼 이번에도 반쪽짜리 선생이군."

"어차피 곳은 언제나 반쪽짜리잖아."

"가난한 마을이니 반쪽짜리라도 하는 수 없지."

정규 사범학교 출신이 아니라 여학교 출신의 준교원(지금은 조교라고 하던가)을 입이 건 어른들이 반쪽짜리라고 부르는 것을 흉내 내어 자신들도 벌써 어른이 된 것 같은 기분으로 그렇게 말하는 것이지만, 딱히 나쁜 마음이 있는 것은 아니었다. 하지만 오늘 처음으로 이 길을 걷게 된 5학년생들은 눈을 깜빡이며, 오늘 막 가담한 조심스러움으로 그 말을 듣고 있었다. 그러나 앞쪽에서 다가오고 있는 사람의 모습을 알아보고 제일 먼저 환호성을 올린 것은 5학년생이었다.

"와아, 여선생니임."

그 사람은 얼마 전까지 배우던 고바야시 선생님이었다. 평소에는 부지런히 지나치며 인사를 받기만 하던 고바야시 선생님도 오늘은 멈춰 서서 반갑다는 듯 모두의 얼굴을 하나하나 돌아보았다.

"오늘로 정말 이별이로구나. 이제 이 길에서 너희들과 만나는 일은 없겠지. 열심히 공부해야 한다."

그 조용한 목소리에 눈물을 머금은 여자아이도 있었다. 이 고바야시 선생님만은 지금까지 여선생님들이 만들어왔던 예를 깨고 전임 선생님이 병으로 그만둔 뒤, 3년 반이나 곶의 마을을 떠나지 않은 선생님이었다. 그렇기에 여기서 만난 학생들은 모두 고바야시 선생님에게 한 번은 배운 적이 있는 사람들이었다. 원래대로라면 선생님이 바뀐다는 사실은 신학기 첫날이 되어서야 비로소 알게 되는 일이었으나, 고바야시 선생님은 관행을 깨고 열흘이나 전에 학생들에게 이야기를 했다. 3월 25일에 종업식이 있어서 본교에 갔다가 돌아오는 도중, 바로 지금 서 있는 이 부근에서 작별 인사를 하며 모두에게 작은 상자에 든 캐러멜을 한 상자씩 주었다. 따라서 아이들 모두 오늘 이 길을 새로운 여선생님이 걸어올 것이라고만 생각했는데, 그 선생님을 맞이하기 전에 고바야시 선생님을 만나게 된 것이었다. 고바야시 선생님도 오늘은 분교에 있는 아이들에게 작별인사를 하러 가는 길이리라.

"선생님, 이번 선생님은요?"

"글쎄, 곧 오시겠지."

"이번 선생님, 어떤 선생님?"

"몰라, 아직."

"또 여학교 갓 나온 사람?"

"글쎄, 정말 몰라. 하지만 너희들 나쁜 짓 해서는 안 된다."

그렇게 말하고 고바야시 선생님은 웃었다. 선생님도 처음 1년 동안에는 도중의 길에서 아주 난처한 일을 당해 학생들 앞임에도 불구하고 운 적도 있었다. 울린 학생들은 이미 여기에는 없지만 여기에 있는 아이들의 형이나 언니들이었다. 아직 어리고, 낯이 선 곳이기도 했기에 곶에 오시는 대부분의 여선생님이 한 번쯤은 운다는 사실을 본교로 다니는 아이들은 전설로 알고 있었다. 4년이나 있었던 고바야시 선생님의 후임이었기에 아이들의 호기심은 이만저만한 것이 아니었다. 고바야시 선생님과 헤어진 뒤에도 모두는 다시 이번 선생님의 모습이 앞쪽에 나타나기를 기대하며 작전을 짰다.

"고구마녀, 라고 소리 지를까?"

"고구마녀가 아니면 어쩌려고?"

"틀림없이 고구마녀일 텐데, 뭐."

저마다 고구마녀라고 하는 것은, 이 지방이 고구마의 본

고장이자, 그 고구마밭 한가운데에 여학교가 있기에 이렇게 장난스러운 별명도 태어난 것이었다. 고바야시 선생님도 그 고구마녀 출신이었다. 아이들은 이번에 오실 여선생님도 고구마녀일 것이라 단정 짓고 이제나 오시려나, 저제나 보이려나, 길이 꺾어질 때마다 앞쪽을 둘러보았으나 그들이 기대하던 신출내기 젊은 고구마녀 선생님의 모습은 끝내 보지 못한 채 본마을의 널따란 지방도로로 나와 버리고 말았다. 그와 동시에 여선생님에 관한 일은 그만 포기하고 종종걸음을 치기 시작했다. 언제나 버릇처럼 보고 있는 지방도로변 여관의 현관에 놓인 커다란 시계가 평소보다 10분 정도 더 앞쪽을 지나고 있었기 때문이었다. 시계가 앞쪽을 지나고 있는 것이 아니라 고바야시 선생님과 길가에서 이야기를 나눈 시간만큼 늦어진 것이었다. 등이나 겨드랑이 아래서 필통 소리를 내고 먼지를 일으키며 모두 쉬지 않고 달렸다.

그리고 그날의 귀갓길, 다시 여선생님을 떠올린 것은 지방도로에서 곶 쪽으로 갈라진 산길로 접어든 뒤였다. 그런데 이번에도 맞은편에서 고바야시 선생님이 걸어오고 있었다. 기다란 소맷자락의 기모노를 입은 고바야시 선생님이 그 소맷자락을 팔락이며 두 손을 이상하게 움직이고 있었다.

"선생님."

"여선생님."

여자아이들 모두가 달려나갔다. 선생님의 웃는 얼굴이 점점 뚜렷하게 다가옴에 따라서 선생님의 두 손이 보이지 않는 밧줄을 끌어당기고 있다는 사실을 알고 모두가 웃었다. 선생님은 마치 진짜 밧줄이라도 잡아당기는 것처럼 두 손을 번갈아 움직이다가 마침내 멈춰 서서 모두를 끌어당겨 버렸다.

"선생님, 이번 여선생님 오셨어요?"

"오셨지. 왜?"

"아직 학교에 계세요?"

"아아, 그런 뜻이었구나. 배로 오셨어, 오늘은."

"에이, 그럼 또 배로 가시나요?"

"응, 나한테도 같이 배를 타고 가자고 하셨지만, 선생님은 너희들의 얼굴을 한 번 더 보고 싶어서 거절했어."

"와아."

여자아이들이 기뻐하며 환호성 지르는 모습을 남자아이

들은 싱글벙글 웃으며 보고 있었다. 잠시 후 한 아이가 물었다.

"이번 선생님은 어떤 선생님이에요?"

"좋은 선생님 같던데. 귀여워."

문득 떠올랐다는 듯 고바야시 선생님의 얼굴에 웃음이 번졌다.

"고구마녀?"

"아니, 아니야. 훌륭한 선생님이셔, 이번 선생님."

"그래도 햇병아리겠죠?"

고바야시 선생님이 갑자기 화난 듯한 얼굴을 하고,

"너희들, 자기가 배울 선생님도 아니면서 왜 그런 소리를 하는 거야? 처음부터 신참이 아닌 선생님이 어디 있어? 이번에도 내가 왔을 때처럼 울릴 생각이지?"

그 무서운 표정에 속내를 들켜버렸다고 생각해서 눈을 돌린 아이도 있었다. 고바야시 선생님이 분교에 다니기 시작했을 무렵 학생들은 일부러 일렬횡대로 늘어서서 인사를 하기도 하고, 고구마녀라고 외치기도 하고, 구멍이 뚫어질 정도로 빤히 쳐다보기도 하고, 헤죽헤죽 웃기도 하는 등 여러 가지 방법으로 햇병아리 선생님을 괴롭혔다. 그러나

3년 반이라는 세월이 흐르는 동안, 이제는 무슨 짓을 해도 선생님은 당황하지 않았으며, 오히려 선생님이 먼저 장난을 치곤 했다. 5㎞나 되는 거리였으니 뭔가 재미있는 일이라도 없으면 견딜 수 없었던 것이리라. 눈치를 살피다 한 학생이 다시 물었다.

"이번 선생님 이름이 뭐예요?"

"오이시(大石, 큰 돌이라는 뜻. – 역주) 선생님. 하지만 몸은 작은 분이셔. 나는 고바야시(小林)여도 키다리지만, 정말 조그만 분이셔. 내 어깨 정도."

"와아!"

마치 기뻐하기라도 하는 듯한 그 웃음소리를 듣고 고바야시 선생님이 다시 엄한 표정으로,

"하지만 우리들보다 훨씬, 훨씬 더 훌륭한 선생님이셔. 나 같은 반쪽짜리가 아니야."

"그런데 선생님은 배로 다니시는 건가요?"

이게 가장 중요한 문제라는 듯 묻는 데 대해서 선생님도, 지금이다 하는 얼굴로,

"배는 오늘만이야. 내일부터는 모두 만날 수 있을 거야. 하지만 이번 선생님은 울지 않을걸. 내가 다 말해놨으니까.

본교의 학생들하고 오며가며 만나게 될 텐데 혹시 장난이라도 치면 원숭이가 놀고 있는 거라 생각하시라고. 혹시 무슨 말인가 하며 놀리면 까마귀가 울고 있는 거라 생각하시라고."

"와하하."

"와하하."

모두가 일제히 웃었다. 함께 웃고 그렇게 헤어져 돌아가는 고바야시 선생님의 뒷모습이 다음 모퉁이로 사라질 때까지 학생들은 저마다 외쳤다.

"선생니임."

"안녕히 가세요."

"새색시님."

"안녕히 가세요."

고바야시 선생님이 신부로 가기 위해서 그만둔 것이라는 사실을 모두가 이미 알고 있었다. 선생님이 마지막으로 뒤돌아서 손을 흔들고 그것으로 보이지 않게 되자, 모두의 가슴에는 이상한 서글픔이 남았고 하루의 피로도 느껴졌기에 느릿느릿 걸었다. 마을로 들어서니 온 동네가 떠들썩했다.

"이번 여선생은 양장을 하고 있어."

"이번 여선생은 고구마녀하고는 달라."

"이번 여선생은 조그만 사람이라던데."

그리고 그 다음날이었다. 고구마녀가 아닌, 조그만 선생님에 대해서 가슴 설레는 작전이 세워졌다.

소곤소곤, 소곤소곤

소곤소곤, 소곤소곤

서로 속삭이며 길을 가던 그들은 갑자기 간이 떨어질 뻔했다. 장소도 좋지 않았다. 앞이 잘 보이지 않는 모퉁이 근처였는데, 이 길에서는 흔치 않은 자전거가 나타났다. 자전거가 새처럼 슥 다가오는가 싶더니 양장을 입은 여자가 모두를 향해 싱긋 웃으며,

"안녕!"

하고는 바람처럼 지나쳐갔다. 아무리 생각해봐도 그 사람은 틀림없이 여선생님이었다. 걸어올 줄로만 알고 있었던 여선생님이 자전거를 타고 온 것이었다. 자전거를 타고 온 여선생님은 처음이었다. 양장을 입은 여선생님도 처음 보았다.

처음 만난 날에 '안녕!'이라고 인사를 한 선생님도 처음이었다. 모두 한동안은 멍하니 서서 그 뒷모습을 바라보았다. 이건 완전히 학생들의 패배였다. 아무래도 이번은 다른 신임선생님들과는 분위기가 달랐다. 이만저만한 장난으로는 울 것 같지도 않다는 생각이 들었다.

"만만찮은데."

"여자 주제에 자전거를 타다니."

"건방지잖아, 좀."

남자아이들이 이런 식으로 비평하고 있는 한편에서 여자아이들은 또 여자아이들답게 조금 다른 견해로 호들갑스럽게 이야기했다.

"그 왜, 모던걸이라는 거, 그거일지도 모르겠는데."

"하지만 모던걸이라는 건 남자처럼 머리를 여기에서, 산발하고 있는 거잖아."

이렇게 말하며 귀 뒤쪽에서 손가락 2개를 가위처럼 해 보인 뒤,

"저 선생님은 분명히 머리를 묶고 있었는걸."

"그래도 양장을 입었잖아."

"어쩌면 자전거포 딸일지도 몰라. 저렇게 예쁜 자전거를

타고 다니는 걸 보면. 반짝반짝 빛나고 있었어."

"나도 자전거 타봤으면 좋겠다. 이 길을 슉 달리면 기분이 아주 좋겠지."

아무래도 자전거에는 맞설 방법이 없었다. 뒤통수를 얻어맞은 것처럼 모두 실망한 것만은 틀림없는 사실이었다. 어떻게든 코를 납작하게 해줄 방법을 찾아내고 싶다며 저마다 생각에 잠겼으나 무엇 하나 떠오르지 않았는데 벌써 곶의 길에서 벗어나 있었다. 여관의 현관에 있는 괘종시계는 오늘도 역시 모두의 발걸음을 정직하게 가리켜, 8분 정도 지나 있었다. 그것 보라는 듯 등과 겨드랑이 아래의 필통이 일제히 울리기 시작했으며, 짚신은 먼지를 피워 올렸다.

그런데 바로 그 무렵, 곶의 마을에서도 커다란 소동이 벌어졌다. 어제는 배를 타고 왔다고 하고, 모르는 사이에 다시 배로 돌아갔다는 사실을 들은 마을의 아주머니들은 오늘이야말로 어떤 얼굴을 하고 길을 지나는지, 그 양장을 입었던 여선생님을 보고 싶어 했다. 특히 마을 입구의 관문이라는 별명이 있는 만물상의 아주머니는, 곶의 마을에 올 정도의 사람이라면 누구보다 먼저 자신이 볼 권리가 있다고 말하기라도 하듯 아침에 일어나자마자 길 쪽에 신경을 쓰고 있었다. 꽤 오랫동안 비가 내리지 않아 메마른 큰길에 물을 뿌려두는 것도 새로 온 선생님을 맞이하는 데 좋으리라 생각해서 걸레통을 들고 나선 순간, 맞은편에서 슥 자전거가 달려왔다. 뭐지, 라고 생각할 틈도 없이,

"안녕하세요."

붙임성 좋게 머리를 숙이고 지나간 여자가 있었다.

"안녕하세요."

인사를 한 순간 퍼뜩 깨달았으나, 마침 내리막길을 이루고 있는 길을 자전거는 벌써 달려 지나갔다. 만물상 아주머니는 허겁지겁 이웃인 목수의 집으로 달려 들어가 우물가에서 빨랫감을 물에 담그고 있던 아주머니에게 커다란 소리로 말했다.

"저기, 저기. 지금 양장을 입은 여자가 자전거를 타고 지나갔어. 그 사람이 여선생님일까?"

"하얀 셔츠 입고, 남자처럼 검은 윗도리를 입고 있었어?"

"그래, 맞아."

"세상에, 자전거를 타고 왔다고?"

어제 입학식에 장녀 마쓰에(松江)를 데리고 학교에 갔었던 목수네 아주머니가 빨래도 잊은 채 어이가 없다는 듯한

목소리로 말했다. 만물상 아주머니는 물 만난 물고기 같은 얼굴로,

"정말 세상도 변했어. 여선생님이 자전거를 타다니. 왈가닥이라는 소리를 듣지 않을까?"

입으로는 걱정스럽다는 듯 말했으나 그 얼굴은 벌써 왈가닥이라고 단정 지은 듯한 눈빛을 하고 있었다. 만물상 앞에서 학교까지 자전거로는 2, 3분쯤 걸릴 테지만, 슉 바람을 가르고 달려가 채 15분도 지나지 않아서 여선생님에 대한 소문은 벌써 온 마을에 퍼져 있었다. 학교에서도 학생들 사이에서 한바탕 소동이 벌어졌다. 직원실 입구 옆에 세워 놓은 자전거를 둘러싸고 50명 남짓한 학생들이 웅성웅성, 와글와글, 마치 참새들끼리 싸움이 벌어진 것 같았다. 그런데 여선생님이 말을 걸려고 다가가자, 역시 참새처럼 한꺼번에 흩어지고 말았다. 어쩔 수 없이 직원실로 돌아왔는데 유일한 동료인 남선생님은 더없이 무뚝뚝한 표정으로 말이 없었다. 남선생님은 마치 말을 걸어서는 곤란하다고 말하기라도 하듯, 책상 위의 서류상자 뒤에 머리를 숙이고 앉아 뭔가 서류를 보고 있었다. 수업에 관한 내용 등은 어제 고바야시 선생님과의 사무 인계로 전부 파악을 했기에 특별히

더 알아야 할 것은 없었지만, 아무리 그렇다 해도 너무 쌀쌀 맞다고 여선생님은 불만인 듯했다. 하지만 남선생님은 남선 생님대로 난처했던 것이다.

'이를 어쩐다지. 여학교의 사범과를 나와 빠릿빠릿한 정 교원은 고구마녀 출신인 반쪽짜리 선생하고는 모습이 영 다른데. 몸은 작지만 머리도 좋은 것 같아. 얘기가 통할까? 어제 양장을 하고 왔기에 꽤 하이칼라한 사람이라고는 생각 했지만 자전거를 타고 올 줄은 몰랐어. 이를 어쩐다지. 어째 서 올해는 유독 이렇게 훌륭한 양반을 곳으로 보낸 걸까? 교장선생님도 참, 어떻게 된 거 아니야?'

이런 생각들 때문에 마음이 무거웠던 것이다. 이 남선생 님은 농부의 아들이 10년에 걸쳐서 검정시험을 마친 뒤, 사오 년 전에 마침내 어엿한 선생님이 된 노력형 인간이었 다. 언제나 나막신을 신었으며, 한 벌뿐인 양복은 어깨 부근 이 바래서 불그스름한 빛으로 변해 있었다. 자녀도 없이 나이 든 사모님과 둘이서 오직 저금만을 낙으로 검약하게 살아가는 사람이었는데, 사람들과 부딪히지 않아도 된다며 남들은 싫어하는 이 불편한 곳의 마을로 스스로가 희망해서 온 좀 별스러운 사람이었다. 구두를 신는 것은 직원회의 등으로 본교에 갈 때뿐, 자전거 같은 것은 아직 만져본 적도 없었다. 그러나 마을에서는 꽤 인기가 있어서 생선이나 채소가 아쉬운 적은 없었다. 신임 여선생님의 양장과 자전거는, 마을 사람들만큼이나 지저분하고, 마을 사람들과 같은 음식을 먹으며, 마을의 말을 사용하는 이 남선생님에게 참으로 거북한 마음을 품게 했다.

그러나 여선생님은 그런 사실을 알지 못했다. 전임인 고바야시 선생님께 본교에 다니는 학생들의 장난에 대해서는 들었지만, 남선생님에 대해서는 단지 "별스러운 사람이에요. 신경 쓸 거 없어요."라는 속삭임만을 들었을 뿐이었다. 하지만 별스럽다기보다는 짓궂은 행동이라도 할 것 같다는 느낌이 들었기에 겨우 이틀째인데 벌써부터 자칫했다가는 한숨이 나올 것만 같았다. 여선생님의 이름은 오이시 히사코(大石久子). 호수처럼 움푹 들어간 바다의 맞은편 기슭, 커다란 한 그루 소나무가 서 있는 마을에서 태어났다. 곶의 마을에서 보면 한 그루 소나무는 분재의 나무처럼 조그맣게 보였는데, 그 한 그루 소나무 옆에 있는 집에서 어머니가 홀로 딸의 일을 걱정하고 있을 것이라는 생각이 들자 조그만 몸의 오이시 선생님은 자신도 모르게 가슴을 펴고 크게

숨을 마신 뒤,

'어머니!'

라고 마음 깊은 곳에서 불러보고 싶어졌다. 요 얼마 전의
일,

"곳은 멀어서 좀 안됐지만, 1년만 참아주세요. 1년이 지
나면 본교로 부를 테니. 분교에서의 고생은 미리 해두는
편이 좋아요."

돌아가신 아버지의 친구이신 교장선생님이 그렇게 말씀
하셨기에 1년만 참자는 생각으로 부임한 오이시 선생님이
었다. 걸어서 다니기에는 너무나도 멀었기에 하숙을 하는
것이 어떻겠느냐고 권했으나, 모녀가 함께 살 날을 유일한
낙으로 기다리며 시내 여학교에서의 사범과 2년을 떨어져
지낸 어머니를 생각해서 편도 8㎞를 자전거를 타고 다니기
로 결심한 오이시 선생님이었다. 자전거는 히사코와 친했던
자전거포 딸의 연줄 덕분에 5개월 할부로 손에 넣은 것이었
다. 입을 옷이 없었기에 서지 옷감으로 만든 어머니의 기모
노를 검게 염색해서, 서툴지만 자기 손으로 바느질을 했다.
그런 줄 몰랐기에 사람들은 왈가닥에 자전거를 타고 하이칼
라인 척 양장을 입고 있는 것이라 생각하는 것일지도 몰랐

다. 누가 뭐래도 1928년이었다. 보통선거가 행해졌지만 그것을 남 일처럼 여기고 있는 외진 마을이었다. 그 손으로 바느질한 검은 양장에 때가 묻어 있지 않았기에, 그 하얀 블라우스가 새하얬기에, 곶의 마을 사람들에게는 매우 사치스럽게 보이고, 왈가닥으로 보이고, 다가가기 어려운 여자로 보였던 것이리라. 게다가 그것도 오이시 선생님은 아직 모든 것이 낯선 부임 이틀째 되는 날이었다. 말이 통하지 않는 외국에라도 온 것 같은 불안함으로 한 그루 소나무 옆의 자기 집 부근만을 바라보고 있었다.

딱, 딱, 딱, 딱

수업 시작을 알리는 나무판이 울리자 오이시 선생님은 깜짝 놀라 퍼뜩 정신이 들었다. 여기서는 최고 학년인 4학년생의 급장으로 어제 막 뽑힌 남자아이가 까치발을 하고 나무판을 두드리고 있었다. 교정으로 나가 보니, 오늘 처음으로 부모님의 손에서 벗어나 혼자 학교에 왔다는 자부심과 일종의 불안을 내보이며 모여 있는 1학년생의 무리에서만 독특한 무언의 웅성거림이 느껴졌다. 3, 4학년 학생들이 척척 교실로 들어가고 난 뒤, 오이시 선생님은 한동안 손뼉을 치며 거기에 맞춰 제자리걸음을 시키다가 뒤를 향한 채 교실로 데리고 들어갔다. 그제야 처음으로 제 자신을 되찾은 듯한 여유가 마음에서 솟아오르기 시작했다. 자리에 들어서자 출석부를 든 채 교단에서 내려와,

"자, 여러분. 자신의 이름을 부르면 커다란 목소리로 대답하세요. ―오카다 이소키치(岡田磯吉) 군!"

키 순서대로 자리를 잡았기에 제일 앞줄에 있던 꼬마 오카다 이소키치는, 자신의 이름이 가장 먼저 불렸다는 점도 주눅이 들 만한 일이었으나, 태어나서 처음으로 '군'이라고 불렸다는 점에도 깜짝 놀라서 대답이 목구멍에 걸려버리고 말았다.

"오카다 이소키치 군, 없나요?"

한 바퀴 둘러보자 제일 뒷자리에 있던, 유독 커다란 남자아이가 가슴이 철렁할 만큼 커다란 목소리로 대답했다.

"있는데요."

"그럼, 네 하고 대답하세요. 오카다 이소키치 군."

대답한 아이의 얼굴을 보며 그 아이의 자리 쪽으로 다가가자 2학년생들이 까르르 웃음을 터뜨렸다. 진짜 오카다 이소키치는 어쩔 줄 몰라 뻣뻣하게 서 있었다.

"손키(ソンキ)야, 대답해."

남매인 듯, 꼭 닮은 얼굴의 2학년생 여자아이가 이소키치를 향해 조그만 목소리로 격려했다.

"너희는 손키라고 부르니?"

선생님이 묻자 모두가 일제히 고개를 끄덕였다.

"그래? 그럼, 이소키치 손키."

또 왁자지껄 웃는 가운데 선생님도 함께 웃으며 연필을 움직여 그 별명도 출석부에 조그맣게 적어 넣었다.

"다음은 다케시타 다케이치(竹下竹一) 군."

"네." 영리해 보이는 남자아이였다.

"옳지, 옳지. 씩씩하게 잘 대답했다. ─그 다음은 도쿠다 기치지(德田吉次) 군."

도쿠다 기치지가 숨을 들이마시고 잠깐 사이를 둔 틈에, 조금 전 오카다 이소키치를 불렀을 때 '있는데요.'라고 말했던 아이가 약간 신이 난 얼굴로 바로,

"키친."

이라고 외쳤다. 모두가 다시 웃음을 터뜨렸기에 아이자와 니타(相沢仁太)라는 이름의 그 아이는 더욱 신이 나서 다음에 부른 모리오카 다다시(森岡正) 때에도 "탄코."라고 외쳤다. 그리고 자신의 순서가 되자 더욱 커다란 목소리로,

"네."

선생님이 웃는 얼굴로 조금은 나무라듯,

"아이자와 니타 군은 조금 설치는구나. 목소리도 너무 커. 지금부터는 선생님이 부른 사람이 씩씩하게 대답하세요. ―가와모토 마쓰에(川本松江) 양."

"네."

"너는 친구들이 뭐라고 부르니?"

"맛짱(ちゃん, 짱은 호칭 아래 붙여 친근하게 부르는 말. ― 역주)."

"그래. 너희 아버지, 목수시니?"

마쓰에는 고개를 끄덕였다.

"니시구치 미사코(西口ミサ子) 양."

"네."

"미사짱이라고 불리지?"

그녀도 역시 머리를 흔들더니, 조그만 목소리로,

"미이상이라고 해요."

"어머, 미이상이라고 하니? 귀엽구나. ―다음은 가가와 마스노(香川マスノ) 양."

"예이."

자신도 모르게 터져 나오려는 웃음을 억지로 참으며 선생

님이 웃음을 머금은 목소리로,

"예이는 조금 이상하구나. 네, 라고 대답하자, 마스노."

그러자 나대기 좋아하는 니타가 다시 참견을 했다.

"마아짱이에요."

선생님은 이제 그것을 무시하고 차례차례로 이름을 불렀다.

"기노시타 후지코(木下富士子) 양."

"네."

"야마이시 사나에(山石早苗) 양."

"네."

대답을 할 때마다 그 아이의 얼굴에 미소를 보내며,

"가베 고쓰루(加部小ツル) 양."

갑자기 모두가 웅성웅성 떠들기 시작했다. 무슨 일인가 싶어 놀랐던 선생님도 저마다 중얼거리고 있는 소리를 알아듣고는 가가와 마스노의 예이보다 훨씬 더 우스워서, 젊은 선생님은 마침내 웃음을 터뜨리고 말았다. 모두가 이렇게 중얼거리고 있었다. 가베 곳쓰루, 가베 곳쓰루, 가베니 아타마오 가베 곳쓰루('벽에 쿵, 벽에 쿵, 벽에 머리를 벽에 쿵'이라는 뜻. - 역주).

오기가 있어 보이는 듯한 가베 고쓰루는 울지도 않고, 그러나 빨갛게 물든 얼굴을 숙이고 있었다. 그 소동이 간신히 가라앉아 마지막으로 가타기리 고토에(片桐コトエ)의 출석을 부르고 나자 벌써 45분의 수업시간이 지나버리고 말았다. 가베 고쓰루가 딸랑이(허리에 방울을 달고 남의 일을 대신해주는 심부름꾼)의 딸이고, 기노시타 후지코는 전통 있는 집안의 딸이고, 예이라고 대답을 한 가가와 마스노는 본마을 요릿집의 딸이고, 손키라고 했던 오카다 이소키치의 집은 두부장수이고, 탄코라고 불리는 모리오카 다다시는 선주의 아들이라고, 선생님의 마음속 수첩에는 그날 중으로 기록되었다. 각자의 집들은 두부장수라 불리기도 하고, 쌀집이라 불리기도 하고, 선주라 불리기도 하지만, 그 가운데 어느 집도 그런 한 가지 일만으로는 살아갈 수 없기 때문에 농사를 짓기도 하고 짬이 나면 바다로 고기를 잡으러 나가기도 했다. 그런 상태는 오이시 선생님의 마을과 똑같았다. 누구나 한시의 짬이라도 아껴서 일을 하지 않으면 살아가기 어려운 마을, 그러나 누구도 일하기를 싫어하지 않는 사람들이라는 사실은 그 얼굴을 보면 알 수 있었다.

오늘 처음으로 1이라는 숫자부터 가르치려 하고 있는 이

어린 아이들도 학교가 끝나 집에 가면 바로 동생을 돌봐야 하고, 보리 찧는 일을 도와야 하고, 그물을 걷으러 가야 한다. 일하는 것 외에 다른 목적은 없는 것 같은 이 가난하고 쓸쓸한 마을의 아이들과 어떻게 관계를 맺어가야 할지를 생각하자, 한 그루 소나무를 바라보며 눈물을 글썽거린 감상은 부끄러움으로밖에 여겨지지 않았다. 오늘 처음으로 교단에 선 오이시 선생님의 마음에, 오늘 처음으로 집단생활을 시작한 1학년생 열두 명의 눈동자는 각자의 개성으로 빛나며 매우 인상 깊게 비쳐졌다.

이 눈동자를 어떻게 더럽힐 수 있겠는가?

그날 페달을 밟으며 8㎞의 길을 한 그루 소나무의 마을로 돌아가는 오이시 선생님의 발랄한 모습은 아침보다 한층 더 왈가닥처럼, 마을 사람들의 눈에는 비쳤다.

"안녕히 계세요."

"안녕히 계세요."

"안녕히 계세요."

만나는 사람 모두에게 인사를 하며 달렸으나 대답을 해주는 사람은 얼마 되지 않았다. 가끔 있어도, 말없이 고개를 끄덕일 뿐이었다. 그도 그럴 것이 마을에서는 벌써부터 오이시 선생님에 대한 비판의 목소리가 일어나기 시작했던 것이다.

'아이들의 별명까지 장부에 적었다고 하던데.'

'니시구치네의 미이상한테 귀엽다고 했다던데.'

'어머, 오자마자 편애를 하다니. 니시구치네, 뭔가 들고 가서 아부를 떤 거 아니야?'

아무것도 모르는 오이시 선생님은 조그만 몸을 가볍게 싣고 동구 밖의 언덕길에 접어들자 몸을 약간 앞으로 숙여 다리에 힘을 주고, 이 벅찬 감정을 한시라도 빨리 어머니에게 들려주자며 페달을 쉬지 않고 밟았다. 걸을 때는 크게 느끼지 못할 만큼 완만한 언덕길로, 학교에 갈 때는 상쾌하게 미끄러져 내려갔지만 그 상쾌함이 집으로 돌아갈 때는 무거운 짐이 되었다. 그런 것조차, 집으로 돌아가는 길이어서 다행이라고 고마워할 만큼 긍정적인 마음이었다.

마침내 평탄한 길로 접어들자 아침에 만났던 학생들의 무리도 집으로 돌아가는 길이었다.

'큰 돌, 작은 돌.'

'큰 돌, 작은 돌.'

몇 명이나 되는 사람들의 목소리가 다발이 되어, 자전거의 속도에 따라서 점점 크게 들려왔다. 무슨 소리인지 처음에는 알 수 없었던 선생님도 그게 자신에 관한 내용이라는 사실을 알고는 그만 소리 내어 웃고 말았다. 그것이 별명이 되었다는 사실을 깨달았기 때문이었다. 일부러 따르릉따르릉 벨을 울리고 스쳐 지나면서 커다란 목소리로 말했다.

"잘 가."

와아 하는 환호성이 일더니 다시, 큰 돌, 작은 돌! 하고 부르는 목소리가 멀어져갔다.

여선생님 외에도 작은 돌 선생님이라는 별명이 그날 태어난 것이었다. 몸이 작은 탓이기도 하리라. 새 자전거로 반짝반짝 눈부시게 석양을 반사시키며 작은 돌 선생님의 모습이 곶의 길을 달려나갔다.

마법의 다리

바다에 닿는 끝 쪽까지 4㎞인 길고 가느다란 곶의 한가운데 부근에도 조그만 마을이 있었다. 내해를 따라 난 하얀 길은 이 조그만 마을에 접어들면서 자연스럽게 곶을 가로질러, 곧 외해(外海) 쪽의 바다를 내려다보며 작은 돌 선생님의 학교가 있는 곶의 마을로 뻗어 있었다. 이 외해를 따라 난 길로 접어들 때쯤에 본교로 다니는 학생들과 마주치는 것이 매일 정해진 일처럼 되었는데, 혹시 조금이라도 다른 장소에서 마주치게 되면 어느 한쪽이 서두르지 않으면 안 되었다.

"와아, 작은 돌 선생님 오셨다."

갑자기 발걸음이 빨라지는 것은 대부분 학생들 쪽이었으나, 가끔은 선생님도 내해를 따라 난 길을 가다가 앞쪽에서 학생들의 모습을 발견하고는 당황해서 페달에 힘을 주는 경우도 있었다. 그럴 때면 학생들이 어떻게 기뻐하지 않을 수 있겠는가? 새빨간 얼굴로 달리는 선생님을 놀려댔다.

"우와아, 선생님이 늦었대요."

"월급 깎아야 돼."

그러면서 일부러 자전거 앞을 가로막는 아이도 있었다. 그런 일이 거듭되자, 그날 집으로 돌아간 선생님이 어머니에게 불평을 했다.

"아직 어린 주제에 월급을 깎아야 한다잖아. 얼마나 계산적인지 몰라. 지긋지긋해."

어머니는 웃으며,

"애, 그런 일을 마음에 담아두는 한심이가 어디 있냐? 어쨌든 1년만 참으면 되잖아. 그냥 참아라, 참아."

그러나 그런 말로 위로를 받아야 할 만큼 고통스러운 것은 아니었다. 익숙해지기 시작하자 아침 일찍부터 자전거로 달리는 8㎞의 길도 의외로 즐거웠으며, 곶을 가로지를 때쯤이면 속도가 붙어서 언제부턴가 경쟁을 하게 되었다. 또 그것이 학생들의 마음에 전달되지 않을 리 없었기에, 지지 않으려고 발걸음이 빨라졌다. 시소를 탈 때처럼 밀고 당기고 하는 동안 1학기도 끝난 어느 날, 볼일이 있어서 본교에 다녀오신 남선생님이 신통한 이야기를 듣고 오셨다. 지난 1학기 동안 곶의 학생들이 한 번도 지각을 하지 않았다는 것이었다. 가는 데만 5㎞나 되는 거리를 걸어 다녀야 하는 수고는 누구나 알고 있는 일이었기에 옛날부터 곶에 사는 아이들의 지각만은 모르는 척 눈감아주고 있었는데, 반대로 지각이 한 번도 없었다니 그것은 당연히 칭찬받아 마땅한 일이었다. 물론 커다란 사건이라도 되는 양 칭찬을 들었다. 남선생님은 그것이 자기 덕분이라고 생각하여 기뻐하며,

"워낙 올해의 학생 가운데는 착한 아이가 있으니까."

5학년생 가운데 딱 한 명, 본교의 수많은 학생들 속에서도 눈에 띄게 공부를 잘하는 여자아이가 있기에 곶에서 다니는 30명의 남녀학생들이 지각을 하지 않은 것이라는 식으로 말했다. 그러나 사실 그것은 여선생님의 자전거 덕분이었다. 하지만 여선생님도 역시 그 사실을 알지 못했다. 그리고 거듭 이 곶 마을 아이들의 근면함에 감탄해서, 장난 정도는 참아주어야겠다고 생각했다. 그렇게 생각하면서 마음속으로는 자신의 근면함도 가만히 칭찬해주었다.

'나도 도중에 펑크가 났을 때 지각을 했을 뿐이야. 나는

8km잖아.'라고. 그리고 창밖으로 눈길을 돌려, 언제나 자신을 격려해주는 어머니를 생각했다. 잔잔한 내해는 여름을 맞이한 바다답게 반짝반짝 빛나고, 어머니가 계신 한 그루 소나무의 마을은 하얀 여름의 구름 아래로 희미하게 보였다. 활짝 열어젖힌 창으로 바닷바람이 흘러들어와, 이제 이틀만 지나면 여름방학이 시작된다는 기쁨이 온몸으로 스며드는 듯한 느낌이 들었다. 그러나 아무래도 마음을 열려고 하지 않는 마을사람들 때문에 조금은 슬픈 생각이 들었다. 그런 마음을 남선생님한테 털어놓자 남선생님은 어금니가 없는 입을 크게 벌리고 웃으며,

"그건 좀 어려운 일입니다. 선생님이 아무리 열심히 가정방문을 해도 말입니다, 양장과 자전거가 방해를 합니다. 약간 눈이 부셔서 자꾸만 마음이 쓰입니다. 그런 마을이니까요."

여선생님은 깜짝 놀라고 말았다. 얼굴을 붉히고 고개를 숙인 채 생각에 잠겼다.

'기모노를 입고 걸어서 다니라는 말인가? 왕복 40리(16km) 길을⋯⋯.'

여름방학 동안에도 그 일에 대해서 몇 번이고 생각을 해

보았으나 결심이 서지 않은 채 2학기가 시작되었다. 달력상으로는 9월이었으나 오랜 휴식 뒤였기에 실제 더위 이상으로 더위가 느껴져, 여선생님의 조그만 몸이 약간 야위었으며 얼굴빛도 좋지 않았다. 그날 집을 나설 때 선생님의 어머니께서 이렇게 말씀하셨다.

"이러니저러니 해도 3분의 1이 지나지 않았느냐. 참아라, 참아. 조금만 더 참아라."

자전거 꺼내는 것을 도와주며 위로를 해주었다. 하지만 선생님이라도 어머니 앞에서는 살짝 어리광을 부리고 싶어지는 것은 평범한 사람들과 다를 바 없다.

"아아, 맨날, 참아라, 참아라."

마치 화가 나기라도 한 사람처럼 휙 자전거로 내달렸다. 오랜만에 바람을 가르며 달리는 상쾌함이 온몸에 느껴지는 듯했으나, 오늘부터 또 자전거로 다녀야 한다는 생각에 마음이 무거웠다. 방학 중에 몇 번인가 말이 나와서 곳에 방이라도 빌릴까 말해보았으나, 결국은 계속 자전거를 타고 다니기로 했다. 자전거도 아침에는 상관없었지만, 불타오를 것처럼 뜨거운 열을 내뿜는 길을, 등에 저녁 해를 받으며 집으로 돌아갈 때면 때로 숨이 막혀버리는 게 아닐까 하는 생각이 들 정도로 힘들었다. 곶의 마을은 바로 눈앞에 있는데 매일 아침저녁으로 마음을 굳게 먹고 내해를 빙글 돌아서 다녀야 한다는 사실을 생각하면 분해서 견딜 수가 없었다. 게다가 자전거는 곶 마을 사람들의 마음에도 들지 않는다고 하지 않는가?

아, 한심해라!

입으로 말은 하지 않았지만 눈앞에 놓여 있는 곶을 노려보자면 자신도 모르게 다리에 힘이 들어갔다. 평소와는 달리 파도소리가 요란한 후미진 바다를 오른쪽으로 끼고 곶과는 반대 방향으로 달리며 아하, 하고 생각했다. 오늘은 210일(입춘 이후 210일째 되는 날. 9월 1일쯤. 태풍이 많거나 바람이 센 날로 알려져 있다. – 역주)이었지. 그렇게 깨닫고 나자 왠지 폭풍을 머금은 것 같은 바람이 거칠게 뺨을 때리며 갯내를 온 세상에 떠돌게 하고 있는 것 같았다. 곶에 있는 산의 꼭대기가 희미하게 흔들리고 있는 것처럼 보이는 모습이 외해의 거친 파도를 떠오르게 해 조금은 불안해지기도 했다. 도중에 자전거에서 내려야 할지도 몰랐기 때문이었다. 그렇게 되면 자전거만큼 귀찮은 것도 없으리라. 하지만 그렇다고 해서 지금 내리기에도 너무 늦었다고 생각하며 어느 틈엔가 상상은 날개 달린 새처럼 날아오르고 있었다.

「……바람이여, 멈추어라! 알리바바처럼 제가 명령을 내리면 바람은 바로 힘을 잃고, 바다는 거짓말처럼 잠잠해집니다. 마치 지금 막 잠에서 깨어난 호수와 같은 고요함입니다. 다리여, 솟아올라라! 제가 집게손가락을 앞으로 슥 내밀면 순간 바다 위에 다리가 걸립니다. 무지개처럼 아름답고 멋진 다리입니다. 제 눈에만 보이는, 그리고 나 혼자만이 건널 수 있는 다리입니다. 제 자전거는 가만히 그 다리 위로 접어듭니다. 저는 천천히 페달을 밟습니다. 서두르다 바다에 빠지면 큰일이니. 그렇게 해서 일곱 빛깔의 그 다리를 천천히 건넜지만, 평소보다 45분이나 일찍 곶의 마을에 도착했습니다. 어머, 이를 어쩌지? 저의 모습을 본 마을 사람들이 서둘러 시계의 바늘을 45분 정도 앞으로 돌리고, 아이들은 먹고 있던 아침을 보기에도 안쓰러울 정도로 허겁지겁 입으로 밀어 넣고 나머지는 제대로 먹지도 못한 채 집에서 달려나왔습니다. 제가 학교에 도착하자 그제야 막 일어난 남선생님이 깜짝 놀라 우물가로 달려가 세수를 시작했으며, 나이든 사모님은 사모님대로 잠옷을 갈아입을 새도 없이 흙으로 만든 풍로에 정신없이 부채질을 해가며 한 손으로 옷깃을 여미고 계면쩍다는 듯 어색한 미소와 함께 가만히 눈가와 입가를 문질렀습니다. 눈이 좋지 않은 사모님은 아침에 일어나면 언제나 눈곱이 껴 있습니다. ……」

이 부분만은 사실이었기에 자신도 모르게 큭 하고 웃은 순간, 상상은 안개처럼 사라져버리고 말았다. 앞쪽에서 바람에 흩날리며 평소와 다름없이 목소리가 들려왔다.

"작은 돌 선생님."

한 달 만에 목소리를 듣자 온몸에 힘이 가득 들어가 "그래."하고 대답했지만 바람이 그 목소리를 뒤쪽으로 날려버린 것만 같았다. 생각한 대로 외해 쪽은 파도가 크게 몰아치고 있어서 참으로 210일다운 광경을 연출하고 있었다.

"오늘은 늦었네. 45분쯤 늦었을지도 몰라."

그 말을 듣자, 반갑다는 듯 발걸음을 멈추고 무슨 말인가 하려 했던 아이들이 전력으로 달리기 시작했다. 선생님도 바람을 거스르며 다리에 한층 더 힘을 주었다. 때때로 방향이 일정치 않은 돌풍이 불어와 몇 번이고 자전거에서 내리지 않을 수 없었다. 정말로 45분쯤 늦을 것만 같았다. 같은 바닷가 마을이라도 한 그루 소나무가 있는 마을은 곶이 지켜주고 있는 모양새여서 이런 날에도 커다란 피해를 당하지 않지만, 길고 가느다란 곶에 있는 마을은 외해 쪽에 있는 절반이 언제나 상당한 피해를 당하는 듯했다. 나무들의 작은 가지가 찢겨 날아와 어지러이 널려 있는 길을, 잘 나가지 않는 자전거로 나아갔다. 내려서 끌고 간 시간이 더 많았을지도 몰랐다. 이렇게 해서 정말 상당히 늦어서야 마을로 들어섰는데, 마을 전체가 한눈에 들어오는 곳까지 온 선생님은 자신도 모르게 멈춰 서서 소리를 지르고 말았다.

"어머나!"

마을 끝에 있는 조그만 부두의 입구 바로 앞에서 어선이 뒤집어져 고래 등 같은 배의 바닥을 드러내고 있었으며, 부두에 넣지 못한 것인지 도로 위에도 몇 척인가의 배가 올려져 있었다. 바다에서 밀려온 자갈에 길이 뒤덮여 자전거는 도저히 지날 수 없을 정도로 엉망이 되어 있었다. 마치 다른 마을에 온 것처럼 모습이 변해 있었다. 바닷가에 있는 집들은 전부 지붕의 기왓장이 벗겨졌는지 지붕 위에 사람이 올라가 있었다. 누구 하나 선생님에게 인사를 할 여유조차 없는 듯한 속을, 선생님도 역시 길 위로 올라온 돌을 피하며 자전거를 끌고 간신히 학교에 도착했다. 문으로 들어서자 1학년 아이들이 우르르 달려와 선생님을 감쌌다. 모두의 얼굴에서 초롱초롱한 눈이 반짝반짝 빛나고 있었다. 그것은 어젯밤에 폭풍우가 찾아온 것을 기뻐하고 있기라도 하다는 듯 생기 넘치는 것이었다. 들뜬 목소리로 저마다 이야기하려 했으나 약간 나대기 좋아하는 가가와 마스노가, 내가 보고 담당이라고 말하기라도 하듯 그 목소리의 크기로 모두를 제압하며,

"선생님, 손키네 집, 납작하게 짜부라졌어요. 게를 때려잡은 것처럼."

마스노의 얇은 입술에서 나온 말에 놀라 눈이 점점 커다래져가던 선생님은 얼굴빛까지 조금 바뀌어,

"어머, 손키야, 집 사람들 다치지는 않았니?"

돌아보니 손키, 오카다 이소키치는 놀란 마음이 아직 가라앉지 않은 모습으로 고개를 끄덕였다.

"선생님, 우리 집에서는 우물에 있는 두레박틀의 막대기가 두 개로 부러져서 우물가에 있던 물항아리가 깨졌어요."

이번에도 마스노가 그렇게 말했다.

"큰일 날 뻔했구나. 다른 집은 어땠니?"

"만물상네 아저씨가 지붕에 덮개를 씌우다가 지붕에서 떨어졌어요."

"세상에."

"미이상네 집에서도 덧문짝이 날아갔대요. 그렇지 미이상?"

그러고 보니 마스노 혼자서 떠들고 있었다.

"다른 사람들은 어땠지? 아무 일도 없었니?"

야마이시 사나에와 눈이 마주쳤는데 내성적인 사나에는 얼굴을 붉히며 고개를 끄덕였다. 마스노가 선생님의 치마를 잡아끌어 자신 쪽으로 주의를 끈 뒤,

"선생님, 선생님. 그것보다 더 큰일이 있었어요. 쌀집을 하는 다케이치네 도둑이 들었대요. 그치, 다케이치. 쌀 한 가마니를 도둑맞았지?"

동의를 구하자 다케이치는 응 하고 고개를 끄덕인 뒤,

"방심을 했던 거예요. 이렇게 비바람이 치는 날은 괜찮을 거라고 생각했는데 오늘 아침에 보니까 곳간의 문이 활짝 열려 있었어요. 도둑놈의 집까지 쌀이 떨어져 있을지도 모른다고 아버지가 찾아보았지만 떨어져 있지 않았어요."

"어머, 여러 가지 일들이 있었구나. ─잠깐만 기다려라,

자전거를 놓고 올 테니. 조금 있다 다시 얘기하자."

평소와 다름없이 직원실로 걸어가다 문득 평소와는 다른 밝음이 느껴져 멈춰 선 선생님은, 거기서 다시 한 번 놀라고 말았다. 우물의 지붕이 날아가 늘 보아오던 함석지붕 부근이 휑하고, 그 부근의 하늘로 하얀 구름이 떠 있었다. 분주히 뛰어다니고 있었던 듯 머리띠를 뒤로 동여맨 남선생님이 평소와 어울리지 않게 상냥한 얼굴로,

"안녕하세요, 여선생님. 괜찮으세요? 어젯밤에는 꽤나 요란스러웠죠?"

어깨에 맨 끈으로 소매를 걷어붙인 사모님도 나와서 머리에 썼던 수건을 벗으며 오랜만에 인사를 하고,

"소나무가 부러졌지요?"

"네? 정말이요?"

선생님이 펄쩍 뛸 듯이 놀라며 자기 마을 쪽으로 시선을 돌렸다. 한 그루 소나무는 평소와 다름없이 그 자리에 서 있었으나 자세히 보니 모양이 조금 바뀌었다. 그리 대단할 것도 없는 폭풍이었는데 나이를 먹은 노송은 가지를 뻗은 그 줄기의 일부를 바람에 빼앗긴 모양이었다. 아무리 그래도 내해를 둘러싸고 있는 마을들에서는 먼 옛날부터 무슨

일이 있을 때마다 이정표 역할을 해온 명물 노송이 재난을 당했는데, 그 마을 사람인 자신이 모르고 있었다니 부끄러웠다. 게다가 오늘 아침에는 오만하게도 한껏 들뜬 마음으로 소나무 아래서 집게손가락 하나로 마법의 다리를 걸어놓고 파도를 잠재웠다. 마을의 시계를 45분 앞으로 돌려놓아 마을사람들을 혼란에 빠뜨렸는데, 와서 보니 그 일은 댈 것도 아닌 커다란 소동이 벌어져 있었다. 남선생님은 허둥지둥 세수를 하기는커녕 맨발로 나와서 일을 하고 있었다. 사모님은 풍로 같은 것은 벌써 치우고 어깨끈으로 소매를 한껏 걷어붙인 모습으로 일을 하고 있지 않은가?

'아아, 2학기의 첫째 날은 시작부터 내가 잘못했어.'라고 여선생님은 남몰래 생각했다. 집을 나설 때 어머니에게 퉁명스럽게 말한 것을 후회했다. 여선생님은 창가(唱歌) 시간인 3교시에 아이들을 데리고 재난을 당한 집으로 인사를 가야겠다고 생각했다. 학교에서 가장 가까운 니시구치 미사코네 집으로 찾아가 인사의 말을 건넸다. 누가 뭐래도 집이 납작코가 되어버린 손키네가 가장 커다란 피해를 입었다고 모두가 말하기에 다음에는 조왕신의 사당 위에 있는 손키네로 향했다. 마스노가 오늘 아침에 게를 때려잡은 것 같다고 한 말이 떠올라 그건 어른들의 말을 흉내 낸 것이리라 생각했는데, 묘하게도 현실감 있게 상상이 되었다. 그러나 집은 벌써 동네 사람들의 도움으로 대충 정리가 되어 있었다. 별채에 있는 두부 만드는 곳은 피해가 없었기에 그곳의 흙바닥에 바로 다다미를 깔고 거기로 가재도구들을 옮기고 있었다. 일가 7명이 오늘 밤부터 거기서 자야 하다니 안쓰러움에 말도 제대로 하지 못하고 있었는데, 도와주러 온 사람들 가운데서 가와모토 마쓰에의 아버지가 목수다운 활달함과 익살로, 그러나 얼마간은 비아냥거림을 섞어서 말했다.

"아이고, 이거 선생님. 선생님까지 도와주러 오셨습니까? 그럼 그 수많은 제자들을 부려서 도로의 돌이라도 해변으로 굴려주시지 않으시겠습니까? 여기는 목수가 아니면 별로 할 일이 없어서요. 아니면 자귀라도 가져다드릴까요?"

좋은 구경거리라도 생겼다는 듯 거기에 있던 사람들이 웃었다. 선생님은 퍼뜩 놀라며 한가롭게 보였다는 사실이 부끄러웠다. 그 말이 맞다고 생각했다. 하지만 이렇게 왔으니 한마디라도 손키네 집 사람들에게 인사를 건네야겠다고 생각해서 우물쭈물하고 있었으나 누구도 상대를 해주지 않았다. 하는 수 없이 돌아갈 준비를 하면서 부끄러움을 감추기 위해 아이들에게 의견을 물었다.

"그럼 우리, 지금부터 도로의 자갈을 청소할까?"

"네, 네."

"해요, 해요."

아이들은 크게 기뻐하며 새끼 거미들이 흩어지듯 달리기 시작했다. 폭풍우 뒤의 상쾌함을 머금은 더위에 감싸여 마을은 구석구석까지 또렷하게 보였다.

"영차!"

"이놈!"

"이씨~."

각자의 힘으로 들 수 있는 돌을 끌어안고 도로 끝에서 2m쯤 아래에 있는 해변으로 떨어뜨렸다. 둘이서 간신히 움직일 수 있을 만큼 커다란 돌도 섞여 있어서 도로는 마치 거친 바닷가처럼 돌투성이가 되어 있었다. 지금은 아주 잔잔하게 담겨 있을 뿐인 것처럼 보이는 바닷물이 어젯밤에는 이 높은 도로의 돌담을 넘어 이런 돌까지 올려놓았을 정도로 날뛰었던 걸까 싶자, 신비한 그 자연의 힘에 놀라 어이가 없을 뿐이었다. 파도는 돌을 옮겨놓고, 바람은 집을 쓰러뜨리고, 곶의 마을은 하룻밤 사이에 그야말로 커다란 난리를 겪었다. 같은 210일이라도 곶의 안쪽과 바깥쪽은 이렇게도 다르구나 생각하며 선생님은 들고 있던 돌을 쿵 해변으로 던지고, 바로 옆에서 익숙한 손놀림으로 돌을 던지고 있던 3학년 남학생에게 물었다.

"폭풍이 오면 언제나 이러니?"

"네."

"그러면 모두가 돌을 청소하니?"

"네."

바로 그때 가가와 마스노의 어머니가 지나가다,

"어머, 선생님. 고생하시네요. 하지만 오늘은 대충 치우는 게 좋을 거예요. 어차피 또 이레 뒤하고 220일(모두 태풍이 많거나 바람이 센 날. ─ 역주)이 기다리고 있으니까요."

본마을에서 요릿집과 여관을 하고 있는 마스노의 어머니는 자신의 아이들이 살고 있는 곶의 상황을 살피러 온 것이라고 했다. 마스노가 달려와 어머니의 허리춤에 매달리며,

"엄마, 무서웠어, 어젯밤에는. 무서운 소리가 들려서 난 할머니한테 꼭 안겨서 잤어. 아침에 일어나봤더니 두레박틀의 막대기가 부러졌잖아. 물항아리가 깨져버렸어."

오늘 아침에 들었던 내용을 마스노는 어머니에게 다시 얘기했다. 그래, 그래 하고 일일이 대답을 하던 마스노의 어머니가 절반쯤은 선생님을 향해서,

"곶에서는 배가 떠내려가기도 하고 지붕이 내려앉기도 하고 벽이 전부 무너져 집 안이 훤히 보이는 집도 있다는 소리를 듣고 깜짝 놀라서 온 건데, 두레박틀의 막대기만 부러졌다니 다행이구나, 다행이야."

마스노의 어머니가 가고 난 뒤,

"마아짱, 벽이 전부 무너진 건 누구네 집?"

마스노는 끌어안고 있던 돌을 버리는 것도 잊고 자랑스럽다는 듯한 표정을 지으며,

"니타네 집이에요, 선생님. 벽이 무너져서 벽장 안이 흠뻑 젖어버렸어요. 보러 갔더니 안이 그대로 보였어요. 할머니가 벽장 안에서 이렇게 천장을 보고 있었어요."

얼굴을 찌푸려 할머니의 흉내를 냈기에 선생님은 자신도 모르게 웃음을 터뜨렸다.

"벽장이, 세상에나."

이렇게 말한 뒤 웃음이 터져 나와 깔깔 소리를 내고 말았다. 어째서 선생님이 그렇게 웃음을 터뜨린 것인지 학생들

은 알 수 없었으나, 마스노만은 자신이 선생님을 기쁘게 해준 것이라는 생각이 들어 우쭐한 표정을 지었다. 모두는 어느 틈엔가 만물상 옆까지 와 있었다. 만물상 아주머니가 아주 무서운 얼굴을 하고 달려와서는 선생님 앞에 섰다. 어깨가 들썩일 정도로 식식거리며 말도 쉽게 나오지 않는 모양이었다. 갑자기 웃음을 그친 선생님이 바로 인사를 하며,

"어머, 죄송해요. 폭풍우 때문에 고생하셨죠? 오늘은 돌 청소하는 걸 돕고 있어요."

그러나 아주머니는 하나도 들리지 않는다는 듯,

"여선생, 당신 지금 뭐가 재미있다고 웃은 거요?"

"……."

"남들이 재난을 당한 게 그렇게 재밌나요? 우리 집 양반은 지붕에서 떨어졌는데 그것도 재미있으시겠네. 멋지게 커다란 부상은 당하지 않았지만, 크게 다치기라도 했다면 더 재밌었겠네요."

"죄송합니다. 그럴 마음은 조금도……."

"아니요, 그게 아니라면 남들의 재난을 왜 웃은 거죠? 체면치레하느라고 마음에도 없는 길 청소 같은 거 하지 않

아도 돼요. 어쨌든 우리 집 앞은 그냥 내버려두세요. ─뭐야, 자기 자전거가 다닐 수 없으니까 치우는 거 아니야? 어이가 없어서. 그럼 자기 혼자서 치우면 되잖아…….”

뒤의 말은 혼잣말처럼 중얼거린 것이지만, 너무나도 놀라 한마디 말도 하지 못하고 서 있는 선생님을 남겨놓은 채 마구 화를 내며 돌아가더니 옆집의 가와모토 목수네 아주머니에게 일부러 들으라는 듯 커다란 목소리로 말했다.

“정말 별난 사람도 다 봤어. 남들이 재난을 당했다는 소리에 깔깔 웃는 선생이 어디 있어? 내 혼쭐을 내주고 왔어.”

곧 그 말도 역시 꼬리를 물고 마을 전체로 퍼져갈 것이 틀림없었다. 오도카니 서서 2분 정도 생각에 잠겨 있던 선생님은, 걱정이 된다는 듯 학생들이 자신을 둘러싸고 있다는 사실을 깨닫고는 울음이 터질 것 같은 얼굴로 웃으며, 그러나 목소리만은 쾌활하게,

“자, 이제 그만 할까? 작은 돌 선생님의 실패, 라고 제목을 붙이면 될 거야. 바닷가에서 노래라도 부를까?”

휙 몸을 돌려 앞장섰다. 그 입가는 웃고 있었으나, 눈물을 똑 흘린 모습을 아이들이 놓칠 리 없었다.

“선생님, 우셔.”

"만물상 아줌마가 울린 거야."

그런 속삭임이 들리고 다음부터는 잠잠해지더니 짚신 끄는 소리만 들려왔다. 뒤돌아서 울고 있지 않아, 라며 웃어 보일까 생각한 순간 다시 눈물이 쏟아질 것 같았기에 그렇게 하지 않았다. 이럴 때 웃는 것은 좋지 않다고도 생각했다. 조금 전에 웃은 것도 만물상 아주머니가 말한 것처럼 남의 재난을 웃은 것이라고 하기보다, 사실은 마스노의 행동이 우스웠고, 그 뒤를 이어서 벽장이라는 말이 1학기 어느 날의 니타를 떠오르게 했기에 웃은 것이었다.

"천황 폐하는 어디에 계시지요?"

저요, 저요, 하며 손이 오르는 가운데 오랜만에 니타가 손을 들기에,

"네, 니타 군."

니타는 온몸에서 쥐어짜내는 듯한 그 커다란 목소리로,

"천황 폐하는 벽장 속에 계십니다."

너무나도 엉뚱한 대답에 선생님은 눈물을 흘리며 웃었다. 선생님뿐만 아니라 다른 학생들도 웃었다. 웃음이 교실을 흔들었고, 학교 밖까지 울렸을 정도였다. 도쿄, 궁성(宮城)이라는 등의 말이 들려와도 니타는 이해할 수 없다는 얼굴

을 했다.

"어째서 벽장에 천황 폐하가 계시지?"

웃음이 그친 뒤에 물어보니 니타가 약간 자신을 잃은 목소리로,

"학교의 벽장 속에 숨겨두었잖아요."

그것으로 알 수 있었다. 니타가 말한 것은 천황 폐하의 사진이었던 것이다. 봉안전이 없는 학교에서는 천황 폐하의 사진을 벽장에 자물쇠를 채워 보관하고 있었던 것이다.

니타네 집 벽장의 벽이 무너져 내렸다는 말이 그 일을 떠오르게 한 것이었다. 젊은 여선생님은 그 일이 떠오를 때마다 웃음을 참을 수가 없었는데 그런 사정을 만물상 아주머니에게 들려주지도 못한 채 말없이 걸었다. 눈물이 흐르고 있는 지금조차도 그 일은 우스웠다. 그런데 만물상 아주머니의 말은 그 우스움을 빼내고 트집을 잡은 것이었다. 바닷가에 나가서 노래라도 부르지 않으면 선생님도, 학생들도 마음을 달랠 길이 없었다. 바닷가로 내려가자마자 선생님은 두 손을 지휘봉처럼 휘두르며 노래를 부르기 시작했다.

봄은 벌써부터 강가의 갈대에

「덤벙이 이발사」였다. 모두가 둘러싸고 따라서 불렀다.

게가 가게를 차리고, 이발소입니다
싹둑, 싹둑, 싹둑

노래를 부르는 동안 언제부턴가 모두의 기분이 풀렸다.

토끼는 화를 내고 게는 부끄러워서
어쩔 수 없이 울며 구멍으로 도망치네

끝까지 부르고 나니 실수를 한 게의 덤벙대는 모습이,
자신들의 친구가 생긴 것 같다는 즐거움으로 다가와 어느
새 여선생님은 다시 진심으로 웃고 있었다. 「이 길」이네
「총총 물떼새」네, 1학기 동안 배운 노래를 전부 부르고, '산
의 대장' 놀이를 하고 난 뒤 잠시 쉬고 있자니 학생들은
제각각 뛰어다니고, 선생님을 둘러싸고 있는 것은 1학년생

대여섯 명뿐이었다. 손질 같은 것 거의 하지 않아 헝클어진 머리를 뒤에서 동그랗게 말아 올린 여자아이도 있고, 밤송이 같은 머리가 귀 위에까지 멋대로 자란 남자아이도 있었다. 이발소가 없는 마을에서는 학교의 이발기계가 매우 커다란 도움이 되었는데, 그건 남선생님 담당이었다. 머리를 동그랗게 말아 올린 여자아이들은 여선생님이 신경을 써서 수은연고를 발라주어야 한다. 내일 당장 그렇게 해야겠다고 생각하며 선생님은 자리에서 일어나,

"자, 오늘은 여기서 끝. 그만 돌아가자."

탁탁 스커트의 무릎을 털고 한 걸음 뒤로 물러난 순간, 까악 하는 비명을 올리며 쓰러졌다. 함정에 빠진 것이었다. 함께 비명을 지른 아이, 깔깔 웃으며 다가오는 아이, 손뼉을 치며 기뻐하는 아이, 놀라 소리도 내지 못하는 아이, 그 소동 속에서 선생님은 좀처럼 일어서려 하지 않았다. 몸을 구부린 채 옆으로 쓰러져 머리카락을 모래 위에 직접 대고 있었다. 웃던 아이도, 손뼉을 치던 아이도 입을 다물어버리고 말았다. 뭔가 좀 이상하다고 느낀 것이었다. 감은 두 눈에서 눈물이 흐르고 있는 것을 보고 야마이시 사나에가 갑자기 울음을 터뜨렸다. 그 울음소리에 힘을 얻기라도 했다는 듯

"괜찮아."라고 말하며 간신히 몸을 일으켜 앉은 선생님은 구멍 속의 다리를 가만히 움직여 무서운 것이라도 만지는 듯한 모습으로 구두의 단추를 풀고 오른쪽 발목을 만지는가 싶더니 그대로 다시 쓰러져버리고 말았다. 더는 일어서려 하지도 않았다. 곧 눈을 감은 채로,

"누가 남선생님을 좀 불러줄래. 여선생님의 다리가 부러 져서 걷지 못한다고."

벌집을 쑤셔놓은 것 같은 커다란 소동이 벌어졌다. 커다 란 아이들이 허겁지겁 달려가기 시작한 뒤에, 여자아이들은 엉엉 울기 시작했다. 마치 경종이라도 울린 것처럼 마을사 람들이 나와, 모두 그곳으로 달려왔다. 가장 먼저 달려온 다케이치의 아버지가 고개를 숙이고 있는 여선생님에게 다 가가 모래 위에 무릎을 대고,

"어떻게 된 거죠, 선생님."

하며 들여다보았다. 하지만 선생님은 얼굴을 찌푸린 채 말 도 할 수 없는 모양이었다. 아이들의 말에 다리를 다친 것이 라는 사실을 알고는 약간 마음이 놓인 듯,

"삔 거겠지요. 좀 볼까요."

발 쪽으로 가서 구두를 벗기려 하자 선생님은 윽 하는

소리를 내며 얼굴을 더욱 찡그렸다. 구두 자국이 선명하게 남아 있는 선생님의 발목은 2배로 굵어진 것이 아닐까 싶을 정도로 부어 있었다. 피는 나지 않았다.

"차갑게 하는 게 좋을 텐데."

몰려든 여러 사람들에게 말하자 도쿠다 기치지의 아버지가 허리춤에 차고 있던 더러워진 손수건을 바닷물에 적셔가지고 왔다.

"많이 아프신가요?"

달려온 남선생님이 묻자 여선생님은 말없이 고개를 끄덕였다.

"걷기 힘들 것 같나요?"

다시 고개를 끄덕였다.

"한번 일어나보세요."

대답이 없었다. 니시구치 미사코네 집에서 미사코의 어머니가 밀가루와 계란을 반죽해 만든 붙이는 약을 헝겊에 발라가지고 왔다.

"뼈는 부러진 것 같지 않지만 얼른 의사에게 보이거나, 안마 치료를 받는 편이 좋겠는데."

"안마 치료 선생님이라면 나카마치에 있는 구사카가 좋

을 거야. 뼈도 맞출 줄 아니까."

"구사카보다 하시모토 외과가 더 좋지 않을까?"

저마다 여러 가지 말들을 했으나, 치료 방법이야 어찌 됐든 곶의 마을에는 외과 선생님도, 안마 치료사도 없었다. 딱 한 가지 분명한 것은, 선생님이 도저히 걸을 수 없다는 사실이었다. 이래저래 상의를 한 결과 배로 나카마치까지 데려가기로 했다. 어부인 모리오카 다다시네 집의 배로, 가베 고쓰루의 아버지와 다케이치의 형이 노를 저어 가기로 이야기가 결정되었다. 남선생님이 따라가기로 했기에 여선 생님을 업고 배에 올랐다. 몸을 일으켜 앉히고, 업고, 눕히 고 할 때마다 참으려는 여선생님의 입에서 자신도 모르게 소리가 흘러나왔다.

배가 물가에서 떠나자 갑자기 여자아이들의 울음소리가 한꺼번에 들려왔다.

"선생님."

"여선생님."

있는 힘껏 외치는 아이도 있었다. 작은 돌 선생님은 꼼짝 도 하지 못하고 눈을 감은 채, 말없이 그 목소리 속을 멀어져 갔다.

"선생님."

목소리는 점점 멀어지고, 배는 후미진 바다의 한가운데로 나섰다. 아침에 마법의 다리를 놓았던 바다를 선생님은 지금 아픔을 참으며 돌아가고 있었다.

쌀 다섯 홉, 콩 한 되

열흘이 지나도, 보름이 흘러도 여선생님은 모습을 보이지 않았다. 직원실 밖의 벽에 기대놓은 자전거에 먼지가 쌓였으며, 아이들은 그것을 둘러싸고 풀이 죽어 있었다. 작은 돌 선생님은 이제 오지 않을지도 모른다고 생각하는 아이도 있었다. 본교로 다니는 학생들도 마찬가지였다. 선생님의 자전거가 매일 얼마나 커다란 힘이 되었는지, 각자가 먼 길을 오가는 동안 작은 돌 선생님의 모습을 얼마나 기다리고 있었는지, 작은 돌 선생님을 볼 수 없게 된 뒤에서야 깨달았다. 마을사람들도 마찬가지였다. 누가 어쨌다는 것은 아니었으나, 이유도 없이 매정하게 대했던 것을 남몰래 후회하고 있는 듯했다. 왜냐하면 작은 돌 선생님에 대한 평판이 갑자기 좋아졌기 때문이었다.

"그 선생님만큼 처음부터 아이들이 좋아했던 선생님도 지금까지 없었을 거야."

"빨리 낫지 않으면 우리도 곤란해. 곳의 아이들이 선생님을 절름발이로 만들었다고 하면 우리도 곤란해지니까. 뒤에 사람이 오지 않으면 더 곤란하고."

"절름발이가 되지 않았으면 좋겠는데. 젊은 사람이 절름발이면 나아도 다니기가 어려울 테니."

이런 식으로 여선생님에 대한 이야기를 나누었다. 무슨 일이 있어도 다시 한 번 곳의 학교로 와주었으면 좋겠다는 마음이 담겨 있었다. 오지 않으면 정말로 곤란해질 터였다. 직접적으로 가장 어려움을 겪고 있는 것은 남선생님이었다. 조그만 마을의 소학교에서 창가는 일주일에 1번이었다. 그 1시간을 남선생님은 어떻게 해야 좋을지 몰라 쩔쩔매고 있었다. 여선생님이 쉬게 된 뒤부터 처음에는 배운 노래를 합창시키기도 하고, 노래를 잘 부르는 아이에게 독창을 하게도 했다. 그렇게 해서 한 달 정도는 버텼지만, 언제까지고 얼버무릴 수도 없었기에 남선생님은 마침내 풍금을 연습하기 시작했으며, 그것 때문에 진땀을 흘렸다. 선생님은 소리 높여 노래를 불렀다.

히히히후미미미 이이이무이—

　도도도레미미미 솔솔솔라솔—이라고 발음해야 하는데
나이 많은 남선생님은 히히히후미미미—라고 했다. 그것은
옛날에 남선생님이 소학교 때에 배운 것이었다.

미미미미후후후 히히후미히—

　창가는 토요일의 셋째 시간이었다. 신나고 즐겁게 노래
를 부른 뒤 헤어져 일요일을 맞이하자는 생각에서 그렇게
시간을 짠 것이었으나 아이들에게도 선생님에게도 갑자기
재미없는 토요일 셋째 시간이 되어버리고 말았다. 남선생님
에게는 더더욱 그랬다. 목요일쯤이 되면 남선생님은 벌써부
터 토요일 셋째 시간이 마음에 걸리기 시작했고, 그 때문에
갑자기 마음이 조급해져서 조그만 일에도 학생들에게 화를
내곤 했다. 한눈을 팔았다며 야단을 쳤으며, 준비물을 가져
오지 않은 아이를 교실 뒤에 서 있게 했다.
　"남선생님, 요즘에 걸핏하면 화를 내잖아."

"마음에 들지 않아. 어떻게 된 거 아닐까?"

아이들이 이상해하는 그 이유를 누구보다 잘 알고 있는 남선생님의 사모님은 남몰래 걱정이 되어 은근히 남선생님을 도우려 했다. 금요일 밤이 되면 사모님은 보릿짚으로 모자를 짜는 부업도 그만두고 풍금 옆에 서서 선생님을 격려했다.

"제가 학생이 될게요."

"그래, 그렇게 해줘."

꼬마전구가 깜빡깜빡 흔들리며 풍금과 두 나이 든 부부의 모습을 비추는 광경은, 만약 여자아이가 그것을 봤다면 무서워서 몸을 떨 만한 광경이었다. 어둠과 빛이 교차하고 있는 가운데서 선생님과 사모님은 서로 노래를 부르고 있었다.

히히히후 미미미 이이이무이

사모님 혼자서만 노래를 불렀으며, 풍금 가락이 거기에 맞게 되기까지는 밤도 상당히 깊었다. 마을은 벌써 한 집도 남김없이 잠들었기에 오히려 더욱 조심스러워하듯 사모님은 꼬마전구를 끈 뒤, 더듬더듬 방으로 돌아가면서 후우 한숨을 쉬고 소곤소곤 말했다.

"여선생님도 여러 가지로 애를 먹이네요."

"응. 하지만 그 선생님이 훨씬 더 고생이지."

"그건 그래요. 당신의 풍금하고는 댈 게 아니죠. 다리 하나가 부러졌으니까요."

"어쩌면 오이시 선생님은 다시 안 오실지도 몰라. 선생님보다 선생님의 어머님이 훨씬 더 화를 내셨어. 금지옥엽 같은 딸이니 그런 험한 동네에는 두 번 다시 보낼 수 없다며."

"당연히 그러셨겠죠. 하지만 못 오시면 못 오시는 대로, 다른 선생님이 와주지 않으면 그것도 큰일이네요."

남들이 들으면 곤란하다는 듯 조그만 목소리로 말하고 원망스럽다는 듯 바다 너머 쪽을 힐끗 보았다. 한 그루의 소나무가 서 있는 마을도 조용히 잠들었는지, 멀리서 등불이 별빛처럼 희미하게 깜빡이고 있었다. 이렇게 깊은 밤에, 이렇게 고생을 하고 있는 것은 자신들뿐이라는 생각이 들어 여선생님이 원망스러웠다.

그 사고 이후부터는 사모님도 역시 스스로 나서서 4학년생 5명의 재봉을 맡고 있었던 것이다. 하지만 걸레를 누비는 정도의 재봉은 조금도 어려울 것이 없었다. 마치 공을 휘갑치기라도 하듯 정성스럽게 누비는 것을 1시간 동안 한 명 한 명 봐주기만 하면 그것으로 그만이었다. 그러나 창가만은 누가 뭐래도 풍금이 어려웠다. 풍금은 재봉을 할 때처럼 손이 움직여주지 않았기 때문이었다. 그런데도 익숙하게 다루기 위해서 열심히 노력하는 남선생님의 모습이, 사모님에게는 존경스럽게 보이기까지 했다. 10월인데도 남선생님은 땀을 뻘뻘 흘리고 있었다. 밖에 들리는 것을 꺼려하여 교실의 창문을 언제나 닫고 했기에 더욱 땀이 흘러내렸다.

선생님이라면 풍금 정도 칠 줄 아는 것은 당연한 일이었으나, 워낙 소학교만 나왔을 뿐 노력 하나로 교사가 된 남선생님에게는 무엇보다 풍금이 가장 고역이었다. 시골의 어느 학교에도 음악 전임 선생님은 없었다. 어떤 선생님이든 자신이 맡은 학급 학생들에게 체조도 창가도 전부 가르치지 않으면 안 되었다. 그런 것들도 싫었기에 자진해서 이런 외진 곳까지 온 것이었는데 이제 와서 풍금 앞에서 땀을 흘려야 하다니, 풍금을 때려 부수고 싶을 만큼 화가 났다.

그러나 오늘 밤에는 얘기가 좀 달랐다. 사모님 한 사람뿐인 학생이었다고는 하나 연주자와 가창자의 호흡이 맞는 곳까지 갔던 것이다. 그랬기에 남선생님은 비교적 기분이 좋았다. 그리고 사모님에게 약간은 자랑을 했다.

"나도 마음만 먹으면 풍금 정도는 금방 칠 수 있어."

사모님도 고분고분 머리를 끄덕였다.

"그럼요, 그럼요."

오이시 선생님이 쉬기 시작한 뒤, 내일은 여섯 번째 정도 되는 창가 시간이었다. 남선생님에게는 내일의 창가 시간이 기다려지기까지 했다.

"틀림없이 학생들이 깜짝 놀랄 거야."

"맞아요. 남선생님도 풍금을 칠 줄 안다고 다시 보게 될 거예요."

"그렇지. 한번쯤은 제대로 된 노래를 가르쳐줄 필요도 있으니까. 오이시 선생님은 별 의미도 없는 노래만 가르치니. '총총 물떼새'네, '싹둑 싹둑 싹둑' 하고, 마치 축제 때나 부르는 노래처럼 부드러운 노래뿐이잖아."

"그래도 아이들은 좋아하고 있어요."

"흠. 물론 여자아이들이라면 그것도 상관없을 테지만, 남자아이들에게는 어울리지 않는 노래야. 이쯤에서 내가 일본의 혼을 불러일으킬 만한 노래를 하나 가르쳐줄 필요도 있을 거야. 학생들은 여자만 있는 게 아니니까."

사모님 앞에서 가슴을 활짝 펴듯 하더니, 말이 나온 김에 불러본다는 듯, 조금 전까지 둘이서 연습하던 창가를 불렀다.

"커다란 바위는 무겁지 않고−."

"쉿, 남들이 들으면 미쳤다고 생각할 거예요."

사모님이 깜짝 놀라 손을 흔들었다.

그리고 드디어 다음날, 창가 시간이 와도 학생들은 꾸물꾸물 교실로 들어갔다. 어차피 오늘도 또 풍금 없이 노래를 불러야 한다고 생각했기에 옮기는 발걸음도 가볍지 않았던 것이리라. 작은 돌 선생님은 토요일 2교시가 끝나면 그대로 혼자 교실에 남아 풍금을 연주했으며, 3교시 시작을 알리는 나무판이 울림과 동시에 행진곡으로 바뀌어 모두의 발걸음을 저절로 들뜨게 해서 자연스럽게 교실로 인도를 해주었다. 그것이 얼마나 즐거운 일이었는지는 모두가 마음속 어딘가에서 알고 있었다. 말로는 표현할 수 없는, 그것은 기쁨이었다. 그랬기에 작은 돌 선생님이 오지 않게 된 지금, 말로는 표현할 수 없는 아쉬움이 모두의 마음속 어딘가에 있었다. 그 사실을 분명히, 라고는 할 수 없었으나, 모두가 희미하게 깨닫고 있었던 것이다.

"선생님이 듣고 있을 테니, 여러분이 좋아하는 노래를 부르도록."

풍금 같은 건 쳐다보지도 않고 남선생님은 그렇게 말했다. 노래를 부르라고 해도 풍금이 울리지 않으면 노래는 쉽게 나오지 않았다. 나오기는 해도 음이 잘 맞지 않았다.

그런데 오늘은 조금 달랐다. 교실에 들어서자 남선생님은 벌써 풍금 앞에 떡 버티고 앉아 기다리고 있었다. 여선생님과 가락은 조금 달랐지만 인사를 하자는 소리도 붕붕 들려왔다. 모두의 얼굴에 어라? 하는 빛이 보였다. 여선생님이 언제나 그랬던 것처럼, 2면짜리 칠판의 오른쪽에는 악보가 왼쪽에는 오늘 배울 노래가 세로로 적혀 있었다.

「커다란 바위」
커다란 바위는 무겁지 않고
국가에 바치는 뜻은 무겁다
일이 있는 그날, 적이 있는 그날
쏟아지는 화살과 총알 속을

헤치고 나아가 나라를 위해

다하라 남아의 본분을, 일편단심을

한자에는 전부 읽는 법이 달려 있었다. 남선생님은 풍금 앞에서 교단으로 가, 다른 수업 때와 다름없이 조릿대 막대기 끝으로 한 글자, 한 글자 가리키며 이 노래의 뜻을 설명하기 시작했다. 마치 수신(修身) 시간 같았다. 아무리 되풀이해서 이 노래의 깊은 뜻을 설명해도 알아듣는 아이는 몇명 되지 않았다. 1학년이 가장 먼저, 2학년이 뒤를 이어서 웅성웅성, 웅성웅성. 3학년과 4학년 가운데서도 소곤소곤, 소곤소곤 속삭이는 목소리가 들려왔다. 그러자 갑자기 찰싹! 조릿대가 소리를 냈다. 교단 위의 책상을 세게 두드린 것이었다. 순간 웅성거림은 가라앉고 비둘기 같은 눈들이 일제히 남선생님의 얼굴을 바라보았다. 남선생님은 엄하게, 그러나 일종의 부드러움을 담아,

"오이시 선생님은 아직도 당분간은 학교에 나오실 수 없다고 하니, 지금부터는 남선생님이 창가도 가르치겠다. 잘 외워야 돼."

이렇게 말하고 풍금 쪽으로 가더니, 고개를 숙어버리고

말았다. 그것은 마치 수줍어하고 있는 것처럼 보였다. 그런데 그 자세 그대로 남선생님은 노래를 부르기 시작했다.

"히히히후미미미 이이이무이, 하나, 둘."

학생들이 갑자기 웃음을 터뜨렸다. 도레미파를, 남선생님은 옛날식으로 부른 것이었다. 하지만 아이들이 아무리 웃어도 이제 와서 도레미파로 부를 자신이 남선생님에게는 없었다. 그랬기에 결국은 히후미요이무나히(도레미의 음계)부터 시작해서 남선생님 식으로 가르쳤다. 그러자 학생들은 그것을 아주 재미있어했다.

'미미미미후후후 히히미히─ 후─후후후히미이 이이이이무이미……'

이건 마치 미치광이가 웃기도 하고 화내기도 하는 것 같았다. 단번에 외워버렸고, 그날부터 커다란 유행이 되어버렸다. 누구 하나 그 용감하고 씩씩한 가사로 불러 남선생님의 뜻에 따르려 하는 아이는 없었고, 이이이이무이미─하고 불렀다.

그로부터 다시 몇 번인가의 토요일, 역시 「커다란 바위」를 부른 뒤 집으로 돌아가는 길이었다. 1학년생인 가가와 마스노가 되바라진 투로 함께 걷고 있던 야마이시 사나에에게 속삭였다.

"남선생님의 창가는 정말 마음에 들지 않아. 역시 여선생님의 노래가 좋아."

그렇게 말하고는 바로 여선생님한테 배운 노래를 부르기 시작했다.

산속의 까마귀가 가지고 왔다—

사나에도 고쓰루도 함께 따라 불렀다.

빨갛고 조그만 종이봉투……

오전에 수업이 끝나는 1학년 여자아이들만 모여 있었다.

"여선생님, 언제나 돼야 돌아오실까?"

마스노의 눈이 한 그루 소나무 쪽으로 향하자, 그것을 따라서 모두의 눈이 한 그루 소나무가 서 있는 마을 쪽으로 향했다.

"여선생님 얼굴, 보고 싶다."

이렇게 말한 것은 고쓰양, 가베 고쓰루였다. 지나가던 손

키 오카다 이소키치와 키친 도구다 기치지가 무리와 하나가 되어 그 말을 흉내 내서,

"여선생님 얼굴, 보고 싶다."

어느 틈엔가 진짜 그런 마음이 생겨난 듯, 멈춰 서서 함께 한 그루 소나무 쪽을 보았다.

"여선생님, 입원하셨대."

손키가 들은 얘기를 들은 대로 말하자 고쓰양이 옆에서 껴들며,

"입원한 건 처음이었어. 벌써 퇴원하셨대. 어제 우리 아버지가 길에서 선생님을 봤다고 했는걸."

그래서 고쓰루는 누구보다 먼저 얼굴이 보고 싶다고 생각한 모양이었다. 딸랑이인 그녀의 아버지는 배와 뭍 모두에서 일하는 심부름꾼이었다. 어제는 커다란 짐수레를 끌고 읍내까지 갔었던 것이다. 적어도 하루걸러 하루 정도는, 부탁받은 일들을 처리하기 위해서 후미진 바다를 둘러싼 읍내와 마을들을 빙글빙글 돌고 오는 딸랑이는 배와 수레에 여러 가지 소문도 함께 싣고 돌아온다. 오이시 선생님의 부상은 아킬레스건이 끊어진 것이라는 사실도, 이삼 개월은 제대로 걸을 수 없을 것이라는 사실도 전부 허리춤에 방울을

달고 돌아다니는 딸랑이가 듣고 온 내용이었다.

"그럼, 선생님 조금 있으면 오실지도 모르겠네. 빨리 오셨으면 좋겠는데."

사나에가 눈을 반짝이자 고쓰루가 이번에도 옆에서 껴들며,

"어떻게 오시겠어, 아직 다리가 펴지지도 않는데."

그리고 고쓰루는 약간 분위기에 휩쓸려,

"여선생님 댁에 가볼래, 모두 함께?"

이렇게 말하고 한 사람 한 사람의 얼굴을 빙 둘러보았다. 다케이치와 탄코 모리오카 다다시와 니타도 언제부턴가 무리 속에 들어와 있었다. 하지만 고쓰루의 생각에 바로 찬성한 사람은 아무도 없었다. 그저 말없이 한 그루 소나무 쪽만 바라보고 있는 것은, 거기까지의 거리를 자신들의 계산으로는 짐작할 수 없었기 때문이었다. 가는 데만 8㎞, 어른들이 말하는 20리라는 거리를 1학년생의 다리가 겪은 경험으로는 가늠할 수가 없었다. 까마득하게 먼 거리이기도 했고, 바다 위에서는 한순간에 둘러볼 수 있는 가까운 거리이기도 했다. 단지 수호신의 신사보다 멀다는 사실이 약간 무서웠다. 그들 가운데 한 그루 소나무까지 걸어간 적이 있는 사람

은 아직 아무도 없었다. 그 도중의 본마을에 있는 수호신의 신사까지는 매해 열리는 축제 때 걷기도 하고 배를 타기도 해서 가보았지만, 거기서부터 얼마나 더 가야 하는지는 아무도 알지 못했다. 딱 한 사람, 니타가 요 얼마 전에 한 그루 소나무보다 한 정거장 더 뒤에 있는 마을에 가본 적이 있었다. 하지만 그것은 수호신의 신사 아래에서부터 버스를 타고 한 그루 소나무 옆을 지난 것일 뿐이었다. 그래도 모두는 니타를 둘러쌌다.

"니타, 수호신의 신사에서 한 그루 소나무까지 몇 시간이나 걸렸어?"

그러자 니타는 우쭐해서 싯누런 콧물을 훌쩍이지도 않고,

"수호신의 신사에서는 금방이었어. 버스가 말이지, 빵빵하고 경적을 울리며 한 그루 소나무 옆을 휙 달려 지나갔어. 만주 하나도 다 먹지 못했어."

"거짓말하지 마. 만주 하나는 먹는 데 1분도 걸리지 않아."

다케이치가 이렇게 말하자 가와모토 마쓰에가 니시구치 미사코에게 "그치?"하고 동의를 구하며 "버스가 아무리 빨라도 1분 걸렸을 리가 없어, 그치?"

모두가 아니라고 하자 니타는 흥분해서,

"정말이야. 내가 수호신의 신사 앞에서 먹기 시작한 만주가 버스를 내릴 때도 아직 손에 분명히 남아 있었어."

"진짜야?"

"진짜야."

"손가락 걸 수 있어? 자."

"그래, 손가락 걸게."

이렇게 해서 모두는 안심했다. 니타가 태어나서 처음으로 타본 버스가 너무나도 신기해서 만주를 먹는 것도 잊고 운전수의 손만 보고 있었으리라고는 누구도 생각지 못했다. 어쨌든 니타만이 버스에 타본 적이 있었다는 사실과, 한 그루 소나무의 다음 정거장에 있는 마을에서 내릴 때까지 만주 하나를 다 먹을 시간도 없었다는 사실, 이 두 가지로 미루어보아 수호신의 신사에서 한 그루 소나무까지의 거리는 그리 대단할 것이 없다고 생각했다. '물론 자전거를 타기는 했지만 여선생님은 매일 아침 그렇게 일찍 한 그루 소나무에서부터 다녔잖아?' 그런 일도 멀다는 느낌보다는 가깝다는 느낌으로 모두의 머리에 떠오른 모양이었다. 그렇게 마음이 움직이고 있을 때, 맞은편 해안을 따라서 난 길로 버스가 달려가는 것이 보였기에 더는 견딜 수가 없었다. 조그맣게, 조그맣게 보이는 버스는 정말 순식간에 숲속으로 달려가 모습을 감추었다.

"아아, 가고 싶다!"

마스노가 느닷없이 소리를 질렀다. 특별한 이유는 없었지만 남자아이들에게까지 영향을 준 마스노의 한마디였다.

"가보자."

"그래, 가자."

다다시와 다케이치가 찬성했다.

"가자, 가. 뛰어 갔다가 뛰어 오자."

"그래, 그래."

고쓰루와 마쓰에가 팔짝팔짝 뛰며 용기를 냈다. 말이 없는 것은 사나에와 가타기리 고토에뿐이었다. 사나에는 원래 말이 없는 성격을 타고났기 때문이었으나, 고토에는 복잡한 얼굴을 하고 있었다. 집안일이 마음에 걸렸던 것이리라.

"고토양, 안 갈 거야?"

고쓰루가 비난하듯 말하자 고토양은 더욱 불안한 표정을 지으며,

"할머니께 여쭤보고."

그 조그만 목소리에는 자신감이 없었다. 1학년인 고토에를 시작으로 5남매인 그녀의 등에서는 한시도 어린아이들이 떠날 날이 없었다. 다섯 살 정도 때부터 동생들 보살피는 역할이 그녀에게 주어졌던 것이었다. 집에 가서 물어본다고 한들 허락받을 가망은 전혀 없었다. 하지만 그것은 사나에나 마쓰에나 고쓰루 역시 마찬가지였다. 모두 풀이 죽어서 서로의 얼굴을 바라보았다. 열 살이 될 때까지는 놀아도 된다는 것이 어린이들에 대해서 옛날부터 내려온 규율과 같은 것이었으나, 논다고 해도 그건 정말 자유롭게 놀 수 있는 것이 아니라 언제나 동생들을 데리고 다니거나 아기를 등에 업고 놀아야 했다. 정말로 마음껏 놀아도 되는 것은 외동딸인 마스노와 미사코뿐이었다.

고토에의 한마디가 모두에게 그 사실을 떠오르게 했으나, 그렇다고 해서 생각을 바꿀 수 있을 만한 분위기는 아니었다.

"밥을 먹고 나서 몰래 빠져나오자."

고쓰루가 이제는 무를 수 없는 일이라는 듯 모두를 부추겼다.

"맞아. 모두 집에다 말하면 못 가게 할지도 몰라. 몰래 가자."

다케이치가 머리를 굴려 이렇게 결단을 내렸다. 이렇게 되자 더는 누구 하나 반대하는 사람이 없었으며, 몰래 가기로 했다는 사실이 오히려 모두의 마음을 설레게 했다.

"몰래 빠져나와, 부두의 위쯤에서 모두 만나기로 하자."

다다시가 이렇게 말하자 총대장격인 마스노가 한층 더 머리를 짜내서,

"부두 위는 만물상 아줌마한테 들키면 골치 아프니, 수풀 쯤에서 만나기로 하자."

"그게 좋겠다. 모두 밭두렁을 지나서 빠져나와."

각자가 갑자기 바빠졌다.

"정말 뛰어 갔다가 뛰어 올 수 있겠지?"

다시 한 번 확인을 한 것은 고토에였다. 모두가 뛰어서 집으로 돌아가고 난 뒤, 고토에는 이런저런 생각을 하며 걸어갔다. 아무리 생각해봐도 몰래 빠져나올 방법은 없을 듯 여겨졌다. 나는 그만두기로 할까. 하지만 그럴 수는 없었다. 그러면 내일부터 누구도 놀아주지 않을지도 모른다는 생각이 들었다. 따돌림을 당하기는 싫었다. 혹시 몰래 빠져나오는 데 성공한다 할지라도, 나중에 할머니나 어머니에게

야단을 맞기도 싫었다.

　동생 같은 거 없었으면 좋았을 텐데.

　그런 생각이 들자 평소에는 귀여웠던 동생 다케시의 얼굴
이 미워져 하루 정도는 그냥 내버려두고 싶다는 마음이 들
었다. 그녀의 발걸음이 갑자기 왔던 길로 되돌아가, 밭 쪽으
로 걸어갔다. 숲이 보이기 시작하자 달려갔다. 누구에겐가
들킬 것만 같아 조마조마했다.

　2시간 뒤의 일이었다. 아이에 대해서 가장 먼저 걱정하기
시작한 것은 고토에의 할머니였다.

　"배도 고플 텐데 뭘 하고 있는 걸까?"

　처음에는 혼잣말을 했다. 집에 오면 다케시를 고토에의
등에 동여매 놓고 할머니는 밭으로 두 번째 광저기(광저기는
한 번 따고 난 뒤에 다시 꽃을 피우고 열매를 맺는다. 그것을 일컫는 말.
두 번째 광저기는 크기도 작고 양도 얼마 되지 않지만 귀중한 식량이었다.
– 역주)를 따러 갈 생각이었는데 고토에가 돌아오질 않았다.
학교에 가봐야 지금 이 시간에 있을 리 없을 것이라 생각해
서 아기와 포대기를 들고 가장 친한 사나에의 집으로 가보
았다. 거기서 노는 데 정신이 팔린 것이라고만 생각한 것이

었다.

"밥은 먹었수? 우리 고토 안 왔나?"

물론 있을 리가 없었다. 뿐만 아니라 사나에도 아직 오지
않았다는 것이었다. 돌아오는 길에 조왕신의 사당을 들여다
보았으나 삼나무 그늘에서 놀고 있는 것은 고토에보다 조금
크거나 작은 아이들뿐이었다. 누구에게랄 것도 없이 커다란
목소리로,

"얘들아, 우리 고토, 못 봤냐?"

"못 봤어요."

"오늘은 한 번도 못 봤어요."

"사나에네 집에 있는 거 아니에요?"

여러 가지 대답이 차례차례 날아들었다. 그건 하나같이
화가 나는 대답들뿐이었다.

"어떻게 된 앤지 모르겠네, 정말. 보면 당장 집으로 오라
고 해라."

할머니는 휙 던지듯 아기를 등에 업고 아직 말귀도 못
알아듣는 아기에게 이야기하기 시작했다.

"누나는 어디로 사라져버린 걸까? 고토 계집, 돌아오면
혼쭐을 내줘야겠다."

하지만 점심도 아직 먹지 않았다는 사실을 생각하면 조금 걱정이 되었다. 걱정을 하며 토방에서 짚신을 삼고 있자니 가와모토 목수네 아주머니가 다급한 발걸음으로 찾아왔다.

"안녕하세요. 오늘은 날이 좋네요. 우리 집 마쓰를 찾으러 왔는데, 안 보이네요."

그 말을 들은 고토에의 할머니는 짚신 삼던 손길을 멈추고,

"맛짱도야? 점심도 먹지 않고 어디를 싸돌아다니는 건지 모르겠어."

"우리 마쓰는 밥은 먹으러 왔었어요. 젓가락 놓자마자 볼일이 있는 사람처럼 나가기에 금방 돌아올 줄 알았더니 올 생각을 앓네요."

고토에의 할머니는 갑자기 걱정이 되기 시작했다. 이제는 짚신이 문제가 아니었다. 목수네 아주머니가 찾아오겠다고 말하고 돌아간 뒤에도 걱정은 점점 더 커질 뿐이었다. 밖으로 나갔다가 들어왔다가, 자리에서 일어섰다가 앉았다가, 안절부절못했다.

'그래, 그럴 만도 하지. 한창 놀 나이잖아. 매일 동생만 봤으니 반항하고 싶기도 하겠지……'

눈물이 뚝 떨어졌다. 그 눈물로 흐려진 눈에 어렸을 때부터 동생들 돌보는 일만 시켜서인지 엉덩이가 튀어나와버린 조그만 고토에의 가엾은 모습이 떠올라 지워지지 않았다.

'대체 어디서, 뭘 하고 있는 걸까? 오늘은 애들 엄마아빠까지 늦네…….'

밖으로 나가 바다를 바라보았다. 전갱이를 잡으러 나간 고토에의 부모님까지 오늘은 특히 늦게 돌아오는 것 같다고 할머니는 느꼈다.

"아직 안 왔나요?"

목수네 아주머니가 세 번째로 찾아오기까지 고쓰루의 언니와, 사나에의 동생과, 후지코의 어머니가 각자 집의 딸이 걱정이 되어 찾으러 왔었다. 얼마 뒤, 1학년생 전부가 없다는 사실을 알게 되었고, 다시 본교에 다니는 학생 중 한 명이 하치만도라는 문방구 옆에서 모두를 봤다고 말했기에 마침내 걱정은 절반이 되었다. 그런 만큼 소문이 마을 전체에 퍼져 각자가 멋대로 한마디씩 했다.

"연극이 왔다던데, 보러 간 거 아닐까?"

"돈도 없는데, 어떻게?"

"언덕이나 간판 같은 데서 입을 벌리고 보고 있을지도

몰라."

"아이들은 호기심이 많으니까."

1학년생이 있는 집의 사람들도 이제는 절반쯤 웃으며 이야기를 나누었다.

"좀 있으면 고픈 배 움켜쥐고, 발에 물집을 만들어 가지고 돌아오겠지."

"어떤 낯짝으로 돌아올지 모르겠네. 한심한 것들."

"돌아오면 화를 내야 하나? 야단치지 않는 게 좋으려나?"

"칭찬을 할 수는 없잖아."

이런 한가로운 얘기를 할 수 있는 것도 손키의 형, 니타와 후지코의 아버지들이 아이들을 데리러 갔기에 마음이 놓였기 때문이었다. 아무리 그래도 오이시 선생님을 떠올린 사람이 아무도 없다니, 아이들의 마음을 몰라도 너무 몰라주었다.

아이들을 데리러 간 세 사람은 본마을에 접어들자, 뭔가 알 것 같은 사람이 보일 때마다 말을 물었다.

"잠깐 실례하겠습니다만, 점심때쯤에 일고여덟 살쯤 되는 아이들 열 명 정도가 지나는 걸 못 봤습니까?"

같은 말을 몇 번이나 되풀이했는지.

그렇다면 아이들은 무엇을 하고 있었을까?

수풀 위에 가장 먼저 도착한 것은 말할 필요도 없이 고토에였다. 고토에는 풀숲 사이에 학교의 보따리를 숨겨놓고 거기서 아이들을 기다렸다. 기치지와 손키가 앞다투어 달려왔다. 뒤이어 다케이치와 다다시. 가장 늦은 것은 후지코와 니타였다. 니타는 용의주도하게 셔츠와 바지 주머니 4개를 볶은 누에콩으로 볼록하게 만들어서 왔다. 집에 있는 콩 전부를 가져온 것이라고 했다. 통 크게 그것을 모두에게 조금씩 나눠주며 가장 기쁜 얼굴을 하고 있었다. 아작아작 볶은 콩을 씹으며 일행은 출발했다.

"여선생님, 깜짝 놀랄 거야."

"응, 기뻐하시겠지."

고토에 혼자서만 맨 앞에 서서 모두를 돌아보았다. 뛰어서 갔다가 뛰어서 오기로 해놓고는 하나같이 느릿느릿 걷는다고 생각했다. 가보면 알 수 있을 텐데, 모두 저마다 여선생님 얘기만 하고 있었다.

"여선생님, 절룩거리며 걷는대."

"여선생님 다리, 아직도 아픈 걸까?"

"그거야 아프니까 절룩거리는 거 아닐까?"

그러자 손키가 쪼르르 앞으로 달려나가더니,

"너희들 말이지, 여기가 아킬레스야. 이 굵은 힘줄이 끊어진 거야."

자신의 아킬레스건을 문질러 보이고는,

"이런 데가 끊어진 건데 안 아프겠어?"

드디어 모두의 발걸음이 빨라지기 시작했다. 아이들끼리 서만 이 길을 걷는 것은 처음이었다. 산줄기를 하나 지날 때마다 새로운 광경이 펼쳐져 지루하지 않았다. 곶을 가로질러 후미진 바다 쪽으로 난 길로 접어들자, 한 그루 소나무가 있는 마을이 비스듬하게 뒤쪽으로 멀어졌다. 그만큼 가까워졌다는 사실이 거짓말처럼 느껴져 불안한 마음이 들었으나 누구도 그런 말은 하지 않았다. 잠시 후, 저 멀리로 본교에서 돌아오는 학생들의 무리가 보였다. 모두 덜컥해서 서로 얼굴을 마주보았다.

"숨어, 숨어. 서둘러서."

마스노의 목소리가 나머지 11명을 원숭이처럼 날래게 만들었으며, 억새풀 사이로 뛰어들게 만들었다. 바스락바스락 소리를 내며 억새가 흔들렸다.

"움직이지 마! 소리를 내면 안 돼."

마스노가 얇은 입술을 젖히고 꼬리가 살짝 올라간 가늘고 긴 눈을 치켜뜨자 다케이치와 다다시까지 목소리와 몸을 감춰버리고 말았다. 모두의 키보다 곱절이나 클 것 같은 조릿대와 억새 숲이 열두 명의 아이들을 숨긴 채 사각사각 울고 있었다. 하지만 들키지 않고 커다란 아이들을 그냥 지나가게 한 건 그야말로 마스노의 기지 덕분이었다. 그녀가 노려보면 모두 고양이처럼 얌전해져버리고 만다.

곶의 길에서 나와 마침내 본마을로 들어섰을 때부터 아이들은 저절로 소리를 낮춰 말하고 있었다. 한 그루 소나무가 있는 마을로 가기까지에는 몇 개의 크고 작은 마을에 수많은 집들이 모여 있었다. 크고 작은 그 마을들을 하나 지나서는 하나 맞아들이고, 또 하나 지나서는 다시 하나를 맞아들이고, 진력이 날 정도로 그것을 되풀이했으나 한 그루 소나무는 좀처럼 나오지 않았다. 곶의 마을에서 보면 그렇게 가까웠던 한 그루 소나무, 눈앞에 보였던 한 그루 소나무, 그게 지금은 모습조차 보이지 않았다. 8km, 어른들이 말하는 20리라는 거리가 발바닥에 느껴지기 시작했기에 점점 말수가 줄어들었다. 지나는 사람들의 얼굴도 낯설었다. 마치 먼 나라에 온 것 같은 두려움이 무거운 추처럼 모두의 가슴속으로 점점 내려앉았다.

이제 한 모퉁이만 더 돌면 한 그루 소나무를 바로 앞에서 볼 수 있다는 사실을 아무도 알지 못했기 때문이었다. 물어봐도 뾰족한 수가 없는 니타에게 묻기도 이제는 포기하고 단지 앞으로 앞으로 한 걸음이라도 더 내디딜 수밖에 없었다. 다케이치와 미사코는 가장 먼저 짚신이 끊어졌는데, 끊어지지 않은 한쪽을 미사코에게 주고 다케이치는 맨발이 되었다. 기치지와 다다시도 위험했다. 1전이라도 가지고 있는 사람은 아무도 없었다. 짚신을 살 수 있을 리 없었다. 맨발로 돌아가야 한다는 사실이 걸어온 길의 먼 거리와 하나의 생각으로 합쳐져, 짚신이 끊어지려 하는 사람의 마음은 더욱 암담해졌다.

갑자기 고토에가 울기 시작했다. 점심을 거른 그녀였기에 가장 먼저 지쳐서 참을 수 없었던 것이리라. 길가에 웅크리고 앉아 엉엉 엉엉 소리 내어 울었다. 그러자 미사코와 후지코가 분위기에 휩쓸려 훌쩍거리기 시작했다. 모두 멈춰서서 멍한 얼굴로 울고 있는 세 사람을 보고 있었다. 자신들도 울고 싶은 심정이었다. 기운을 내라는 등의 말은 나오지도 않았다. 발걸음을 돌리면 된다. 그만 돌아가자고 누군가가 말하면 될 터였다. 하지만 누구에게도 그 말을 할 힘이 남아 있지 않았다. 마스노와 고쓰루조차 당혹스러운 빛을 띠고 있었다. 그녀들도 역시 울고 싶은 심정이었던 것이다. 그러나 울지 않았다. 차라리 모두가 울기 시작하면 누군가가 도움의 손길을 내밀었을 테지만, 그 사실도 깨닫지 못했다.

초가을의 하늘은 한없이 맑아서 오후의 햇살이 이 어린 무리에게 하얗게 메마른 길의 한가운데서 이상한 모습을 연출하게 하며 뒤에서부터 비추고 있었다. 집으로 돌아가고 싶다는 생각이 저절로 솟아올라 자신들도 모르게 걸어온 길 쪽을 향해 서 있었다. 그 앞쪽에서 경적소리와 함께 은빛 버스가 달려왔다. 순간 12명은 똑같은 마음이 되어 좁다란 길가의 풀숲 속으로 물러나 나란히 서서 버스를 맞이했다. 고토에조차 이제는 울지 않고 열심히 버스를 바라보고 있었다. 모락모락 연기 같은 하얀 흙먼지를 피워 올리며 버스가 눈앞을 지나치려 했다. 순간 그 창으로 뜻밖의 얼굴이 보였기에,

"어, 어!"

라고 말했다 싶었는데 버스는 달려 지나가고 말았다. 오이시 선생님이었다.

와아!

자신들도 모르게 길로 뛰쳐나와 환호성을 지르며 버스의 뒤를 따라 달렸다. 새로운 힘이 어디서 솟았는지, 모두의 발걸음이 가벼웠다.

"선생님."

"여선생님."

버스가 도중에 멈춰서 여선생님을 내려놓고는 다시 달려 나갔다. 목발에 기대어 모두를 기다리고 있던 선생님이 옆까지 오기를 기다리지 못하고 커다란 목소리로 말했다.

"너희들 어떻게 된 거니?"

달려가 그 손에 매달릴 수도 없었고, 반가움과 일종의 두려움 때문에 곁으로 가지도 못하고 그대로 멈춰 선 아이도 있었다.

"선생님 보러 왔어요. 되게 멀었어요."

니타가 말문을 열었기에 다른 아이들도 저마다 입을 열었다.

"모두가 약속해서 몰래 왔어요. 그치?"

"한 그루 소나무가 하도 안 나와서 고토양이 울던 참이었어요."

"선생님, 한 그루 소나무는 어디 있어요? 아직 멀었어요?"

"다리 아직도 아파요?"

웃고 있는 선생님의 뺨으로 눈물이 쉴 새 없이 흘러내렸다. 걱정할 필요도 없었다. 한 그루 소나무도 선생님의 집도 바로 앞이라는 사실을 알고는 다시 한 번 환호성이 올랐다.

"근데 한 그루 소나무, 정말 만만치 않았지?"

"그만 돌아가 버릴까 생각했을 정도로 멀었어."

목발을 둘러싸고 걸어서 선생님의 집에 가자 선생님의 어머니도 깜짝 놀라서 갑자기 이리저리 뛰어다니기 시작했다. 아궁이에 불을 지피기도 하고 몇 번이나 밖으로 달려나가기도 하고. 그렇게 1시간 정도 선생님 댁에 있었을까? 그 사이에 유부우동을 내주셨는데 한 그릇 더 달래서 먹은 아이까지 있었다. 선생님은 기뻐하며 기념사진을 찍자고 했고, 동네의 사진사를 불러 한 그루 소나무까지 갔다.

"너희들의 얼굴을 좀 더 보고 싶지만, 곧 해가 질 테니. 집에서 사람들이 걱정하고 있을 거야."

돌아가려 하지 않는 아이들을 달래서 간신히 배에 오르게 한 것은 4시를 지나서였다. 짧은 가을해가 기울어 곶의 마을은 아무 일도 없었다는 듯 황혼 빛 속에 잠기려 하고 있었다.

"안녕히 계세요."

"안녕히 계세요."

목발을 짚고 물가에 서서 배웅하는 선생님을 향해 배 위에서 쉬지 않고 목소리가 들려왔다.

어른 셋이 본마을에서 곶의 마을까지 아이들을 찾으며 돌아다니고 있을 때, 열두 명의 아이들은 생각지도 못했던 길을 지나서 마을로 돌아왔다.

"와아!"

"야아!"

엉뚱한 시간에 바다에서 들려오는 외침에 곶의 마을 사람들은 깜짝 놀랐다. 야단을 치기도 했지만 결국은 커다란 웃음이 되었고, 오이시 선생님의 인기는 더욱 올라갔다.

그 다음다음 날, 딸랑이의 커다란 수레에는 진귀한 물건들이 실렸다. 너무나도 자잘한 것들이었기에 딸랑이는 그것을 빈 사과상자에 담아 마을을 나섰다. 중간 중간에 여러 가지 일들을 처리하며 한 그루 소나무까지 와서는 사과상자를 그대로 짊어지고 걷기 시작했다. 허리춤의 방울이 딸랑딸랑 발걸음을 옮길 때마다 울리다가 마침내 딸그락 하고 멈춘 것은 오이시 선생님 댁의 툇마루 앞이었다. 딸랑이의 방울소리는 어딘가에서 무엇인가가 도착했음을 알리는 인사였다. 긴말은 별로 필요하지 않았다.

"자, 쌀 다섯 홉에 콩 한 되. 이건 가벼운데. 마른 멸치인가? 그리고 쌀 한 되에 콩 다섯 홉이 하나 더ㅡ."

조그만 자루를 몇 개나 꺼내 툇마루의 나무 바닥 위에 쌓아올렸다. 자루에는 이름이 적혀 있었다. 그것은 전부 정이 많은 곳의 마을에서 오이시 선생님에게 보내는 위로의 쌀과 콩이었다.

작 별

　사진이 나왔다. 한 그루 소나무를 배경으로 목발에 기댄 선생님을 12명의 아이들이 서기도 하고 쪼그려 앉기도 해서 둘러싸고 있었다. 이소키치, 다케이치, 마쓰에, 미사코, 마스노, 차례대로 보다가 니타가 있는 곳에 오자 자신도 모르게 웃음이 터져 나왔다. 니타가 몸에 너무 힘을 주고 있었기 때문이었다. 참고 있는 숨이 당장에라도 피시식 새어 나오며 헐떡거릴 듯 굳어 있었다. 차렷 자세를 취하고 있는 그 모습은 누가 봐도 웃지 않을 수 없는 것이었다. 마스노와 미사코 외에는 태어나서 처음 찍는 사진이었기에 대부분은 모두가 얼어 있었다. 그 가운데서도 니타와 기치지는 특히 심했다. 니타와는 반대로 몸을 웅크린 채 얼굴을 돌리고, 거기다 눈까지 감고 있는 기치지는 평소의 소심함을 그대로 드러내고 있는 듯해서 가엾다는 생각이 들 정도였다.

가엾은 키친. 무서웠던 모양이네. 사진기 속에서 무엇인가가 튀어나올 줄 알았던 모양이네…….

혼자 사진을 보며 웃고 있는데 본교의 교장선생님이 오셨다. 그 목소리를 듣자 이번에는 오이시 선생님이 저절로 차렷 자세와 같은 몸이 되어 현관으로 나갔다. 목발에서 벗어나기는 했으나 아직 절룩거리며 걷는 모습을 교장선생님은 눈썹을 약간 찌푸리며 안쓰럽다는 듯한 얼굴로 보았다.

"큰일을 치렀구나."

"네, 하지만 많이 좋아졌어요."

"아직도 아프냐?"

어떻게 대답해야 좋을지 몰라 망설이고 있자니, 교장선생님이 재촉을 하러 온 것이라 생각한 듯 어머니가 대신 대답했다.

"너무 오래 폐를 끼쳐서 죄송합니다. 이제는 많이 좋아진 듯합니다만, 아직은 자전거를 탈 수 없어서 언제까지고 이렇게 꾸물거리고 있습니다, 네."

그러나 교장선생님은 그럴 생각으로 온 것이 아니라 문병 겸 좋은 소식을 가지고 온 것이었다. 친구의 딸인 오이시 선생님을 오늘은 이름으로 부르며,

　"히사코도 한쪽 다리를 희생했으니 곶에서의 근무는 이제 됐습니다. 본교로 돌아오게 되었습니다만, 다리가 저러니 본교도 아직 힘들겠지요."

　어머니는 갑자기 눈물을 글썽이며,

　"아이고, 이거."

라고 말한 뒤 한동안 말을 잇지 못했다. 전혀 뜻밖의 기쁜 소식이었기에 갑자기는 감사의 말도 나오지 않았던 것이다. 그런 분위기를 수습하려는 듯, 딸 오이시 선생님 역시 아까부터 말이 없었다는 사실을 깨닫고,

　"히사코, 히사코야. 왜 그렇게 멍하니 있는 거냐. 감사의 인사를 드려야지."

　그러나 기껏 생각해서 일을 처리해주신 교장선생님의 조치가 오이시 선생님에게는 그렇게 기쁘지 않았다. 이런 일이 만약 반년 전에 있었다면 경중경중 뛸 듯 기뻐했을 테지만, 지금은 그렇게 간단히 기뻐할 수 없는 사정이 생기고만 것이었다. 그랬기에 입에서 나온 말은 감사의 인사가

아니었다.

"그런데 그 일은 벌써 결정이 난 건가요? 후임 선생님도?"

그것은 마치 말도 안 되는 일이라는 듯한 말투였다.

"결정 난 일이야. 직원회의에서, 어제. 왜 싫으냐?"

"싫다니, 제게 그런 말 할 권리는 없습니다만, 그래도 역시 당황스럽습니다."

거기에 어머니라도 계셨다면 오이시 선생님은 야단을 맞았을지도 모른다. 그러나 어머니는 다과라도 사러 간 듯, 자리를 비우고 난 뒤였다. 교장선생님이 지그시 웃으며,

"뭐가 당황스럽다는 거지?"

"그게, 학생들하고 약속했어요. 곶으로 다시 가겠다고."

"그거 놀랍군. 그런데 어떻게 통근할 생각이지? 어머니가 당분간은 자전거도 탈 수 없다고 하시기에 내린 조치인데."

더는 뭐라 할 말이 없었다. 그러자 곶의 마을이 한층 더 그리워져 자신도 모르게 미련이 남는다는 듯 말했다.

"후임 선생님은 누구신가요?"

"고토 선생님이야."

"어머!"

죄송하게 되었다는 말이 나오려는 것을 간신히 참았다. 고토 선생님이야말로 어떻게 다니시려는 건지 걱정이 되었기 때문이었다. 조금 있으면 벌써 마흔 살이고, 거기다 고토 선생님은 결혼을 늦게 했기에 젖먹이 아기까지 있었다. 자신보다는 곳과 조금 더 가까운 마을에 살고 있다고는 하지만 시오리(6㎞)는 될 곳까지, 추위와 맞서 어떻게 다닐까 하는 생각이 들자 죄송한 마음과 자기 마음에 남아 있는 아쉬움이 하나가 되어 갑자기 눈썹을 들어올렸다.

"그럼, 교장선생님. 이렇게 해주실 수는 없으신가요? 제 다리가 완전히 나으면 언제든지 바꿔드릴 테니, 그때까지 고토 선생님에게 부탁드리기로 하고……."

참으로 좋은 생각이다 싶었으나 교장선생님의 대답은 전혀 뜻밖의 것이었다.

"너무 그렇게 마음 쓰지 않아도 된다, 히사코. 마침 네가 그렇게 깊이 생각하지 않아도 되게 일이 잘 마무리되었으니. 곳으로 가겠다고 고토 선생님이 자원을 한 거다."

"어머, 어째서죠?"

"여러 가지 사정이 있어서 말이지. 이젠 늙어서 내년이면 그만둘 차례인데 곳으로 가면 3년 정도는 더 다닐 수 있으니까. 그렇게 말했더니 기꺼이 승낙을 했다."

"세상에, 늙었다니!"

서른여덟, 아홉인데 늙었다니? 아직 젖먹이를 기르고 있는 여자가 늙었다니. 어이가 없다는 얼굴로 말을 잇지 못하는 오이시 선생님을 보고, 어느 틈엔가 밖에서 돌아오신 어머니가 과일 등이 담긴 쟁반을 내밀며 딸의 조심스럽지 못한 태도에 마음이 조마조마해서,

"히사코, 뭐 하고 있는 거냐. 기껏 생각해서 베푸신 교장선생님의 호의에 제대로 감사의 말씀도 드리지 않고. 가만히 듣고 있자니 너 아까부터 삐딱한 말만 하고……."

그리고 교장선생님 앞에 공손히 손을 모아,

"이게 다 제 잘못입니다. 외동딸이라고 저도 모르게 오냐오냐 기른 탓인지 영 실례되는 말만 하고. 그래도 학교에 관한 일만은 자나 깨나 늘 생각하는 모양으로, 빨리 나가고 싶다고 귀에 못이 박일 정도로 말하고 있습니다. 이렇게 신경을 써서 본교로 바꾸어주셨으니 앞으로 열흘쯤만 지나면 버스를 타고 다닐 수 있을 것이라 생각합니다. 참으로 철딱서니 없는 애지만, 앞으로도 잘 부탁드리겠습니다."

딸이 해주었으면 하는 말을 혼자서 늘어놓은 뒤, 몇 번이고 머리를 숙였다. 그리고 눈짓으로 넌지시 신호를 주었으나, 오이시 선생님은 모르는 척하고 아직도 고토 선생님의 일에 매달렸다.

"그럼 고토 선생님은 벌써 곳으로 출근을 시작하셨나요?"

교장선생님도 조금은 유별나고 반항적인 이 아가씨를 상대하는 것이 재미있다는 듯,

"그건 아직 아니다. 정 그렇다면 다시 한 번 직원회의를 열어서 취소해도 상관은 없다. 고토 선생님은 실망하실 테지만."

어머니 한 사람만은 조마조마하게 애를 태웠다. 그런 어머니를 향해서 교장선생님은,

"오이시 군을 닮은 구석이 있습니다. 고집스러운 점. 그 사람은 말입니다, 소학생의 나이로 스트라이크를 일으켰습니다. 전대미문입니다."

껄껄껄 웃었다. 그 이야기는 전에도 들은 적이 있었다. 담임 선생님께 오해를 받게 되자 화가 나서 소학교 4학년생이었던 아버지가 반 친구들을 부추겨 하루 집단행동을 했다

고 한다. 같은 학년이었던 교장선생님도 동정해서 친구들과 함께 마을의 관청으로 몰려가 선생님을 바꿔달라고 요청했다고 한다. 올해 봄, 취직을 부탁하러 갔을 때 처음으로 아버지의 소년 시절 이야기를 듣고 어머니와 딸은 함께 웃었다. 그저 하나의 추억으로 웃으며 이야기하고 있는 아버지의 일이, 지금의 오이시 선생님에게는 신기하게도 커다란 의미로 다가왔다.

교장선생님이 돌아가시고 난 뒤, 혼자 생각에 잠겨 있는 오이시 선생님을 어머니가 달래주듯,

"그래도 어쨌든 잘된 일 아니냐, 히사코."

그러나 오이시 선생님은 말이 없었다. 그리고 저녁밥도 평소보다 적게 먹었다. 밤늦게까지 거듭 생각한 끝에 드디어 어머니께 말했다.

"잘된 건지도 모르겠네. 내게도, 고토 선생님에게도."

그건 '잘된 일 아니냐.'라는 말을 들은 지 4시간이나 뒤의 일이었다. 어머니는 마음이 놓인다는 듯한 얼굴로,

"그럼, 그렇고말고. 모든 일이 원만하게 잘 풀린 게다, 히사코."

그러자 선생님은 다시 한동안 생각에 잠겨 있다가, 분명

한 목소리로 말했다.

"절대로 그렇지 않아. 모든 일이 원만하게 풀린 건 아니야. 적어도 고토 선생님한테는 말이지. 세상에, 늙었다니, 말도 안 돼."

딸이 흥분한 것이라 생각한 듯 어머니는 더 이상 딸의 말을 거스르지 않고 다정하게 말했다.

"어쨌든 그만 자자꾸나. 꽤 늦은 듯하니."

그 다음날, 마음을 굳힌 오이시 선생님은 곶의 마을로 배를 타고 나섰다. 사공은 고쓰루의 아버지처럼 나룻배를 젓기도 하고 수레를 끌기도 하는 것이 직업인, 한 그루 소나무가 있는 마을의 딸랑이었다. 10월 말의 바람이 없는 아침이었다. 하늘과 바다 모두 새파랗게 물들었고, 단단히 죄어오는 듯한 바다 공기는 자신도 모르게 두 팔의 소매로 가슴을 끌어안고 싶을 만큼 차가웠다.

"오오, 추워라. 이젠 겹옷을 입어야겠어요, 아저씨."

"글쎄, 해가 뜨면 그렇지도 않아. 지금이 제일 좋은 계절이지. 덥지도 않고, 춥지도 않고."

오이시 선생님은 평소와 달리 잔무늬가 있는 서지 천의

기모노에 자주색 하카마(주름 잡힌 하의. ― 역주)를 입고 있었다. 돗자리를 깐 뱃전 사이에 비스듬하게 앉은 다리를 하카마가 잘 가려주었으며, 배는 짙은 감색 바다 위로 선생님의 마음 하나를 실은 채 규칙적으로 노 젓는 소리를 내며 똑바로 나아가고 있었다. 2개월 전에 울며 건넜던 바다를 지금은 오기로 다시 건너고 있었다.

"이번에는 큰일을 당했어."

"네."

"젊은 사람은 뼈가 부드러워서 부러져도 금방 낫지."

"뼈가 아니에요. 힘줄도 아니고요. 아킬레스건이라고 하는 거예요. 뼈보다 더 고치기 어렵대요."

"이이고, 그럼 더욱 못쓰겠구나."

"하지만 고생을 시키려고 그런 건 아니잖아요. 그냥 다친 거예요. 어쩔 수 없죠, 뭐."

"그런 일을, 당하고도, 작별인사를, 하러 가다니, 마음씨가, 곱기도 하구나. 어기영차."

사공은 노에 맞춰 짧게 끊으며 말하고 '어기영차'에서 한층 더 힘을 주어 저었다. 오이시 선생님도 큭큭 웃으며 거기에 맞춰,

"그렇기는, 하지만, 겨우, 1학년생이, 부모님에게도, 말하지 않고, 문병을 왔잖아요. 가지 않을 수, 있겠어요? 어기영차."

오이시 선생님이 깔깔 웃자 사공도 기분이 좋은 듯,

"의리를, 저버려서는, 안 되지. 그게, 세상 이치야. 어기영차."

이제 오이시 선생님은 배를 움켜쥐고 마음껏 웃었다. 바다 위에서는 그 누구도 마음에 두는 사람이 없으며, 그 웃음소리까지 노 젓는 소리에 끊어졌고, 배는 점점 바다 한가운데로 나갔다가 마침내 맞은편 마을로 다가가고 있었다. 아직 아침밥을 짓는 연기가 남아 있는 곶의 끝자락은 벌써 오래 전에 오늘의 출발이 시작된 듯, 조그만 소리들이 쉴 새 없이 들려왔다. 요즘 그 아이들은 어떻게 지내고 있을까? 자전거로 다닐 때 만물상 앞으로 접어들면 허둥지둥 달려 나오던 마쓰에, 곧잘 부두 위까지 나와서 기다리곤 하던 손키, 사흘에 한 번은 지각을 하던 니타, 깜찍한 마스노, 소심한 사나에, 1학기에 2번이나 교실에서 오줌을 싼 기키지, 하고 한 사람 한 사람 그려보며 그 꼬맹이들이 정말 대담하게 한 그루 소나무까지 잘도 왔다는 생각이 들자,

그날의 먼지로 더러워진 발 등이 떠올라 사랑스러움에 몸이 떨려올 정도였다.

　그때는 내가 놀랐으니, 오늘은 내가 모두를 놀라게 해줘야지……. 누가 가장 먼저 알아볼까, 하는 즐거운 상상을 싣고 배는 앞으로 나아갔으며, 푸른 나무와 검고 조그만 지붕이 올라앉은 곳이 미끄러지듯 다가오고 있었다. 두 여자아이가 모래밭에 서서 이쪽을 보고 있었다. 1학년생은 아닌 듯했다. 이상하다는 듯 이쪽에서 눈을 떼지 않았다. 변화가 많지 않은 곳의 마을에서는 바다로 오는 손님이든 뭍으로 오는 손님이든 금방 알아보며, 호기심 어린 눈이 곧 집단을 이룬다. 서 있는 아이들이 5명이 되고 7명으로 늘었다 싶었을 때쯤, 그 모습이 점점 커졌으며 웅성웅성 떠드는 소리와 함께 한 사람 한 사람의 얼굴도 알아볼 수 있게 되었다. 그러나 아이들은 아직도 기모노를 입은 선생님을 알아보지 못한 듯, 진지한 얼굴로 바라보고 있었다. 웃어 보여도 알아보지 못하는 듯했다. 답답한 마음을 참지 못해 자신도 모르게 한쪽 손이 오르자 웅성거림이 갑자기 커지더니 서로 외치기 시작했다.

　"역시 여선생님이야."

"여선생님."

"여선생님이 오셨어."

해변에는 어느 틈엔가 어른까지 나와서 성대하게 환영을 해주었다. 배를 매기 위해 사공이 던진 밧줄은 환호성으로 당겨졌으며, 너무 세게 당긴 나머지 배가 모래밭까지 올려지는 소동이 벌어졌다. 한바탕 떠들썩하게 웃고 난 뒤, 어쨌든 학교로 향했다. 도중에서 만난 사람들 모두가 하나하나 몸에 대해서 물었다.

"다친 데는 어떠세요? 걱정하고 있었습니다."

선생님도 일일이 대답을 했다.

"감사합니다. 일전에는 쌀을 다 보내주시고, 정말 감사합니다."

"아니요, 무슨 말씀을. 그저 성의를 표시한 겁니다."

조금 더 가자 괭이를 둘러멘 사람이 머리띠를 풀기 시작했다. 역시 몸을 걱정해주는 말을 들은 뒤,

"요전에는 싱싱한 콩을 다 보내주시고, 정말 감사합니다."

그러자 그 사람이 살짝 웃으며,

"아니, 저희는 참깨를 보내드렸는데."

자신의 바보 같은 순진함을 깨닫고 지금부터는 쌀이라고도 콩이라고도 말하지 않기로 했다. 겨우 한 학기만을 다녔기에 1학년생의 부형 외에는 얼굴도 잘 기억하고 있지 못했다. 그 다음에 어부 같은 풍채를 한 사람을 만났기에, 이 사람이 생선을 보낸 것 아닐까 싶어 이번에는 조심조심하며 머리를 숙였다.

"이번에 좋은 물건을 보내주셔서 감사합니다."

그러자 그 사람이 갑자기 당황하며,

"아니, 죄송합니다. 물건을 보내야겠다고 생각했으나, 준비하는 게 늦어서 그만 못 보내고 말았습니다."

선생님도 역시 당황해서 빨갛게 물든 얼굴로,

"제가 실례를 했습니다. 착각을 한 모양입니다."

만약 예전에 이런 일이 있었다면 여선생님이 물건을 재촉했다는 소문이 났을 것이다. 지나치던 아이들이 웃음을 터뜨렸으며 그 가운데 남자아이가,

"선생님, 세이로쿠 씨네 집은 남에게 뭘 줘본 적이 없어요. 받기만 해요. 산으로 일을 하러 갔다가 오줌이 마려우면 아무리 멀어도 자기네 밭까지 누러 가는 사람인걸요."

모두가 깔깔깔 웃었다. 그 얘기는 전에도 한 번 들은 적이

있었다. 4학년인 그 집의 아들이 반에서 유일하게 아무래도 음악장을 가져오지 않았던 때의 일이었다. 늘 잊어먹고 오는 건가 싶어 물어보니 울상을 지으며 고개를 숙였다. 그러자 옆에 있던 학생이 대신 대답했다.

"노래는 배워봐야 돈 한 푼 생기지 않는다며 안 사주는 거래요."

다음 창가 시간에 세이이치라는 그 아이에게 음악장을 주자 기뻐하며 받은 사실이 떠올랐다. 그는 교과서까지 전부 남들이 쓰던 것을 물려받았다. 그런데 마을에서 둘째가는 부자라는 것이었다. 여기에 세이이치가 없어서 다행이라고 생각하고 있는 선생님에게,

"선생님, 다리 아직 아파요?"

제일 먼저 물은 것은 니타였다. 이제 목발은 짚고 있지 않았지만 역시 다리를 저는 모습을 보고 니타는 답답했던 모양이었다.

"선생님, 아직 자전거 못 타요?"

이번에는 고쓰루였다.

"응, 반년쯤 있으면 탈 수 있을지도 몰라."

"그럼 지금부터는 배로 와요?"

손키의 질문에 말없이 머리를 흔들자 고토에가 놀라서,

"어머, 그럼 걸어서? 그렇게 먼 길을 걸어서요?"

고토에에게는 잊을 수 없는 20리 길이었던 것이리라. 배고픔과 걱정 때문에 제일 먼저 울음을 터뜨린 고토에였다. 친구들한테 따돌림 받기 싫어서 책 보따리를 풀숲에 숨겨놓고 길을 나섰던 고토에는, 배로 보내주었을 때도 혼자서만 마음이 무거웠다. 얼마나 야단을 맞게 될지 조마조마했던 것이었다. 그런데 마중을 나온 할머니는 누구의 부모보다 먼저, 배에 발판이 걸리는 것도 기다리지 못하고 텀벙텀벙 바다 안으로 들어가 어떤 아이보다 먼저 고토에를 배에서 안아 내렸다. 마치 개선장군처럼 떳떳하게 발판을 건너는 아이들과 그들을 맞아주는 부모 가운데서 고토에와 할머니만이 눈물을 흘렸다. 수풀 쪽으로 가서 책 보따리를 찾아가지고 돌아오는 길, 그때 두 사람은 이미 평소와 같은 얼굴로 이야기를 나누고 있었다.

"앞으로는 몰래 빠져나가서는 안 된다. 꼭 간다고 말하고 가야 돼."

"간다고 말하면 못 가게 할 거잖아요."

"그래, 정말 그렇구나. 네 말이 옳다."

할머니가 떨리듯 힘이 없는 소리로 웃으며,

"하지만 무슨 일이 있어도 밥은 먹고 다녀야지. 몸을 버린다."

그 말에 고토에는 선생님 댁에서 먹었던 유부우동이 떠올랐다. 생각하는 것만으로도 군침이 돌 만큼 맛있었던 유부우동. 배고픔이 유부우동을 몇 배나 더 맛있게 해주었기에 고토에의 미각에 강렬하게 남아 있었다.

그 뒤로도 그녀는 몇 번이고 유부우동에 대한 이야기를 하고는 오이시 선생님을 떠올렸으며, 오이시 선생님을 떠올리고는 유부우동을 생각하곤 했다. 뜻밖에도 선생님이 찾아오신 지금, 그녀는 역시 그 먼 길과 유부우동을 생각하며 물은 것이었다. 그렇게 먼 길을 걸어서요? 라고. 하지만 고토에만이 아니라 아이들은 모두, 오늘부터 선생님이 다시 학교에 나오는 것이라고만 생각하고 있었다. 누구도 의심하려 들지 않는 태도를 보자 선생님은 배에서 내리자마자 오늘 온 목적을 분명하게 얘기했어야 했다고 생각했다.

작별인사를 하러 왔어…….

그렇게 외치며 배에서 내렸다면 바로 그런 분위기가 만들어졌을 텐데, 라고 안타까워하며 고토에의 말에 매달리듯 천천히 말했다.

"그래, 멀고 먼 길이지. 그 길을 절뚝절뚝 절뚝거리며 걸어오면 해가 저물어버리고 말 거야. 그래서 말이지, 그렇기 때문에 말이지, 안 돼."

그래도 아이들은 무슨 말인지 알아듣지 못했다. 선주의 아들인 모리오카 다다시가, 다다시다운 생각으로,

"그럼 선생님, 배로 오세요. 제가 매일 모시러 갈게요. 한 그루 소나무 정도는 식은 죽 먹기지."

다다시는 요즘 노를 저을 수 있게 되어 그것이 자랑거리였다. 선생님도 함께 싱글벙글하며,

"그래? 그럼 저녁에도 데려다줄 거니?"

"그럼요. 그치?"

뒤의 말을 손키에게 한 것은, 약간 불안했기에 손키가 힘을 보태주기를 기대한 것인 듯했다. 손키도 고개를 끄덕였다.

"그러니? 고맙구나. 그런데 이를 어쩌지. 조금 일찍 그걸 알았다면 좋았을 텐데. 선생님 벌써 학교를 그만뒀어."

"⋯⋯."

"그래서 오늘은 작별인사를 하러 온 거야. 잘 있으라고

인사하러."

"……."

모두 말이 없었다.

"다른 선생님께서 금방 오실 거니까, 모두 열심히 공부해야 해. 선생님도 곳이 아주 좋지만 다리가 이러니 어쩔 수 없잖아. 다리가 다 나으면 다시 올게."

모두가 일제히 고개를 숙여 선생님의 다리를 보았다. 사나에가 제일 먼저 눈물을 글썽였는데 그것을 흘리지 않으려 눈을 커다랗게 뜬 채 반짝이고 있었다. 감정을 좀처럼 말로 표현하지 않는 사나에의 그 눈물을 본 순간, 선생님의 눈에서도 똑같이 눈물이 솟아올랐다. 바로 그때 갑자기 벌집이라도 쑤셔놓은 것처럼 우왕 울음을 터뜨린 것은 마스노였다. 그러자 고토에와 미사코, 기가 센 고쓰루까지 훌쩍이기 시작했다. 울음소리의 합창이었다. 곳 분교의 낡은 현판이 걸린 돌문 양편에는 커다란 버드나무와 소나무가 있다. 그 버드나무 아래서 서른네다섯 명의 학생들에게 둘러싸여 여선생님도 역시 다른 것에는 신경도 쓰지 않고 눈물을 흘렸다. 처음 마스노의 울음소리가 너무 컸기에 기치지와 니타까지 울음이 터지려는 것을 참고 있는 듯했다. 커다란 학생들 중에는 재미있다는 듯 바라보는 아이도 있었다. 직원실의 창에서 그 모습을 지켜보고 있던 남선생님이 낡은 구두의 앞코만을 남겨 만든 실내화를 끌며 달려 나와 그 얘기를 듣고는,

"그런 거였어? 여선생님이 어렵게 오셨으니 웃으며 맞이해야 하는데 모두 통곡을 하는구나. 자, 비켜라, 비켜. 여선생님, 어서 들어오세요."

그러나 누구 하나 움직이려 하지 않고 계속해서 훌쩍였다.

"아이고, 여자하고 소인은 뭐라더니. 그럼 울고 싶은 만큼 울어라. 울고 싶은 사람은 얼마든지 울어라, 울어."

낡은 구두로 만든 실내화를 딸깍딸깍 울리며 남선생님이 발걸음을 옮기자 그제야 모두 웃기 시작했다. 울어라, 울어, 라고 말한 것이 우스웠던 것이다.

수업의 시작을 알리는 나무판이 울려 드디어 오늘의 공부도 시작되었다. 그 첫머리에 작별인사를 하고 돌아갈 예정이었던 오이시 선생님이었으나, 작별인사를 한 뒤 무엇인가에 이끌리듯 1, 2학년 교실로 들어갔다. 오랜만에 맞이한 여선생님 때문에 모두의 가슴이 설레었다.

"자, 이번 시간만 함께 공부하고 헤어지기로 하자. 산수 시간이지만 다른 거라도 상관없어. 뭘 할까?"

저요, 저요, 하며 손이 올랐는데 선생님이 아직 이름을 부르기도 전에 마스노가,

"창가."

라고 외쳤다. 환호성과 박수가 터져 나왔다. 모두 마음에 든 모양이었다.

"바닷가에서 노래 불러요."

와아 하고 다시 환호성이 올랐다.

"선생님, 바닷가에서 노래 불러요."

마스노가 혼자 앞장서서 말했다.

"그럼, 남선생님한테 말해서 바닷가까지 데려다 달라고 하자. 배가 기다리고 있으니."

짝짝짝 박수소리가 들리고, 덜그럭덜그럭 책상이 울렸다. 남선생님과 상의했더니, 그럼 모두가 나가서 배웅을 하겠다고 했다. 다리를 저는 오이시 선생님을 둘러싸듯 해서 12명의 1학년생이 맨 앞을 걸었다. 제일 뒤에 선 남선생님은, 여선생님이 다친 날 이후 먼지를 뒤집어쓰고 있던 여선생님의 자전거를 끌고 갔다. 길에서 만난 마을사람들도 바닷가

까지 따라왔다.

"이번에는 울기 없기야."

오이시 선생님이 한 사람 한 사람의 얼굴을 들여다보며,

"자, 약속이야. 마아짱도 울면 안 돼."

"네."

"고토양도."

"네."

"사나에도."

"네."

'이 아이들이 제일 울보인데 이렇게 손가락을 걸었으니
이제 걱정 없겠지.'

하나하나 조그만 손가락에 맹세하며 바닷가로 나오자 니
타가 커다란 목소리로,

"뭐 부르지?"

라며 마스노의 얼굴을 보았다.

"그야 물론 반딧불이지."

남선생님이 이렇게 말했으나 1학년들은 아직 반딧불을
배우지 않았다.

"그럼 1학년들도 알고 있는 노래, 「배우자 배워」라도 부

를까?"

남선생님은 자신이 가르쳐준 노래를 여선생님에게 들려주고 싶어 했다. 하지만 마스노가 그보다 먼저 외쳤다.

"산속의 까마귀."

그녀는 「산속의 까마귀」가 아주 마음에 든 모양이었다. 그리고 누구보다 먼저 그 노래를 부르기 시작했다.

산속의 까마귀가 가지고 왔다
빨갛고 조그만 종이봉투

아직 겨우 1학년임에도 그녀는 아주 익숙하게 선창을 했다. 천재라고 해야 하는 것일까? 모두 그녀의 뒤를 따라 노래하게 만드는 힘이 있었다.

열어보니 달밤에
산이 불타겠네 무서워라

마을사람들도 여럿 모여들어 인사를 했다. 오이시 선생님도 함께 노래를 부르며 배에 올랐다.

답장을 쓰려 눈을 떠보니

글쎄 단풍나무 잎이 하나

거듭 부르다 언제부턴가 그것도 그치고 점점 멀어져 가는 배를 향해 외치는 목소리도 가늘어지며 언제까지고 계속되었다.

"선생님."

"또 오세요."

"다리 나으면, 다시 오세요."

"약속했어요."

"약, 속, 했, 어, 요."

니타의 목소리를 마지막으로 다음부터는 무슨 말인지 알아들을 수 없었다.

"귀여운 애들일세."

사공의 말에 비로소 정신을 차리고, 그러나 눈만은 아직도 떠나려 하지 않는 바닷가의 사람들에게서 떼지 않은 채,

"정말 한 사람 한 사람 모두 좋은 사람들뿐이었어요."

"옛날부터 몹시 까탈스러운 마을이라고들 했는데."

"맞아요. 그런 마을일수록 속내를 알면 아주 좋은 사람들인 법이에요."

"그야 그렇지."

강한 햇빛과 바닷바람에 얼굴을 드러낸 채, 이제는 깨알만 하게 보이는 사람들의 모습과 함께 곶의 마을을 마음속에 새겨두려는 듯 언제까지고 눈을 떼지 않았다. 노 젓는 소리만 들려오는 바다 위에서 아이들의 노랫소리가 귓가에 되살아났으며, 동글동글한 눈의 반짝임이 눈가에서 지워지지 않았다.

꽃 그림

바다의 빛깔도, 산의 모습도 어제와 똑같이 계속되는 오늘이었다. 기다란 곶의 길을 걸어서 본교에 다니는 아이들의 무리도 같은 시각에 같은 장소를 지나고 있었으나 가만히 보니 무리 가운데 몇 명의 얼굴이 바뀌었고, 그 때문인지 모두의 표정도 주위 나무들의 새로 돋은 잎처럼 신선하다는 사실을 알 수 있었다. 다케이치가 있었다. 손키 이소키치도, 키친 도쿠다 기치지도 있었다. 마스노와 사나에도 뒤따라오고 있었다.

이 새로운 얼굴들로 이야기가 시작된 뒤, 4년이라는 세월이 흘렀다는 사실을 알아야 한다. 4년. 그 4년 동안에 '1억 동포'인 그들의 생활도, 그들 마을의 산의 모습이나 바다의 빛깔과 마찬가지로 어제에 이은 오늘이었을까?

그들은 그런 것은 생각지 않는다. 그저 그들 자신의 기쁨과 그들 자신의 슬픔 속에서 그들은 자라났다. 자신들이 커다란 역사의 흐름 속에 놓여 있다고도 생각지 않았으며, 그저 커가는 대로 자라고 있었다. 그것은 격동의 4년이었으나 그들 가운데 누가 그것에 대해서 생각이나 했겠는가? 너무나도 어린 그들이었다. 게다가 이 어린아이들의 생각이 미치지 못하는 곳에서 역사는 만들어지고 있었다. 4년 전, 곶 마을의 분교에 입학하기 조금 전인 3월 15일, 그 이듬해 그들이 2학년으로 막 진학한 4월 16일, 인간의 해방을 부르짖으며 일본의 개혁을 생각하는 새로운 사상에 정부의 압박이 가해져 같은 일본의 수많은 사람들이 감옥에 갇힌 그 사실을 곶의 아이들은 아무도 몰랐다. 그들의 머릿속에는 단지 불황이라는 말만이 들러붙어 있었다. 그것이 전 세계와 관계있는 일이라는 사실은 알지 못한 채, 단지 누구의 탓도 아니고 세상이 불경기에 빠져 검약하지 않으면 안 된다는 것만 분명히 알고 있었다. 그 불경기 속에서 도호쿠와 홋카이도의 기근을 전해 듣고, 한 사람이 1전씩 기부금을 들고 학교에 갔다. 그러한 가운데 만주사변과 상해사변이 잇따라 일어나, 곶에서도 몇 명인가를 군대로 보냈다.

그런 격렬한 움직임 속에서도 아이들은 보리밥을 먹으며 쑥쑥 자랐다. 앞길에 무엇이 기다리고 있는지도 모르는 채, 그저 성장한다는 사실이 기뻤다.

5학년이 되어서도 역시 운동화를 사지 못하는 것을 인간의 힘으로는 어떻게 해볼 수 없는 불황 탓이라고 포기하고, 옛날부터 신어오던 짚신에 만족했으며 그것이 새것이었기에 그들의 마음은 설레었다. 그랬기에 오직 한 사람, 모리오카 다다시의 즈크 운동화를 보자 모두의 눈이 그곳으로 쏟아지며 떠들썩해졌다.

"우와, 탄코. 발이 번쩍번쩍해. 아아, 눈부셔라."

그런 말을 듣기 전부터 다다시는 주눅이 들어 있었다. 신고 오지 말 걸 그랬다고 후회할 정도로 부끄러웠다. 여자아이들 가운데서는 고쓰루가 유일했다. 신은 발걸음을 뗄 때마다 헐렁헐렁 벗겨질 것만 같았다. 고쓰루는 결국 운동화를 손에 들고 맨발이 되어 원망스럽다는 듯 신을 바라보았다. 6학년생 여자아이가 자신의 짚신과 바꿔주며 커다란 목소리로,

"와, 10문 반(1문은 약 2.4cm. ─ 역주)이잖아. 나한테도 커."

아마도 3년쯤은 신길 생각으로 사준 것인 듯했으나 고쓰

루는 벌써 지긋지긋했다. 짚신이 훨씬 더 걷기 편했던 것이다. 마음이 놓인 고쓰루에게 마쓰에가 웃으며,

"얘, 고쓰양, 도시락이 여기서 아직도 따끈따끈."

이렇게 말하며 허리 부근을 두드려 보였다.

"백합꽃 도시락?"

고쓰루가 언제 샀어? 라고 말하는 듯한 얼굴로 묻자 마쓰에가 소심하게 받으며,

"아니, 그건 내일 아버지가 사 오실 거야."

이렇게 말하고 나서, 마쓰에는 아차 싶었다. 3일 전의 일이 떠올랐던 것이다. 미사코와 마스노 모두 뚜껑에 백합꽃 그림이 있는 양은 도시락을 사주었다는 말을 듣고 마쓰에는 어머니를 졸랐다.

"마아짱도 미이상도 백합꽃 도시락 샀으니까 나도 빨리 사줘."

"그래, 그래."

"정말 사줘야 해."

"그래, 그래. 사주고말고."

"백합꽃 있는 거야."

"알았다. 백합인지 국화인지."

"그럼 딸랑이 아저씨한테 부탁해봐."

"그래, 그래. 그렇게 서두르지 말아라."

"그렇게 그래, 그래만 하고 있는걸. 내가 딸랑이 아저씨한테 갔다 올까?"

그러자 그녀의 어머니는 처음으로 진지한 얼굴이 되어 이번에는 그래, 그래, 라고 말하지 않고 조금 빠른 어조로,

"애, 잠깐 기다려봐라. 돈은 누가 낼 거냐? 아버지가 돈을 번 뒤가 아니면 망신만 당하지 않겠냐? 그 대신 엄마가 양은 보다 훨씬 더 좋은 걸 찾아줄게."

이렇게 말해서 그 순간을 넘겼지만 마쓰에를 위해서 찾아온 것이 낡고 오래된 버들고리 도시락이라는 사실을 알고 마쓰에는 크게 실망해서 울음을 터뜨리고 말았다. 요즘 같은 때, 누구도 버들고리 도시락 같은 건 들고 다니지 않는다는 사실을 마쓰에는 알고 있었던 것이다. 세상의 불황이 아버지의 일에까지 영향을 주어, 목수인 아버지가 일이 없는 날이면 날품팔이로 김매기까지 하러 갈 정도였으니 도시락 하나라도 쉽게 살 수 없다는 사실 역시 알고는 있었다. 하지만 마쓰에는 무슨 일이 있어도 갖고 싶었던 것이었다. 여기서 버들고리를 받아들이면 언제까지고 백합꽃 도시락

을 사주지 않으리라는 사실을 마쓰에도 느끼고 있었기에 계속 떼를 쓰다 결국 울음을 터뜨리고 만 것이었다. 하지만 어머니도 좀처럼 지지 않았다.

"불경기이니 조금만 참아라. 다음 달이 되어 경기가 좋아지면 정말로 사줄게. 마쓰에는 제일 큰 누나이니 좀 더 말을 잘 듣지 않으면 어쩌겠니?"

그래도 마쓰에는 훌쩍훌쩍 울었다. 언제 그칠지 모르겠다 싶을 정도로 끈질기게 계속 우는 것을 보면 아주 갖고 싶었던 모양이었다. 그대로 계속했다가는 언제 그칠지 모르겠다 싶은 울음이었으나, 곧 울고만 있을 수 없는 일이 일어났다. 그녀의 어머니가 야무진 목소리로 말했다.

"마쓰야, 도시락은 무슨 일이 있어도 사줄게. 손가락을 걸어도 좋다. 그 대신 산파의 집에 얼른 다녀와주겠니? 서둘러 와달라고 전해주렴. 가는 길에 만물상 아줌마한테도 좀 와달라고 해줘. 이럴 리 없는데, 이상하네."

뒤의 말을 혼잣말처럼 중얼거리고 골방에 이부자리를 깔기 시작한 어머니를 보자, 그렇게 떼를 쓰던 마쓰에도 울음을 그치고 허둥지둥 집에서 뛰어나왔다. 조그만 몸으로 허공을 가르는 돌멩이처럼 달리며 그녀의 마음속에서는 하나의 기대감이 부풀어 올랐다. 그건 손가락을 걸어도 좋다고 한 어머니의 말 때문이었다. 산파의 집은 본마을의 초입에 있었다. 돌아오는 길에는 도중까지 자전거를 태워주었는데 약간 오르막길이 시작되는 곳까지 오자 나이 든 산파는 자전거를 멈추고,

"너는 여기서 내려야겠다. 한시라도 빨리 가야 하니."

마쓰에는 고개를 끄덕이고 자전거 뒤를 따라서 달렸다. 자전거는 점점 멀어지더니 이내 산속으로 모습을 감추었다. 오이시 선생님 이후, 여자들이 자전거에 타는 것이 마침내 유행하기 시작해서 지금은 그렇게 진귀한 풍경도 아니었으나, 바로 그렇기 때문에 달려가는 산파의 자전거를 보고 매일 아침 일찍 일어나 터벅터벅 읍내까지 걸어서 일을 나가는 아버지에게도 자전거가 있으면 얼마나 좋을까 하고 문득 생각했다.

달려서 집에 와보니 아기는 벌써 태어난 뒤였다. 바쁘다는 듯 어깨끈으로 소매를 걷어붙이고 물을 기르고 있던 만물상의 아주머니가 마쓰에를 보자마자 말했다.

"맛짱, 너 힘들겠지만 서둘러서 솥 밑에 불을 좀 피워라."

양동이째 솥에 물을 붓고 나서 작은 목소리로,

"조그만 여자아이다, 미숙아라서. 하지만 무슨 상관이냐, 맛짱. 또 여자라 아버지는 지긋지긋하시겠지만 여자아이가 좋다. 충의(忠義)는 바칠 수 없지만 10년쯤 지나면 맛짱도 얼마나 출세할지 모를 일이다."

무슨 뜻인지 잘 모르는 채로 마쓰에는 솥 아래에 계속 불을 지폈다. 어머니에게 무슨 일이 있을 때면 할머니가 안 계신 마쓰에네 집에서는 어렸을 때부터 마쓰에가 아궁이에 서지 않으면 안 되었다.

그로부터 3일째 되던 날, 처음으로 도시락을 들고 본교로 가야 하는 마쓰에는 골방에 누워 있는 어머니의 말을 들으며 김이 피어오르고 있는 밥을 솥에서 도시락으로 담았다.

"아버지 건 양쪽 고리에 꾹꾹 눌러서 담아라. 네 것은 살살 담고. 워낙 큰 도시락이니까. 메실장아찌는 보이지 않을 정도로 밥 속에 밀어 넣지 않으면 뚜껑에 구멍이 뚫린다."

현기증이 일어날 것 같다며 얼굴을 찌푸리고 수건으로 머리를 동여맨 채 누워 있는 어머니에게, 어린 마쓰에는 신경도 쓰지 않고,

"엄마, 백합 도시락 정말 사줄 거지? 언제 사줄 거야?"

"엄마가 일어나면."

"일어나면 그날 바로?"

"그래, 그날로."

마쓰에는 기뻐서 오늘 대신 들고 가는 아버지의 알루미늄 도시락의 크기도 마음에 걸리지 않았다. 마쓰에 정도의 여자아이라면 3인분 정도는 충분히 들어가고도 남을 만큼 크고 깊은 도시락이 소학교의 교실에서는 얼마나 우습게 보일지를 그녀는 생각하지 못했던 것이다. 버들고리짝보다는 그 편이 나을 것이라고 생각한 것이었다. 뿐만 아니라 몸으로 전해지는 도시락의 따스함이 그녀의 마음을 따뜻하게 데워주고 있었다. 고쓰루의 물음에 자신도 모르게 내일이라고 대답했지만 내일은 사주실 수 없다. 하지만 내일모레에는 사주실지도 모른다고 생각하자 그녀는 혼자 웃음이 나왔다. 이런 따뜻한 마음으로 집을 나선 마쓰에였다. 마쓰에뿐만 아니라 모두가 왠지 즐거워하고 있었다. 마스노는 새 세일러복을 입은 것이 자랑스러운 듯했으며, 고토에는 할머니가 만들어주신 짚신의 코에 빨간 천 조각이 섞여 있는 것이 기쁜 듯했다. 마치 대학생이 입는 옷처럼 자잘한 무늬가 들어간 무명 겹옷을 입은 사나에는 옷단 안쪽에 댄 빨간 헝겊이 마음에 걸리는 듯 자꾸만 고개를 숙여 바라보았다. 수수한 그 옷을 남들이 웃기 전에 사나에의 어머니가 말했다.

"세상에, 너무 수수해서 이상할 줄 알았더니 빨간 헝겊 때문에 돋보이는구나. 거기다 그게 사나에한테 아주 잘 어울리네. 그 기모노를 입으니 영리해 보이는구나. 옷단으로 빨간 것이 살짝살짝 보여서 정말 예쁘다, 예뻐. 다행이야."

이렇게까지 칭찬을 했기에 사나에는 그 말을 그대로 믿었다. 기모노를 입은 것은 고토에와 두 사람뿐이었는데, 고토에도 역시 어머니 옷이었던 듯 거뭇한 천 전체에 무늬가 퍼져 있는 무명 기모노를 입고 있었다. 어머니가 입던 옷을 자르지 않고 그대로 줄였기 때문인지 허리와 어깨 부분이 불룩하게 부풀어 있었다. 그러나 그녀의 자랑거리는 앞코에 빨간 천 조각이 섞여 있는 짚신 쪽이었다. 수풀 옆의 풀숲을 지날 때, 고토에만이 문득 오이시 선생님이 떠올라 한 그루 소나무 쪽을 바라보았다.

'작은 돌 선생님!'

마음속으로 다정하게 불렀는데 마치 그것을 듣기라도 했다는 듯 고쓰루가 다가왔다.

"작은 돌 선생님 얘기 들었어?"

"뭘?"

모른다는 사실을 알자 이번에는 사나에에게,

"들었어, 사나에?"

"뭘?"

고쓰루가 커다란 목소리로 모두를 둘러보며,

"얘들아, 작은 돌 선생님 얘기 알고 있어?"

뉴스는 언제나 고쓰루가 전해준다. 모두 어느 틈엔가 고쓰루를 둘러쌌다. 우쭐해진 고쓰루는 언제나처럼 조릿대를 잘라놓은 것 같은 가느다란 눈을 동그랗게 뜨고, 동그랗게 떠도 전혀 커지지 않는 눈으로 모두를 둘러보며,

"작은 돌 선생님 말이지, 그러니까, 하늘땅 별땅."

그리고 마스노의 귀에 소곤소곤 속삭였다. 둘만의 자랑으로 삼으려 했는데 마스노가 얼빠진 목소리로 외쳤다.

"우와, 시집갔다고!"

고쓰루는 더 있다는 듯,

"저기, 그럼 말이지."라고 일부러 여유를 부리며,

"신행여행(신혼여행) 말이지, 가르쳐줄까?"

"응."

"응."

"금 자가 붙는 곳. 비 자가 붙는 곳. 라 자가 붙는 곳."

"알았다. 금비라 참배."

"맞아."

와아 하고 함성이 일었다. 100m쯤이나 앞서가던 상급생 남자아이들이 한번 돌아보고 그대로 가버리자, 아이들도 서둘러 그 뒤를 따라가며 입만은 떠들썩하게 작은 돌 선생님에 대해서 이야기했다. 그것은 그저께의 일로 어제 고쓰루네 아버지가 듣고 온 이야기라는 사실도 알았다. 시집을 갔으니 작은 돌 선생님은 이제 학교를 그만두는 것이 아닐까 하는 것이 마스노의 의견이었다. 고쓰루가 거기에 동의하고, 고바야시 선생님도 시집을 가면서 그만두었다고 자신의 좋은 기억력을 보여주었다. 그리고 그만두지 말았으면 좋겠다는 희망을 가장 먼저 말한 것도 역시 마스노였다. 평소와는 달리 사나에와 고토에가 그 말에 동의했다. 사나에가 고토에에게,

"작은 돌 선생님, 한 번 더 보고 싶은데."

"응. 접때 먹었던 우동 맛있었어."

고토에가 말했다. 그 말에 모두 4년 전의 일을 또렷하게

떠올렸다. 그 작은 돌 선생님이 오늘 학교에 왔을지 안 왔을지가, 모두에게는 커다란 문제가 되었다. 모두의 발걸음이 자신도 모르는 사이에 점점 빨라졌다. 반쯤 달리면서 마스노가,

"우리 내기할래? 작은 돌 선생님이 계실지, 안 계실지."

"좋아. 뭘 걸래?"

말이 떨어지기가 무섭게 고쓰루가 반응했다.

"지면, 글쎄, 글쎄. 꿀밤 다섯 대."

모리오카 다다시가 그렇게 말하자 마스노는 오른손을 높이 치켜들며,

"꿀밤 다섯 대 정도면 져도 상관없지. 난, 선생님 계신다."

"나도."

"나도."

생각과는 달리 모두 작은 돌 선생님이 계실 것이라고 말했다. 결국 내기는 성립되지 않은 채 학교 근처까지 왔다. 누가 뭐래도 신입생인 5학년생들은 어색한 얼굴로 교문을 들어섰다. 얼른 바라보니 직원실 창문에서 작은 돌 선생님이 이쪽을 보고 있었다. 이리 오라고 손짓을 하자 모두가

그쪽으로 달려갔다.

"언제 오려나, 왜 이렇게 안 오나 싶어서 기다리고 있었어. 잠깐만 기다려."

이렇게 말하고 나온 작은 돌 선생님은 발걸음을 옮겨 모두를 둑 쪽으로 데리고 갔다.

한 사람 한 사람의 얼굴을 보며,

"많이 컸구나. 조금 있으면 선생님보다 더 크겠다. 어머, 고쓰양은 선생님보다 더 크겠는데."

고쓰루와 어깨를 나란히 하며,

"이야 선생님이 졌는데. 하지만 어쩔 수 없지 뭐, 작은 돌 선생님이니까."

모두 웃었다.

"너희들이 작은 돌 선생님이라고 불러서 언제까지고 큰 돌 선생님이 못 되잖아."

다시 웃었다. 웃기는 했으나 아직 말은 아무도 하지 않았다.

"이상하게 얌전하구나. 5학년이 돼서 이렇게 얌전해진 거니?"

그래도 생글생글 웃고만 있는 것은 작은 돌 선생님이 왠지 예전과 조금 달라진 것처럼 보였기 때문이었다. 피부도 하얘졌고 곁에 오면 제비꽃 같은 좋은 냄새가 났다. 그건 신부의 냄새라는 사실을 모두가 알고 있었다.

"선생님."

마스노가 드디어 입을 열었다.

"선생님, 창가 가르쳐주시나요?"

"그럼. 창가만이 아니야. 너희들의 담임이야, 이번에."

와아 하고 환호성이 오르더니 단번에 분위기가 풀어져 떠들어대기 시작했다. 선생님, 선생님하고 누군가가 연달아 불렀다. 연달아 부르는 가운데 곶의 마을에서 있었던 여러 가지 일들을, 그 바다의 색과 바람의 소리까지 전해지는 듯 알 수 있었다. 고토에네 집에서는 얼마 전에 할머니가 졸중으로 돌아가셨고, 손키네 어머니는 류머티즘 때문에 누워 계신다고 했다. 사나에의 이마에 난 찰과상은 요 얼마 전에 미사코와 둘이서 어깨동무를 하고 외발뛰기를 하다가 도로에서 해변으로 떨어져 생긴 상처라는 사실도 알게 되었으며, 키친네 집에서는 돼지가 3마리나 돼지콜레라에 걸려 죽어서 어머니가 앓아누웠다는 등 이야기가 그칠 줄 몰랐다.

고쓰루가 선생님의 몸을 잡고 흔들며,

"선생님, 니타는 왜 안 왔게요?"

"그래, 그걸 물어봐야지, 물어봐야지 생각하고 있었어. 무슨 일이니, 병?"

얼른 대답하지 않고 모두 얼굴을 마주보며 웃었다. 선생님도 따라 웃으며, 이건 틀림없이 니타가 엉뚱한 짓을 저지른 것이라고 순간 생각했다.

"어떻게 된 거니? 병에 걸린 거 아니야?"

사나에의 얼굴을 보며 말하자 사나에는 말없이 머리를 흔들고 눈을 내리깔았다.

"낙제."

미사코가 대답했다.

"어머나, 정말?"

놀란 선생님을 웃길 생각이라는 듯 고쓰루가,

"언제나 코를 흘리니까요."

모두는 웃었지만 선생님은 웃지 않았다.

"그런 게 어디 있니? 코를 흘려서 낙제라면 너희들 모두 1학년 때 낙제했을 거야. 병에라도 걸려서 학교를 오래 쉰 거지?"

"하지만 남선생님이 그렇게 말씀하셨어요. 코흘리개도 나이를 먹으면 낫는데 니타는 4학년이 되어서도 코 흘리는 게 낫지 않았으니 4학년을 한 번 더 다녀야 한다고요."

고쓰루의 말에 모두가 훌쩍훌쩍 코를 훌쩍였다. 거기에는 선생님도 잠깐 웃었으나 바로 걱정스러운 얼굴이 되었다. 수업의 시작을 알리는 종소리가 났기에 아이들과 헤어진 선생님은 직원실로 가며 니타에 대해서만 생각했다. 가엾게도, 라고 중얼거렸다. 낙제한 니타가 동생인 미요시와 동급생이 되어 4학년을 다시 한 번 다녀야 한다는 생각을 하면 마음이 무거워졌다. 코흘리개도 나이를 먹으면 낫는다고 남선생님이 정말 말했다면, 니타를 4학년에 머물게 하는 것이야말로 계속 코를 흘리게 하는 것과 다를 바 없는 일이라고 여겨졌기 때문이었다. 그 커다란 몸을 한 니타가 그것 때문에 순수함을 잃게 된다면, 평생 니타를 따라다닐 불행이 될 것처럼 여겨져 오늘 혼자 남겨진 니타의 외로움이 가슴 저미게 느껴지는 듯했기에 되뇌어보았다.

코흘리개도 나이를 먹으면 낫는다
코흘리개도 나이를 먹으면 낫는다

니타는 어째서 남겨진 것일까?

그것을 다케이치에게라도 다시 한 번 물어봐야겠다고 생각한 오이시 선생님은 점심시간을 기다렸다가 밖으로 나갔다. 운동장을 한눈에 내려다볼 수 있는 둑의 버드나무 아래에 섰으나 다케이치는 보이지 않고 가장 먼저 눈에 띈 것은 마쓰에였다. 어떻게 된 일인지 마쓰에는 학교의 벽에 기대어 혼자 풀이 죽어 있었다. 손짓으로 부르자 둑 아래까지 달려와서 어머니를 꼭 빼닮은 눈으로 웃었다. 손을 내밀자 더욱 어머니를 닮은 얼굴을 하고 어색한 듯 위로 끌어올려졌다. 선생님은 니타에 대해서 물어보려는 것인 줄도 모르고 마쓰에가 자기 혼자만의 어색함에서 벗어나려는 듯 다급한 목소리로 불렀다.

"선생님."

"왜?"

"저기, 저기, 우리 어머니, 여자아이를 낳았어요."

"어머, 그러니? 축하한다. 이름이 뭐니?"

"그게, 아직 이름은 없어요. 그저께 태어난걸요. 내일, 모레, 글피."

하고 마쓰에는 세 손가락을 천천히 접은 뒤,

"엿새 되는 날(이름을 붙이는 날). 이번엔 제가 좋아하는 이름 생각할 거예요."

"그럼 벌써 생각했니?"

"아직이요. 지금 생각하고 있었어요."

마쓰에가 기쁘다는 듯 활짝 웃으며,

"선생님."

하고 이번에는 자못 다른 얘기라는 듯 불렀다.

"그래, 그래. 뭔가 기쁜 일이 있는 모양이네. 뭐지?"

"저기, 엄마가 일어나면 양은 도시락 사준다고 했어요. 뚜껑에 백합꽃이 그려져 있는 도시락."

조그만 소리를 내며 숨을 훅 들이쉬고 마쓰에는 얼굴 가득 기쁨을 드러냈다.

"어머, 좋겠네. 백합꽃 그림이 있는 거. 아아, 아기의 이름도 혹시 그거니?"

그러자 마쓰에는 수줍음과 기쁨을, 이번에는 온몸으로 드러내듯 어깨를 비비 꼬며,

"아직 몰라요."

"흠, 뭘 모르겠다는 거니. 유리(백합의 일본어. − 역주)짱이

라고 해. 유리코? 유리에? 선생님은 유리에가 더 좋아. 유리코는 요즘에 아주 흔하니까."

마쓰에는 고개를 끄덕이고 기쁘다는 듯 선생님의 얼굴을 올려다보았다. 마쓰에의 눈이 이렇게도 부드러운 것은 처음 본 듯한 느낌이 들었기에 선생님은 그 기다란 눈썹에 둘러싸인 검은 눈동자에 자신의 감정을 쏟아부었다. 니타에 대한 일은 잠시 잊고, 어느 틈엔가 마음이 편안해져 있었다. 마쓰에도 역시 그보다 몇 배는 더 기뻤다. 선생님한테는 말하지 않았지만 점심에 도시락을 먹을 때, 마쓰에는 커다란 아버지의 도시락 때문에 고쓰루와 미사코에게 놀림을 받았다. 그랬기에 그녀는 무리에서 떨어져 혼자 있었던 것이었다. 그러나 지금은 그 시들었던 마음도 아침이슬을 받은 여름의 풀처럼 활기를 되찾았다. 선생님이 자기에게만 특별히 마음을 써주신 것 같다는 기쁨에 이 일은 비밀로 해두어야겠다고 생각했다. 하지만 그날 집으로 돌아가는 길에 그녀는 그만 말을 해버리고 말았다.

"우리 아기 이름, 유리에라고 할 거야."

"유리에? 유리코가 더 세련됐잖아."

맞받아치듯 고쓰루가 말했다. 마쓰에는 가슴을 펴고,

"하지만 흔하지 않아서 유리에가 더 좋다고 작은 돌 선생님께서 그러셨어."

고쓰루가 일부러 놀라는 척하며,

"그래? 작은 돌 선생님이? 치!"

무엇인가를 밝혀내려는 듯한 눈으로 마쓰에의 얼굴을 들여다보더니,

"아, 알았다."

나란히 있던 미사코를 잡아끌어 뒤쪽으로 가서는 소곤소곤 속삭였다. 후지코, 사나에, 고토에 순서대로 그 귀에 입을 대고는,

"응? 그렇지?"

얌전한 세 아이는 고쓰루의 말에 동의할 수 없다는 사실을 소심한 무언으로 나타낼 뿐이었기에, 마쓰에를 고립시키려 했던 고쓰루의 계획은 무너지고 말았다. 마음이 잘 맞는 마스노가 오늘은 어머니의 가게에 들러야 하기에, 여기에 없다는 것이 고쓰루의 약점이 된 것이었다. 그녀는 모두에게 마쓰에가 선생님의 관심을 끌기 위해서 혼자 작은 돌 선생님에게 알랑방귀를 뀐 것이라고 말했던 것이다. 그 때문에 오히려 자신이 고립되어버린 고쓰루는, 혼자 기분 상

했다는 듯 말없이 휘휘 앞을 걷고 있었다. 나머지도 그 뒤를 따라 말없이 걷고 있었다.

모퉁이를 하나 돌아섰을 때였다. 앞서 가던 고쓰루가 갑자기 멈춰 서서 바다 쪽을 보았다. 앞에 선 기러기를 따르듯 모두도 같은 쪽을 보았다. 고쓰루가 걷기 시작하면 다시 걸었다. 곧 어느 틈엔가 모두의 시선은 하나가 되어 바다 위로 쏟아졌으며, 걷기도 잊고 말았다.

고쓰루는 처음부터 알고 있었던 것일까? 아니면 다른 아이들과 함께 지금 막 깨달은 것일까? 조용한 봄 바다를 한 척의 어선이 급히 노를 저어 건너가고 있었다. 수건으로 머리를 동여맨 알몸의 남자가 둘, 있는 힘껏 노를 젓고 있었다. 2개의 노 자국이 널따랗게 흔적을 남기며 날듯이 맞은 편 해안에 있는 큰 마을을 향해 멀어져가고 있었다. 더 이상 싸움을 하고 있을 때가 아니었다.

무슨 일일까?

누구네 집일까?

모두 눈을 마주보았다. 사라지는 족족 새로이 그려지는 노의 자국을 보고 곶의 마을에 커다란 일이 일어났다는 사실만은 알 수 있었다. 급한 환자인 것만은 틀림없었다. 배

안에 깔아놓은 요가 보였기에 거기에 누군가가 눕혀져 있다는 사실을 알 수 있었다. 하지만 배가 순식간에 멀어졌기에 타고 있는 사람들을 알아볼 수는 없었다. 그것은 마치 한순간의 꿈처럼, 나는 새의 그림자처럼 지나갔다. 그러나 꿈이라고 생각하는 사람은 아무도 없었다. 1년에 1번이나 2년에 1번, 급한 환자를 큰 마을의 병원으로 싣고 가는 곶 마을의 커다란 사건을 더듬으며 아이들은 생각하고 있었다. 옛날에는 작은 돌 선생님도 저렇게 실려 갔었다. 누가 다친 걸까? 급성맹장염일까?

무슨 일일까?

누군가 맹장염에 걸린 사람이 있는 걸까?

뒤따라온 남자아이들도 하나가 되어 자신의 의견을 이야기했다. 여자아이들은 아무도 말을 하지 않고 남자아이가 무슨 말인가를 할 때마다 그 얼굴에 눈길을 주었다. 그런 가운데 마쓰에는 오늘 아침에 집을 나설 때 본 어머니의 얼굴이 문득 떠올랐다. 순간 검은 그림자에 휩싸인 것 같은 불안감에 사로잡혔으나 그럴 리 없다며 강하게 지워버렸다. 그러나 두통이 있다며 얼굴을 찡그려, 수건으로 머리를 있는 힘껏 단단히 동여맨 그 매듭 부분의 이마에 봉긋한 주름이 잡혀 있던 모습을 생각하면 아무래도 떨칠 수 없는 불안이 느껴졌다. 처음으로 오늘은 일을 쉬었으면 좋겠다고 말했던 어머니, 그러나 아버지는 일을 쉴 수가 없었다.

"마쓰에를 쉬게 하면 되잖아."

아버지가 그렇게 말하자, 그럼 됐다고 말하고 마쓰에게,

"학교 첫날인데, 그렇지? 그래도 놀지 말고 바로 와주어라."

생각이 떠올라 마쓰에는 가슴이 두근거리기 시작했다. 그러자 어느 틈엔가 다리는 모두의 앞을 달리고 있었다. 다른 아이들도 따라서 달렸다. 다리가 엉길 정도로 계속 달려서 마침내 곶의 집들이 보일 때쯤 되자, 마쓰에는 무릎을 덜덜 떨며 어깨와 입으로 숨을 쉬고 있었다. 마을의 초입에 만물상이 있고, 그 옆집인 자기 집에서 기저귀가 펄럭이고 있는 것을 보고 마음이 놓인 것이었다. 그러나 마음이 놓이자 눈물이 쏟아질 것 같았던 그녀는, 이번에는 심장이 멎을 것만 같았다. 우물가에 있는 것이 어머니가 아니라 만물상 아주머니라는 사실을 깨달았기 때문이었다. 구르는 돌멩이처럼 언덕길을 달려 내려간 마쓰에는 자기 집 문턱을

넘자마자 달려온 그대로의 발걸음으로 어머니가 누워 계신 골방으로 뛰어들었다. 어머니가 안 계셨다.

"엄마……."

잠잠했다.

"엄마……."

울먹이기 시작했다. 만물상 쪽에서 아기 우는 소리가 들려왔다.

"우와아앙, 엄마."

있는 힘껏 커다란 소리로 울부짖는 마쓰에의 목소리가 하늘과 바다까지도 울릴 듯 퍼져나갔다.

달밤의 게

5학년의 교실은 강가에 새로 지은 교사의 가장 앞이었다. 강을 향해 난 창으로 내다보면 옷섶처럼 생긴 좁다란 삼각주를 사이에 두고 높다란 돌담이 강바닥까지 직각으로 쌓여 있었다. 위험을 막기 위해 둑이 지면에서 3자(약 90㎝ - 역주) 정도의 높이로 둘려 있었지만 둑은 그다지 제 역할을 하지 못했으며, 아이들은 짧기만 한 쉬는 시간에도 멋대로 돌담을 따라가 강 안으로 내려갔다. 주로 남자아이들이었다. 상류로는 집이 한 채도 없었기에 반짝반짝 흐르는 물은 아주 깨끗했다. 산에서 흘러나와 여기에 이르러서야 처음으로 사람의 살갗에 닿는 물은 놀랄 정도로 차갑고 맑기만 했다. 아이들에게는 그저 손발을 담그고 있는 것만으로도 충분히 만족스럽고 기분이 좋은 감촉이었다. 물은 여기서 처음으로 사람의 손에 닿고, 앞길을 가로막혀 흐려졌다. 누가 먼저 말을 꺼냈는지 뱀장어가 있다는 소문이 돌기 시작한 뒤부터 아이들의 열의가 강바닥으로 모여, 매일 둑 위의 구경꾼과 강 속의 어부 사이에 때아닌 대화가 이어졌다. 강바닥의 돌을 뒤집어가며 아직 한 번도 잡힌 적이 없는 뱀장어를 찾고 있었지만, 나오는 것이라고는 게뿐이었다. 그래도 꽤 재미있는 듯 어부도 구경꾼도 늘어나기만 했다. 복사뼈를 덮을까 말까 할 정도의 깊이는 아이들이 놀기에도 위험은 없었기에 작은 돌 선생님도 말없이 지켜보기만 했다.

"선생님, 참게 드릴까요?"

보호색인지 진흙 빛깔이었으며, 다리에 거친 털이 나 있는 게를 잡아, 있는 힘껏 내민 것은 모리오카 다다시였다.

"됐어, 그런 거."

"먹을 수 있는데요, 선생님."

"싫어. 그런 거 먹으면 팔하고 다리에 털이 날걸."

강바닥과 둑에서 까르르 웃음소리가 터져 나왔다. 창가의 선생님도 물론 방긋 웃었지만, 조금 전까지만 해도 선생님은 그런 웃음과는 거리가 먼 기분으로 창밖에 펼쳐진 풍경을 바라보고 있었다. 강 속에도 제방 위에도, 곳의 아이들은 자신들도 의식하지 못한 채 한데 모여 있었다. 그러나 거기서 마쓰에의 모습은 볼 수가 없었다. 그 눈에 보이지 않는 모습이 가끔 선생님의 마음을 점령해버리곤 했다.

어머니가 돌아가신 이후, 마쓰에는 한 번도 이 교실에 모습을 드러낸 적이 없었다. 창가의 앞에서 세 번째인 마쓰에의 자리는 벌써 2개월이나 텅 빈 채였다. 입학한 날의 일이 떠올라 백합꽃 그림이 그려진 도시락을 선물로 들고 마쓰에네 집으로 찾아간 것은 그녀의 어머니가 돌아가신 지 한 달 정도 지난 뒤였다. 마침 가와모토 목수도 집에 있었는데, 남자의 눈물을 흘리며 갓난아기가 죽지 않는 한 마쓰에를 학교에 보낼 수는 없다고 했다. 사정이 너무나도 분명했기에, 그래도 마쓰에를 학교에 보내라고는 말하지 못하고 말없이 마쓰에의 얼굴을 보았다. 조그만 갓난아기를 업은 채 아버지 옆에 오도카니 앉아 마쓰에도 말이 없었다. 이상할 정도로 눈꺼풀이 부은 것처럼 보이는 얼굴은 머리의 작용을 잃은 것처럼 멍한 표정이었다. 그 무릎 위에,

"맛짱, 이거 백합꽃 도시락이야. 네가 학교에 나올 수 있게 되면 쓰도록 해."

별로 기쁘다는 표정도 보이지 않고 마쓰에는 고개를 까닥

였다.

"학교에 빨리 나올 수 있게 되었으면 좋겠다."

이렇게 말하고는 퍼뜩 놀랐다. 그건 갓난아기에게 빨리 죽으라고 말하는 것이나 다를 바 없는 일이었다. 자신도 모르게 얼굴을 붉혔으나 마쓰에 부녀에게는 그런 뜻으로 전달되지는 않았는지, 그저 감사의 눈빛으로 받아들였다.

얼마 후, 갓난아기가 세상을 떠났다는 말을 듣고 마쓰에를 위해서 마음이 놓였으나 마쓰에는 좀처럼 모습을 나타내지 않았다. 마스노와 고토에 들에게 사정을 물어도 잘 알 수가 없었기에 선생님은 마침내 편지를 썼다. 열흘쯤 전이었다.

「마쓰에, 아기 유리에짱의 일은 정말 안타깝게 됐구나. 하지만 그건 이제 어쩔 수 없는 일이니 마음속에서 사랑해주기로 하고 너는 기운을 차리도록 해라. 학교에는 언제부터 나올 수 있겠니? 선생님은 매일 맛짱의 빈 자리를 보면서 맛짱을 생각하고 있단다.

얼른 나오도록 해라, 맛짱. 얼른 나와서 친구들과 함께 공부하자꾸나.」

편지는 마쓰에와 가장 가까이에 살고 있는 고토에에게 맡겼다. 그러나 마쓰에에게 있어서 편지가 얼마나 어려운 주문인지를 선생님은 잘 알고 있었다. 갓난아기 유리에는 세상을 떠났지만 마쓰에에게는 아직 동생이 둘 있었다. 이제 막 5학년이 된 그녀는 어린 머리와 조그만 몸으로 어쩔 수 없이 한 집안의 주부 역할을 떠맡게 된 것이었다. 그것이 아무리 싫어도 벗어날 방법이 없었다. 아버지를 일터로 내보내기 위해서는 어린 마쓰에가 아궁이에 불을 지피고 빨래도 해야 한다. 병아리처럼 오누이 셋이 한데 모여서 아버지가 돌아오시기를 기다릴 안쓰러운 모습이 눈앞에 어른거렸다. 법률에는 이 어린아이들을 학교로 보내는 것이 의무화되어 있지만, 그를 위해서 아이들을 지켜줄 제도는 없었다.

이튿날 선생님의 얼굴을 보자마자 고토에가 보고했다.

"선생님, 어제 맛짱네 편지를 가지고 갔더니 처음 보는 아줌마가 있었어요. 맛짱 있냐고 물었더니 없다고 했어요. 그래서 하는 수 없이 이거 맛짱한테 전해달라고 그 아줌마한테 부탁하고 왔어요."

"그래, 고맙구나. 맛짱의 아버지는?"

"몰라요. 못 봤어요. —그 아줌마 분을 바르고 예쁜 옷 입고 있었어요. 고쓰루는 맛짱네 집에 시집온 거 아니냐고 하던데요."

고토에가 약간 수줍다는 듯 웃었다.

"그럼 맛짱도 학교에 나올 수 있어서 좋을 텐데."

그로부터 다시 열흘 이상이나 지났지만 마쓰에는 모습을 보이지 않았다. 편지는 읽은 걸까 하고 문득 어두운 마음으로 창 아래를 내다보고 있던 참이었다. 참게를 세 마리 잡은 다다시는 그것을 빈 깡통에 넣어 의기양양하게 돌담으로 올라섰다. 삼각형의 공터에 있는 살구나무는 여름을 향해 파랗게 우거져 검은 그림자를 둑 위에 늘어뜨리고 있었다. 그 바로 아래 모여서 곳의 여학생들이 참게 용사를 맞으며 저마다 한마디씩 했다.

"탄코, 한 마리만 줘."

"나도 줘."

"나도."

"약속했잖아."

게는 세 마리인데 달라는 사람은 넷이었다. 생각하며 올라와서 다다시는,

"먹을 거야, 안 먹을 거야?"

모두의 얼굴을 둘러보았다. 먹겠다는 사람에게 줄 생각이었다. 고쓰루가 가장 먼저,

"먹어, 먹을 거야. 달밤의 게는 맛있으니까."

그 말을 듣고 다다시가 히죽 웃으며,

"거짓말하지 마. 게가 맛있는 건 달 없는 밤이야."

"거짓말하지 마. 달밤이잖아."

"아이고데이고, 달밤의 게는 살이 없어서 맛이 없는데."

다다시가 확신한다는 듯 말하자, 고쓰루도 지려 들지 않았다. 역시 다다시의 말투를 흉내 내서,

"아이고데이고, 달밤의 게가 맛있는데. 시험 삼아 먹어볼게, 다 줘봐."

"아니야, 이런 민물 게로 어떻게 알아. 바닷게가 그렇다는 거지."

그 말을 듣고 여자아이들이 떠들썩하게 소란을 피우며 창가에 있는 선생님에게 저마다 물었다.

"선생님, 달밤의 게하고 달 없는 밤의 게하고, 어느 게 더 맛있어요?"

"달밤이죠, 선생님?"

마스노와 고쓰루와 미사코 들이었다.

"글쎄다. 달 없는 밤인 것 같은데…….."

남자아이들이 떠들썩해졌다.

"거봐, 거봐."

선생님이 웃으며 이번에는,

"하지만 달밤인 것 같기도 하고…….."

여자아이들이 두 손을 들고 경중경중 뛰며 기뻐했다. 그 렇게 떠들어대는 것이 재미있을 뿐, 누구도 진지하게 받아들이지는 않았으나 다다시만은 뚫어져라 선생님을 올려다보며,

"멍청한 소리 하지 마세요, 선생님!"

그러자 여자아이들이 다시 떠들썩해졌다.

"선생님한테 멍청하다고."

"우와, 탄코가 선생님한테 멍청하다고 했어."

다다시는 머리를 긁으며 모두가 조용해지를 기다렸다가, 역시 진지한 얼굴로 말했다.

"하지만 선생, 거기에는 이유가 있어요. 달밤이 되면 게는 멍청하기 때문에 자기 그림자를 도깨비라고 생각하고 깜짝 놀라서 살이 빠지는 거예요. 달 없는 밤이 되면 그림자

가 없기 때문에 마음이 놓여서 살이 찌는 거래요. 그래서 달밤에는 게가 그물에 걸려도 놓아주잖아요. 퍼석퍼석하고 맛이 없으니까요. 달 없는 밤까지 놔두면 쫄깃쫄깃한 살이 붙어서 맛있는 거예요. 정말이라니까요, 선생님. 거짓말인 거 같으면 한번 시험해보세요."

"그럼 우리 모두 시험해보기로 하자."

농담으로 이렇게 말해서 그날의 일을 마무리 지었는데, 이틀 후 모리오카 다다시가 정말로 달밤의 게를 가지고 왔다. 1교시의 산수가 시작되기 전에 호리병처럼 생긴 바구니를 내밀었다.

"선생님, 게. 달밤의 게. 말라서 맛이 없는 달밤의 게."

그것은 오늘 아침에 막 잡은 것으로 아직 살아 있었다. 사각사각 소리가 나고 있었다. 모두 웃었다.

"정말 가져온 거니, 탄코."

선생님도 웃으며 어쩔 수 없다는 듯 받아들였다. 게는 이런 순간에조차 아직 자신의 운명을 어떻게든 개척해보기라도 하겠다는 듯 좁은 바구니 안을 사각사각 기어 다니고 있었다. 어떤 이유에서인지 두 마리 모두 커다란 집게를 한쪽씩 뜯긴 불쌍한 모습이었는데, 남은 한쪽 집게를 위로 향해 다가오면 물겠다는 듯한 자세로 거품을 물고 있었다.

"가엾게도, 이걸 선생님이 먹어야 하니?"

"네, 약속했잖아요."

"놓아주기로 하자."

"안 돼요. 약속했잖아요."

다다시는 뒤를 돌아 "그치?"하며 아이들의 동의를 구했다. 남자아이들이 손뼉을 치며 기뻐했다.

"그럼, 이렇게 할래? 나중에 급사 아저씨한테 이걸 삶아 달라고 해서 오늘의 이과 시간에 연구를 해보는 거야. 그런 다음 게라는 제목으로 글짓기도 해보고."

"네."

"네."

모두가 찬성했다. 바구니는 창가 기둥의 못에 걸렸고, 그 시간 내내 게가 사각사각 소리를 내서 모두를 웃게 만들었다.

시간이 끝나자 선생님은 호리병처럼 생긴 바구니를 들고 직접 급사의 방을 향해 걸어갔다. 고쓰루와 고토에가 할 말이 있다는 듯 따라와서는,

"선생님."하고 부르고 돌아보기를 기다렸다가,

"맛짱이요."라고 말했다.

"맛짱?"

"네. 맛짱 어젯밤의 배로 오사카에 갔어요."

"뭐?"

자신도 모르게 멈춰선 선생님의 얼굴을 올려다보며 고토에가 심각한 얼굴로,

"친척집에 양녀로 갔어요."

"어머."

"그래서 맛짱네는 아저씨하고 남자아이들만 남았어요."

"그래. 맛짱은 기뻐하는 것 같디?"

고토에는 대답하지 않고 머리를 흔들었다. 고쓰루가 대신,

"맛짱, 가지 않겠다며 처음에는 마당에 있는 문의 기둥을 잡고 울었어요. 맛짱네 아버지가 어쩔 줄 모르고 처음에는 다정하게 달랬지만, 맛짱이 좀처럼 놓으려 하지 않았기에 나중에는 꿀밤을 먹이기도 하고 등을 때리기도 했어요. 맛짱이 엉엉 울어서 다들 어쩔 줄 몰라 했어요. 만물상 아줌마가 잘 알아듣게 간신히 달랬지만 모두 함께 울었어요. 저도 눈물이 나와서 혼났어요. 도중까지 모두 마중을 나갔는데

맛짱, 한마디도 하지 않았어요. 그치, 고토양. 그리고……."

갑자기 손수건을 얼굴에 대고 흑흑 울기 시작한 선생님에게 놀라서 고쓰루는 말을 멈췄다. 어느 틈엔가 사나에와 마스노도 다가와서, 한 손에 호리병처럼 생긴 바구니를 든 채 얼굴을 숙이고 눈에 손수건을 대고 있는 선생님을 이상하다는 듯 바라보았다. 분위기에 휩쓸려 모두의 눈에서도 눈물이 솟아오르고 있었다.

그 후에도 한동안은 창가의 앞에서 세 번째인 마쓰에의 자리는 빈 채로 남겨져 있었는데, 하루는 그 마쓰에가 딱 하루 앉았던 자리에 선생님이 말없이 앉아 있었다. 그 바로 다음에 자리와 짝을 바꾸었기에 그 줄은 남자아이들의 자리가 되었다. 그 이후, 마쓰에의 소식은 들려오지 않았다. 선생님도 묻지 않았으며, 학생들도 말하지 않았고, 마쓰에가 보낸 편지도 오지 않았다. 이제 모두의 마음속에서 마쓰에의 모습은 자취를 감춘 것일까? 작별인사를 하러 오지도 않고 어딘가로 가버린 5학년짜리 여자아이. ······.

그리고 조금 있으면 6학년으로 진급하게 될 3월 초의 일이었다. 봄은 눈앞에 와 있는데 때늦은 눈이 내리는 속을,

버스 한 대를 놓친 오이시 선생님이 학교 앞의 정류소에서 우산도 쓰지 않고 달려 직원실로 뛰어든 순간, 이상한 실내의 분위기에 자신도 모르게 멈춰 서서 물어볼 사람을 찾으려는 듯 다른 선생님 15명을 둘러보았다. 모두 걱정스럽다는 듯 심각한 얼굴을 하고 있었다.

"무슨 일이죠?"

동료 다무라 선생님에게 묻자, 쉿 하는 듯한 얼굴로 다무라 선생님이 안쪽에 있는 교장실 쪽을 턱으로 가리켰다. 그리고 조그만 목소리로,

"가타오카 선생님이 경찰에 끌려갔어요."

"네?"

다무라 선생님이 조용히 하라는 듯 다시 얼굴을 조그맣게 흔들며,

"지금 경찰이 와 있어요."

다시 눈짓으로 교장실을 가리킨 뒤, 조금 전까지 가타오카 선생님의 책상을 뒤졌다고 속삭였다. 아직 누구도 사건의 진상은 전혀 모르는 듯, 화로에 모여서 말이 없다가 수업을 알리는 종소리에 마침내 되살아난 것처럼 복도로 나갔다. 다무라 선생님과 어깨를 나란히 하고,

"무슨 일이에요?"

오이시 선생님이 바로 물었다.

"빨갱이라는 거예요."

"빨갱이? 어째서요?"

"이유는 모르겠어요."

"세상에, 가타오카 선생님이 빨갱이라고요? 어째서?"

"저도 잘 모르겠어요."

그때 교실 앞까지 왔다. 웃으며 헤어지기는 했으나 두 사람 모두 마음에 개운치 않은 부분이 남아 있었다. 아직 아무것도 모르고 있는 듯한 학생들은 내리는 눈에 기운을 얻은 것인지 평소보다 더 활기차게 보였다. 여기에 서면 모든 잡념을 버려야 하지만, 오이시 선생님은 교단에 섰던 지난 5년 가운데 지금처럼 시간이 길게 느껴졌던 적은 없었다. 1교시가 끝나고 직원실로 돌아와 보니 모두 안심한 표정을 짓고 있었다.

"경찰, 돌아갔어요."

웃으며 말한 것은 독신으로 사범학교를 나온 젊은 남자 선생님이었다. 그가 계속해서,

"정직하게 살면 어이없는 꼴을 당하게 된다는 말입니다,

이건."

"그게 무슨 말이죠? 조금 더 선생님답게······."

옆구리를 찌르는 사람이 있었기에 오이시 선생님은 말을 멈추었다. 찌른 것은 다무라 선생님이었다.

교감선생님이 나와서 설명을 하셨는데, 가타오카 선생님은 그저 참고인일 뿐, 지금 교장선생님께서 데리러 가셨으니 곧 돌아올 것이라고 했다. 문제의 중심은 가타오카 선생님이 아니라, 옆 마을 소학교의 이나가와라는 교사가 자기 반 아이들에게 반전(反戰)사상을 주입한 것이라고 했다. 이나가와 선생님이 가타오카 선생님과 사범학교의 동급생이었기에 일단 조사를 한 것인데, 아무런 관계도 없다는 사실이 밝혀졌다고 했다. 즉, 증거가 될 만한 물건이 나오지 않은 것이었다. 그 증거품이라는 것은 이나가와 선생님이 맡고 있는 6학년생들의 문집인 『풀의 열매』라고 했다. 그것이 가타오카 선생님의 자택에서도, 학교의 책상에서도 발견되지 않았다는 것이었다.

"어머, 『풀의 열매』라면 저도 본 적이 있어요. 하지만 그게 어째서 빨갱이의 증거라는 거죠?"

오이시 선생님은 이상하게 여겨 물어본 것이었으나, 교감

선생님이 웃으며,

"그래서 정직하게 살면 어이없는 꼴을 당하게 된다는 거예요. 경찰이 그런 말을 들으면 오이시 선생님도 빨갱이라고 할 거예요."

"정말 이해할 수 없네요. 하지만 전 『풀의 열매』에 실려 있는 글에 감동해서 우리 반 아이들에게도 읽어줬는데요. 「보리 베기」나 「간장집 굴뚝」 같은 건 걸작이었어요."

"아이고, 위험해라. 선생님 그거(『풀의 열매』) 이나가와 군한테서 받은 건가요?"

"아니요, 학교 앞으로 보내왔기에 본 거예요."

교감선생님이 갑자기 당황한 목소리로,

"그거, 지금 어디에 있죠?"

"우리 교실에요."

"가져오세요."

등사판 『풀의 열매』는 그 자리에서 화로로 던져졌다. 마치 페스트균이 들러붙어 있기라도 하다는 듯 서둘러 불태웠다. 갈색 연기가 천장으로 오르더니 가느다랗게 열어놓은 유리문 사이로 빠져나갔다.

"아, 태우지 말고 경찰에 넘겨줄 걸 그랬나? 하지만 그랬으면 오이시 선생님이 끌려갔겠지. 그야 어찌 됐든 우리는 충군애국(忠君愛國) 하기로 합시다."

교감선생님의 말이 들리지 않는다는 듯, 오이시 선생님은 말없이 연기가 날아가는 모습을 바라보고 있었다.

이튿날 신문에서는 이나가와 선생님을 커다란 표제어로 「순진한 영혼을 갉아먹는 빨갱이 교사」라고 보도했다. 그것은 시골 사람들의 머리를 커다란 쇠메로 두드린 것만큼의 놀라움이었다. 학생들의 신망을 얻고 있던 이나가와 선생님이 하루아침에 나라의 적으로 전락해버린 것이었다.

"아이고 무서워라. 그냥 찍소리도 말고 있으라는 말이로군."

중얼거린 것은 나이 든 차석 훈도 선생님이었다. 다른 선생님들은 모두 의견도 감상도 말하려 들지 않았다. 그런 가운데 오이시 선생님만은 과장스러운 신문기사 중의 겨우 네다섯 줄에서 눈을 뗄 수가 없었다. 거기에는 이나가와 선생님의 제자들이 한 사람 앞에 하나씩 계란을 들고, 추운 유치장에 계신 선생님한테 넣어달라며 경찰서로 몰려왔다는 사실이 적혀 있었다.

오늘은 벌써 출근한 가타오카 선생님은 갑자기 영웅이라

도 된 듯, 여기저기서 잡아끌었다. 어땠냐는 질문에 대한 답으로 하루 만에 뺨이 홀쭉해진 그는 파란 수염 자국을 쓰다듬으며,

"내 참, 기가 막혀서. 지금 생각해보면 한심하기 짝이 없는 일이지만 하마터면 빨갱이가 될 뻔했습니다. 이나가와가 자네도 회합에 네다섯 번 나오지 않았냐는 둥, 고바야시 다키지의 책을 읽지 않았냐는 둥. 제가 고바야시 다키지는 이름도 몰랐다고 하자, 자식아, 얼마 전에 신문에 나왔잖아, 라고 하더라고요. 그래서 생각해봤더니, 그 왜, 얼마 전에 그런 기사가 있었잖습니까? 소설가 중에 경찰서에서 죽은 사람인데." (사실은 고문으로 목숨을 잃었으나, 신문에는 심장마비로 죽었다고 보도되었다.)

"맞아. 있었어, 있었어. 빨갱이 소설가."

젊은 독신 선생님이 말했다.

"그 프롤레타리아 어쩌고 하는 책을 많이 압수당했습니다. 그 이나가와는 사범학교에 다닐 때부터 책을 좋아했었기에."

그날 국어 시간에 오이시 선생님은 모험을 감행해보았다. 학생들도 이미 『풀의 열매』와 그 선생님에 대해서 알고 있

었기 때문이었다.

"집에서 신문 보는 사람?"

42명 가운데 3분의 1 정도의 손이 올라왔다.

"신문을 읽는 사람?"

두어 명이었다.

"빨갱이가 뭔지 아는 사람?"

아무도 손을 들지 않았다. 어렴풋이 알고 있기는 하지만 분명하게 설명할 수는 없다는 듯한 얼굴로 서로를 마주보았다.

"프롤레타리아가 뭔지 아는 사람?"

아무도 몰랐다.

"자본가는?"

"저요."

한 사람의 손이 올라왔다. 그 아이를 가리키자,

"돈 많은 사람이요."

"흠. 어쨌든 일단은 됐다고 하고, 그럼 노동자는?"

"저요."

"저요."

"저요."

거의 대부분이 손을 들었다. 몸으로 직접 겪어서 알고 있기에 자신감을 가지고 손을 들 수 있는 것은 노동자뿐이다. 오이시 선생님 역시 마찬가지였다. 만약 학생 중 누군가가 답을 요구했다면 선생님은 이렇게 말했을 것이다.

"선생님도 잘 모르겠어."라고.

아직 5학년인 아이들에게는 그럴 만한 힘이 없었던 것이다. 그런데 그 바로 뒤, 이 일에 대해 말해서는 안 된다는 소리를 들었다. 단지 그것이 전부였는데 어디서 새어나간 것인지 오이시 선생님이 교장선생님께 불려가 주의를 들은 것이다.

"조심하지 않으면 곤란합니다. 함부로 말을 할 수 없는 세상이니."

교장선생님과는 아버지의 친구라는 특별한 관계가 있기 때문에 그것으로 마무리 지어진 듯했다. 그러나 이 일이 밝은 오이시 선생님의 얼굴을 언제부턴가 그늘지게 만드는 원인이 되었다. 별로 마음에도 두지 않았던 『풀의 열매』 사건과 마찬가지로, 쉽사리 지워지지 않는 그늘이 점점 짙어져만 갔다.

6학년생들의 가을 수학여행은, 시절이 시절이었기에 매해 가던 이세 여행은 그만두고 가까이에 있는 금비라로 가기로 했다. 그래도 가지 못하는 학생들이 여럿 있었다. 하는 일에 비해서 검약한 시골 생활이었다. 여관에는 묵지 않고 세 끼 분량의 도시락을 가지고 가겠다고 해서 간신히 부형들의 동의를 얻었다. 그래도 2개 학급을 합쳐서 80명인 학생 가운데 갈 수 있다고 한 것은 6할이었다. 특히 곶 마을 아이들은 날이 얼마 남지 않았는데도 여전히 결정을 내리지 못하고 있었는데, 그 이유를 서로 밝혀내서는 속사정을 폭로했다.

"선생님, 손키는 말이죠, 밤에 오줌을 싸서 여행에 못 간대요."

마스노가 말했다.

"하지만 여관에는 안 묵는데. 아침 배로 갔다가 밤 배로 돌아오잖아."

"그래도 아침 배는 4시잖아요. 배 안에서 자겠죠."

"퍽이나 자겠다, 겨우 2시간인데. 너희가 잠 잘 생각이나 하겠니? 그보다 마스노는 왜 안 가는 거지?"

"감기에 걸리면 안 되니까요."

"어머나, 금쪽같은 외동딸."

"그 대신 여비를 두 배로 받아서 저금할 거예요."

"그래? 저금은 다음에도 할 수 있으니 여행에 보내달라고 해."

"하지만 다치면 안 되니까요."

"어머, 무슨 소리니? 여행한다고 감기에 걸리거나 다치거나 한다면 아무도 못 갈 거야."

"모두 안 가면 좋을 텐데."

"그건 말도 안 돼."

선생님은 씁쓸하게 웃었다.

"선생님, 저는 우리 집 그물 배를 타고 금비라에 세 번이나 가봐서 안 가는 거예요."

모리오카 다다시가 이렇게 말했다.

"어머, 그러니? 하지만 친구들하고 가는 건 처음이잖아? 같이 가자. 너희 집은 선주니까 앞으로도 매해 갈 테지만. 선생님이 미리 말해두겠는데, 분명히 수학여행 때 간 금비라가 제일 재미있었다고 나중에 생각하게 될 거야."

가베 고쓰루는 자신도 가지 않는다고 말하면서 역시 가지 않는 기노시타 후지코에 대해서 이렇게 말했다.

"선생님, 후지코네 집, 빚이 산더미처럼 쌓여서 여행이 문제가 아니래요. 그 커다란 집도 조금 있으면 빚 때문에 담보로 넘어갈 거예요. 집 안에도 이제는 팔 물건이 아무것도 없대요."

"그런 말 하는 거 아니야."

가볍게 등을 치자 고쓰루는 혀를 날름 내밀었다.

"얄미워라!"

이렇게 말하며 떠올린 것은 후지코네 집이었다. 처음 곳으로 부임했을 때부터 내일이라도 당장 남의 손에 넘어갈 것처럼 소문이 떠돌던 그 집은, 곳간의 하얀 벽이 북쪽만 완전히 색이 벗겨져 있었다. 전통 있는 집안에서 태어난 후지코는 마치 그 집의 가풍을 짊어지기라도 한 듯 침착하기 짝이 없어서 웬만한 일에는 울지 않고, 웬만한 일에는 웃지 않는 소녀였다. 고쓰루 등에게서 노골적인 말을 들어도 차가운 눈으로 힐끗 노려보는 대담함은 누구도 흉내 낼 수 없는 것이었다. '썩어도 준치'라는 그녀의 별명은, 그녀 아버지의 입버릇에서 온 것인데 그녀는 거기에 만족하고 있는 듯 보였다.

그런 면에서 고쓰루 등은 시원시원한 편이어서, 남에 대해서도 말하지만 자신에 대한 말에도 크게 신경을 쓰지 않는 듯했다. 일가 모두가 일을 하고 있으며, 그 일하는 것을 간판으로 내걸어 겉과 속이 다르지 않았다. 예를 들어 고쓰루의 별명은 '짝눈'이었다. 커다란 흉터는 아니지만 눈꺼풀 위의 종기 자국이 치켜 올라가 있기 때문이었다. 보통은, 특히 여자아이는 '짝눈'이라고 놀림을 받으면 울고 싶어지는 법일 테지만 고쓰루는 달랐다. 마치 남의 일이라도 되는 양 마음에 둘 필요도 없다는 듯,

"짝눈, 짝눈이라고 깔보지 마. 짝눈도 되고 싶다고 해서 될 수 있는 짝눈이 아니니까."

그건 그녀의 어머니 들이 그렇게 말하고 있기 때문이리라. 여행에 가지 못하는 이유도 그녀는 숨김없이 말했다.

"우리 집은 말이죠, 선생님. 얼마 전에 곗돈을 타서 커다란 배를 샀어요. 그래서 검약하지 않으면 안 돼요. 금비라에는 제가 돈을 벌 수 있게 되면 그때 가기로 했어요."

그렇기에 남의 속사정도 거리낌 없이 들여다보고, 남의 일에 대해서는 말하지 말라고 해도 아무렇지도 않게 말한다. 미사코가 가지 않는 것은 욕심꾸러기이기 때문이라는 둥, 고토에와 사나에는 형제들이 많아서 여행이 문제가 아

니라는 둥.

그런데 출발 이틀 전이 되자 여행에 가겠다는 아이들이 갑자기 늘었으며, 곶에서는 마스노를 제외하고 모두가 가기로 했다.

그 계기는 평소 말이 없는 기치지가 산에서 일해 모아두었던 저금을 찾아 신청한 데 있었던 모양이었다. 기치지가 간다고 하자 아무래도 가만히 있을 수 없는 게 손키였다. 이소키치는 자신도 두부와 유부를 돌아다니며 팔아 받은 수고비를 저금하고 있었다. 손키까지 간다고 하니 아무래도 다다시와 다케이치가 가지 않을 수 없었다. 다다시도 그물 끄는 것을 도와주고 받은 돈으로 모아둔 저금을 떠올렸으며, 다케이치도 계란을 팔아 모아둔 돈으로 가겠다고 했다. 검약한 곶 마을 아이들은 이런 일로 저금을 찾아야겠다고는 생각지도 못했던 것이었다. 다다시는 저금을 찾지 않아도 보내주겠다고 했지만, 무슨 일이 있어도 자기 돈으로 가겠다며 다케이치와 함께 일부러 우체국에 다녀왔다.

남자아이들이 가겠다고 하자 여자아이들도 가만히 있을 수 없었다. 가장 걱정이 없는 미사코가 후지코를 부추겼다. 둘의 어머니들이 친하게 지내기 때문이었다. 후지코 모르게 자개로 만든 벼룻집이 미사코네 집으로 갔으며, 그렇게 해서 후지코도 갈 수 있게 되었다. 두 사람이 간다는 사실을 알게 되자 가만히 있을 수 없게 된 것이 고쓰루였다. 그녀가 바로 졸라대기 시작했다.

"미이상하고 후지코도 여행에 간대. 과부 생빚을 내서라도 보내줘."

고쓰루는 정말로 이렇게 말하고 발을 동동 구르며 울었다. 그 때문에 그녀의 가느다란 눈이 더욱 가늘어지고 퉁퉁 부어버렸다. 고쓰루의 어머니는 고쓰루와 꼭 닮은 눈을 실처럼 만들어 웃으며, 쉽지 않은 조건을 제시했다.

"얘, 미이상네는 부자고, 후지코네는 누가 뭐래도 촌장댁이 아니냐. 그런 있는 집들 흉내는 낼 수 없다. 하지만 만약 고토양이 간다고 하면 너도 보내주마. 고토양하고 한번 얘기를 해보고 와라."

고토에는 도저히 갈 수 없을 것이라 생각해서 그렇게 말한 것이리라. 그런데 달려나갔던 고쓰루가 싱글벙글하며 돌아왔다. 헉헉 숨을 헐떡이며,

"고토양, 간대."

"정말이냐?"

"정말이야. 할머니가 그렇게 말했어."

너무나도 간단했기에 고쓰루의 어머니는 의심을 품고 물어보러 갔다. 나대기 좋아하는 고쓰루가 그런 식으로 부추긴 것은 아닐까 생각했기 때문이었다.

"우리 고쓰루가 시건방진 소리 하러 오지 않았었나요?"

슬쩍 떠보듯 이렇게 말하자 어부만큼이나 까맣게 탄 고토에의 어머니가 새하얗게 보이는 이를 드러낸 채 웃으며,

"평생에 한 번밖에 없잖아요. 이런 때일수록 보내주기로 해요. 언제나 동생들 보느라고 고생만 하고 있잖아요."

"그야, 우리 집 고쓰루도 마찬가지지. 하지만 뭘 입혀서 보내죠?"

"우리는 이참에 세일러복을 사주려고 해요."

"이만저만한 돈으로는 살 수 없을 텐데요."

"그런 말씀 마시고 사주세요. 동생들한테도 입히면 되잖아요."

"흠."

"사나에도 가기로 했대요. 고쓰루네도 한번 힘을 써보세요."

"그래요? 사나에까지. 그럼 고쓰루가 가만히 있을 리 없

지. 아이고, 아이고. 그럼 과부 생빚이라도 내볼까?"

이런 일들이 있었던 것이다. 그런데 당일이 되자 사나에는 감기 기운이 있어서 못 간다는 것이었다. 그러나 사나에는 목이 아픈 것도, 코가 막힌 것도 아니었다. 아프거나 막힌 것은 어머니 지갑의 주둥이로, 사나에를 위해 팔러 갔던 산호 구슬이 달린 비녀가 생각한 가격에 팔리지 않았기에 양장을 살 수가 없었던 것이었다. 급한 줄 뻔히 알면서도 그랬다며 사나에의 어머니는 그 고물상에 대한 분을 언제까지고 삭이지 못했지만 사나에에게는 부드럽게,

"기모노 입고 갈래?"

사나에가 울음을 터뜨릴 것 같은 얼굴을 하자,

"언니의 예쁜 기모노, 허리를 줄여서 입고 갈래?"

"……."

"너 혼자 기모노를 입고 가는 것이 싫다면 그만두어라. 그 대신 양장을 사주마. 어떻게 할래?"

"……."

사나에는 눈물을 한 방울 똑 흘리고 굳게 다문 입술을 가느다랗게 떨었다. 둘 중에 어느 것을 골라야 할지 판단이 서지 않았던 것이었다. 그러다 어머니의 난처해서 눈물이

쏟아질 것 같은 얼굴을 보고, 사나에는 갑자기 결심했다.

"여행, 안 갈래."

이런 일이 있었다고는 아무도 모른 채, 63명의 학생들이 한데 모여 수학여행에 나섰다. 남자와 여자 선생님이 2명씩 따라갔는데, 물론 오이시 선생님도 함께였다. 오전 4시에 올라탄 배 안에서는 누구도 잠을 자려 하는 사람이 없었으며, 와글와글 떠드는 가운데 「금비라 배」를 부르는 아이도 있었다.

그런 가운데 오이시 선생님은 혼자 생각에 잠겨 있었다. 그 생각에서 늘 떠나지 않는 것이 사나에였다.

'정말 감기에 걸린 걸까?'

사나에 외에도 10여 명의 아이들이 각각의 이유로 여행에 오지 못했지만, 특히 사나에가 마음에 걸리는 것은 곶의 학생들 가운데서는 그녀만이 참석하지 못했기 때문이었을지도 몰랐다. 6학년이 되면서 마스노는 외가로 완전히 옮겼기에 더는 곶 마을의 학생이 아니었다. 혼자 그 곶의 길을 따라서 학교에 갈 사나에를 생각하니, 오늘은 쉬라고 하지 않은 것이 가엾다는 생각이 들었다. 선생님도 없는 교실에서 풀이 죽어 자습할 학생들을 생각하면 사나에뿐만 아니라 모두가 가엾다는 생각이 들었다.

금비라에는 다도쓰에서 첫 기차를 타고 가서 아침에 참배를 했다. 이번에도 「금비라 배」를 부르면서 기다란 돌계단을 오르느라 땀을 흘리는 아이도 있었다. 그런 가운데 오이시 선생님은 오싹함에 몸을 떨었다. 야시마로 가는 전차 안에서도, 케이블카에 오른 뒤에도 그것이 때때로 전신을 덮쳤다. 무릎 부근에 찬물을 끼얹은 것 같은 으스스함에 주위의 가을 풍경을 즐길 마음의 여유도 생기지 않아, 천천히 기념품점으로 들어가 같은 그림엽서를 몇 벌이나 샀다. 학교에 남아 있는 아이들에게 선물이라도 사다 주어야겠다고 생각한 것이었다.

야시마를 뒤로하고 마지막 스케줄인 다카마쓰로 갔고, 밤나무 숲 공원에서 세 번째 도시락을 먹을 때 오이시 선생님은 거의 대부분이 남아 있는 도시락을 원하는 아이들에게 나누어주어 먹게 했다. 도시락까지가 마음의 무거운 짐이 되어 있었다는 사실을 깨달았기에 그것으로 마음이 좀 놓였다. 황혼이 내리기 시작한 다카마쓰의 거리를 항구 쪽으로 줄줄이 걸어가며 얼른 돌아가 마음껏 다리를 뻗고 눕고 싶다고 간절히 생각하고 있는데,

"오이시 선생님, 얼굴이 창백해요."

다무라 선생님에게 이런 말을 듣자 더욱 오싹함이 느껴졌다.

"왠지 몸이 무거워요. 으슬으슬하고."

"어머, 이를 어쩌죠. 약은요?"

"아까부터 청량단을 먹고 있기는 한데."라고 말했다가 자신도 모르게 웃으며,

"청량하지 않은 편이 낫겠네요. 따뜻한 우동이라도 먹으면……."

"그래요. 제가 함께 갈게요."

그렇게 말하기는 했으나 앞에도, 뒤에도 학생들이 있었다. 아이들을 부두의 대합실까지 데려다주고 가기로 했다. 남자 선생님들께 사정을 이야기하고 한 사람씩 살짝 빠져나와 눈에 띄지 않게 대로에서 바로 골목 안으로 들어갔다. 거기에도 기념품점과 음식점이 늘어서 있었다. 나지막한 처마에 커다란 등롱이 하나씩 걸려 있고 거기에 하나같이 우동, 생선초밥, 술, 생선 등의 굵은 글씨가 적혀 있었다. 좁은 봉당의 천장을 계절에 맞춰 조화 단풍잎으로 장식한 가게를 곁눈질하며,

"오이시 선생님, 우동집 감기약이라는 게 있잖아요. 그거 드시는 게 어떻겠어요?"

그게 좋겠네요, 라고 대답하려는 순간,

"튀김 하나!"

소녀의 카랑카랑하고 힘에 넘치는 목소리가 오이시 선생님을 퍼뜩 놀라게 했다. 앗 하고 소리를 지를 뻔했을 만큼 마음에 울리는 목소리였다. 이 부근에서는 보기 드문 선술집 안에서 들려온 목소리였다. 자신도 모르게 들여다보니 둥그렇게 부풀려 말아 올린 머리에 반짝반짝 빛나는 비녀와 함께 조화 단풍잎까지 꽂아 장식한 한 소녀가 빨간 앞치마에 두 손을 감싸듯 해서 별 생각 없는 얼굴로 거리 쪽을 향해 서 있었다. 오이시 선생님에게 그건 절대로 그냥 지나칠 수 없는 모습이었다. 멈춰선 선생님들을 손님이라 여긴 것인지 소녀가 조금 전과 같은 목소리로 외쳤다.

"어서 오세요."

그것은 이미, 자신의 목소리에조차 조금의 의심도 품고 있지 않은 외침이었다. 일본 전통의 머리모양에 어른스러운 기모노를 입어 모습이 달라져 있기는 했으나, 기다란 속눈썹은 더 이상 의심의 여지도 없었다.

"마쓰에, 너 맛짱이지?"

들어온 손님이 다짜고짜 이름을 불렀기에 머리를 둥그렇게 말아 올린 소녀는 놀라 한 걸음 물러났다.

"오사카에 간 거 아니었니? 맛짱, 처음부터 여기에 있었던 거야?"

선생님이 들여다보자 마쓰에는 그제야 떠오르기라도 했다는 듯, 훌쩍훌쩍 울기 시작했다. 자신도 모르게 어깨를 끌어안듯 해서 새끼줄로 엮은 포렴 밖으로 데리고 나가자, 안쪽에서 요란스러운 나막신 소리와 함께 가게 여주인도 뛰쳐나왔다.

"누구시죠? 말도 없이 데려가시면 어쩌자는 거죠?"

뭐 하자는 거냐는 듯한 말투에 마쓰에가 처음으로 입을 열어 여주인의 의심을 지우려는 듯 조그만 목소리로 말했다.

"오이시 선생님이에요, 엄마(여주인을 부르는 말로도 쓰인다. - 역주)."

결국 우동은 먹을 짬이 없었다.

날 갯 짓

수학여행에서부터 오이시 선생님의 건강은 좋지 않은 듯 했다. 3학기에 들어 며칠 지나지 않았을 때, 20일 가까이 학교를 쉬고 있는 오이시 선생님의 베갯머리로 어느 날 아침 한 통의 엽서가 도착했다.

「안녕하세요. 선생님의 건강은 어떠십니까? 저는 매일 아침, 조회시간이면 걱정이 됩니다. 오이시 선생님이 안 계시면 흥이 나지 않는다고 고쓰루와 후지코도 말합니다. 남자 아이들도 그렇게 말합니다. 선생님, 빨리 나아서 얼른 와주시기 바랍니다. 곳의 아이들 모두 걱정하고 있습니다. 사요나라(小夜奈良).」

곳 아이들의 진심이 전해지는 듯해서 문득 눈물을 글썽이던 선생님도 마지막의 사요나라(안녕히 계세요라는 뜻. — 역주)에서 자신도 모르게 웃음을 터뜨리고 말았다. 사나에가 보낸 것이었다.

"이걸 좀 봐. 사요나라를 한자로 이렇게 쓰는 게 유행이야, 어머니."

아침상을 날라 온 어머니에게 보여주자,

"글씨도 아주 잘 쓰는구나, 6학년치고는."

"응, 제일 잘 쓰는 아이야. 사범학교에 갈 생각인 듯한데 너무 얌전해. 그래서야 선생님을 할 수 있을지."

말로는 의사표시를 좀처럼 하지 않는 사나에를 걱정하며 얘기했더니,

"하지만 히사코야, 너도 6학년 정도까지는 말수가 적고 무뚝뚝한 아이였단다. 그랬던 애가 요즘에는 이렇게 말이 많지 않니."

"그런가? 내가 그렇게 수다스러워?"

"하지만 교사가 입이 무거우면 어떻게 되겠냐?"

"맞아. 그래서 난, 이 야마이시 사나에라는 아이가 교단에 서서 말을 제대로 할 수 있을까 걱정이야."

"올챙이 적 생각 못 하고. 너도 사람들 앞에서는 창가도 제대로 못 부르지 않았냐? 그래도 이렇게 어엿한 선생님이 됐으니."

"흠. 그랬었지. 지금은 창가가 좋아. 혹시 어렸을 때의 반동일까?"

"외동딸이어서 수줍은 것도 있었겠지. 편지를 보낸 아이도 외동딸이냐?"

"아니, 여섯 명쯤 되는 형제 중 가운데야. 언니는 적십자의 간호부래. 자기는 선생님이 되고 싶다고, 그것도 글짓기에 쓴 거야. 물어봐도 말로는 대답하지 않으면서 글짓기에서는 굉장한 말을 한다니까. 앞으로는 여자도 직업을 갖지 않으면 우리 엄마처럼 고생을 한다는 둥. 고생이 아주 심하신가봐."

"너랑 똑같구나."

"그래도 나는 어렸을 때부터 사람들한테도 분명하게 말했잖아. 선생님이 될 거다, 선생님이 될 거다, 라고. 야마이시 사나에는 아무 말도 하지 않는다니까. 언제나 남들 뒤에 숨어 있는 것 같기만 한 애가 글짓기만 하면 정말 똑 부러져."

"성격도 여러 가지 아니겠냐. 이렇게 엽서를 보낸 것을 보니, 그렇게 뒤에 숨어 있기만 하는 것도 아닌 듯하구나."

"그 말이 맞네. 게다가 사요나라(小夜奈良)라니, 재미있잖아."

엽서 한 장에서 시작한 이야기에 정신이 팔려 뜻밖에도 맛있는 아침이 되었다. 그 뒤에도 마치 거울이라도 들여다보듯 그 엽서를 바라보고 있자니, 잠시 후 아이들의 모습이 차례차례로 떠올랐다. 가와모토 마쓰에는 대체 어떻게 된 걸까?

'튀김 하나!'

카랑카랑하게 외치던 올림머리의 소녀. 부두 앞의 '시마야'라는 간판을 잘 기억해두었다가, 돌아와서 편지를 보냈으나 답장은 오지 않았다. 소학교 4학년밖에 배우지 못한 아이에게는 편지를 쓰기도 어려웠던 것일까? 하지만 본인의 손에 전해졌는지 어땠는지 의심스럽기도 하고……. 그날 저녁, 의심스럽다는 듯 달려나왔던 여주인도 사정을 듣고 나서는 곧 상냥하게,

"어머, 세상에, 세상에. 잘 오셨어요. 자, 선생님, 들어와서 앉으세요."

안으로 데리고 들어가 다다미를 깔아놓은 좁다란 평상에 조그만 방석을 깔고 자리를 권했다. 그러나 여주인만 이야기를 했을 뿐, 마쓰에는 말없이 옆에 서 있었다. 어느 틈엔가 남학생 대여섯 명이 와서 새끼줄로 엮은 포렴 너머로 얼굴을 나란히 하고 있는 것을 보고 오이시 선생님은 자리에서 일어나지 않을 수 없었다.

"그럼 다음에 또 보자. 곧 배가 올 것 같으니."

작별인사를 했으나 배웅을 하러 나오지도 않았다. 허락하지 않았던 것이리라. 일부러 돌아보지도 않고 서둘러 걷기 시작하자, 줄줄이 따라온 학생들이 저마다 한마디씩 했다.

"선생님, 저 아이 누구예요?"

"선생님, 저 우동집하고 친척이에요?"

본교에는 딱 하루밤에 얼굴을 내밀지 않았던 마쓰에를 누구도 마쓰에라고 알아보지 못한 것은 그 가운데 곶의 아이들이 섞여 있지 않았기 때문이리라. 마쓰에를 위해서 섣불리 불러내지 않았던 것을 다행이라 여기면서도, 마쓰에를 생각하면 지금도 일종의 답답함이 느껴졌다. 같은 해에 태어나 같은 땅에서 자랐고, 같은 학교에 입학한 같은 나이의 아이들이 이렇게 좁은 테두리 안에서조차, 벌써 그 처한 환경에는 커다란 차이가 있었다. 어머니가 돌아가셨다는 이유로 헤아릴 수 없는 환경 속으로 내던져진 마쓰에의 앞날은 어떻게 되는 것일까? 그녀와 함께 둥지를 떠난 사나에 등은 벌써 각자의 환경 속에서 미래를 향한 날갯짓을 준비하고 있었다. 장래의 희망에 대해서 쓰라고 했을 때 사나에는 교사라고 썼다. 아이답게 선생님이라고 쓰지 않고, 교사라고 썼다는 점에 사나에의 진지함이 담겨 있어서 어쭙잖은 동경은 아니라는 사실을 느낄 수 있었다. 6학년쯤 되면 모두가 벌써 엔젤처럼 조그만 날개를 등에 달고 힘껏 날갯짓을 하는 법이다.

특이한 것은 마스노의 희망이었다. 학예회에서 「황성의 달(荒城の月)」 독창으로 전교를 감동하게 만들었던 마스노는, 틈만 나면 노래를 해서 더욱 잘 부르게 되었다. 노래를 대할 때면 그녀의 머리는 특별한 작용을 보여, 악보를 보고 혼자서 노래를 불렀다. 시골의 아이치고 그것은 참으로 보기 드문 일이었다. 그녀의 마지막 꿈은 음악학교였고, 그를 위해서 그녀는 여학교에 가겠다고 했다.

여학교를 희망하는 아이는 마스노 외에 미사코도 있었다.

성적이 썩 좋지 않은 미사코는 수험을 위해 나머지공부를 할 때면 음울한 얼굴을 했다. 그녀의 머리는 산수의 원리를 이해할 힘도, 그것을 그대로 외울 암기력도 가지고 있지 못했다. 게다가 그 사실을 스스로도 잘 알고 있어서 시험을 보지 않아도 되는 재봉학교에 가고 싶어 했다. 그러나 그녀의 어머니가 그것을 허락하지 않았기에, 그녀에게 매일 음울한 얼굴을 하게 만들었다. 어떻게 해서든 공립 여고에 넣고 싶어 하는 그녀의 어머니는 학교에 뻔질나게 드나들었다. 그 열의로 딸의 뇌 구조를 바꿔보기라도 하겠다는 듯. 그래도 미사코는 천하태평이었다.

"전 말이죠, 숫자만 봐도 머리가 띵해요. 공립학교 시험 같은 거, 누가 볼 줄 알고요? 그날이 오면 저 몸이 아프다고 할 거예요."

그녀는 산수 때문에 떨어질 것을 벌써 알고 있었던 것이다. 그런 점에서 고토에는 전혀 반대였다. 집에서 누가 봐주는 것도 아닌데 숫자 감각은, 마스노의 악보와 마찬가지였다. 고토에는 언제나 만점이었다. 그 외에 과학도 사나에 다음으로 잘했다. 그녀라면 여학교도 별 어려움 없이 들어갈 수 있을 테지만 고토에는 6학년을 마지막으로 그만둘

것이라고 한다. 벌써 포기한 것인지 다른 아이들을 부러워
하지도 않는 고토에에게 물어본 적이 있었다.

"무슨 일이 있어도 6학년에서 그만두어야 하는 거니?"

그녀는 고개를 까닥였다.

"학교, 좋아하잖아."

다시 까닥였다.

"그럼 고등과에 1년이라도 다니는 건?"

말없이 고개를 숙였다.

"선생님이 집에 부탁해볼까?"

그러자 고토에가 처음으로 입을 열어,

"하지만 이미 결정됐어요. 약속했어요."

애처로운 미소를 지으며 말했다.

"무슨 약속? 누구랑 했는데?"

"어머니랑. 6학년에서 그만두기로 해서 수학여행에도 보
내준 거예요."

"어머, 이를 어쩌지? 선생님이 부탁하러 가도 그 약속
못 깨겠네."

고토에는 고개를 끄덕이고,

"못 깨요."라고 중얼거렸다. 그리고 앞니를 내보이며 울

음과 웃음이 뒤섞인 듯한 얼굴로,

"이번에는 도시에가 본교로 와요. 제가 고등과에 오면 저녁 지을 사람이 없어서, 이번에는 제가 밥을 지어야 해요."

"어머, 그럼 지금은 4학년인 도시에가 밥을 짓는 거니?"

"네."

"어머니는 역시 고기를 잡으러 나가시니, 매일?"

"네, 거의 매일."

언젠가 고토에는 글짓기에 이렇게 썼었다.

「저는 여자로 태어난 것이 안타깝습니다. 제가 남자가 아니기 때문에 아버지는 언제나 억울해하십니다. 제가 남자가 아니어서 고기를 잡으러 따라 나갈 수 없기 때문에 어머니가 대신 가십니다. 그렇기 때문에 어머니는 저 대신 겨울의 추운 날에도, 여름의 더운 날에도 바다로 일을 하러 가십니다. 저는 이다음에 크면 어머니에게 효도를 하고 싶습니다.」

바로 이거라고 오이시 선생님은 짐작했다. 여자로 태어난 것이 마치 자기 책임이라도 되는 양 생각하고 있는 고토

에. 그것이 고토에를 무슨 일에나 소극적으로 만드는 것이
다. 누가 그런 생각을 품게 만들었는지는 얘기해봐야 이미
늦었다. 고토에는 벌써 6학년에서 그만두는 것을 자신의
운명처럼 받아들이고 있다.

"하지만 고토에―."

그것은 잘못된 생각이라고 말하려다가 그만두었다. 대견
하구나, 라고 말하려다가 그것도 그만두었다. 안되었구나,
라는 말도 차마 나오지 않았다.

"안타깝구나."

그것은 참으로 적절한 말이었으나 고토에는 그것으로 위
안을 얻어 마음이 밝아진 모양이었다. 약간 뻐드러진 이의
커다란 앞니를 더욱 드러내며,

"그 대신 좋은 일도 있어요. 내후년에 도시에가 6학년을
졸업하면 그때는 저를 바늘집에 보내줄 거래요. 그리고 18
살이 되면 오사카로 일을 하러 가서 받은 월급으로 전부
제 옷을 살 거예요. 우리 어머니도 그랬어요."

"그리고 시집을 갈 거니?"

고토에는 일종의 수줍음을 내보이며 헤헤 하고 웃었다.
그것이 더 이상 자신의 손으로는 움직일 수 없는 운명이라

도 되는 양, 그녀는 거기에 복종하려 하고 있었다. 거기에는 이미 주어진 운명을 그대로 받아들이려 하는 여자의 자세가 있었다. 스무 살쯤 되면 그녀는 어느 날, 어머니 위독이라는 거짓 전보 한 통으로 직장에서 집으로 불려 돌아와, 위독해야 할 어머니 들이 준비해놓은 대로 일 잘하는 농부나 어부의 아내가 될지도 모른다.

그녀의 어머니도 그랬다. 그리고 6명의 아이를 낳았다. 다섯째까지가 여자였기에, 그것이 자기 혼자만의 책임이라도 되는 양 남편 앞에서 기를 펴지 못했다. 그런 환경이 고토에게도 영향을 주어 그녀도 소심한 여자가 되었다. 남편을 따라서 매일 바다로 나가는 어부의 아내는 여자라고는 여겨지지 않을 정도로 햇볕에 탄 얼굴을 하고 있으며, 바닷바람에 시달려 머리는 적갈색으로 푸석푸석하다. 게다가 거기에 불평불만은 없었다는 듯, 자신이 걸어온 길을 딸에게 다시 걷게 하려 하고 있으며, 딸도 그것을 당연한 여자의 길이라고 알고 있다. 거기에는 고인 물이 흐르는 물의 청량함을 모르는 것과 같은 구태의연함만이 있었다. 정직하기만 한, 가난한 어부 일가에게는 그것이 가장 원만하고 만족스러운 일인 것일까 하고 혼자 답답해하는 오이시

선생님이었다. 그렇기는 하지만 고토에를 고등과에 진학시
킨다고 해서 가난한 어부 일가의 생각이 단번에 바뀌는 것
도 아니라는 점을 생각하자, 하늘을 바라보며 한숨을 쉴
수밖에 달리 방법이 없었다.

　교사와 학생의 관계가 이래도 되는 걸까 싶은 의문이 들
자, 거기서 나온 답은 『풀의 열매』의 이나가와 선생님이었
다. 국적(國賊)이 되어 형무소에 갇혀버린 이나가와 선생님
은 때때로 옥중에서 개미처럼 자잘한 글씨로 제자들에게
편지를 보낸다고 하는데, 어떤 이상한 내용도 적혀 있지
않은 평범한 편지조차 학생들에게는 읽어주지 않는다는 소
문이었다. 그런 것일까? 교실 안에서 국정교과서를 통해서
관계를 맺는 것 외에는 허용이 되지 않는 뻔한 교사와 학생
의 관계, 설령 학생이 먼저 벽을 넘어온다 할지라도 솜씨
좋게 몸을 피하지 않으면 전혀 생각지도 못했던 함정이 기
다리고 있다는 사실을 알아야만 했다. 모두의 눈과 귀가
자신들도 모르는 사이에 타인의 비밀을 듣고 찾아내려 하게
되어버리고 만 것이다. 그러나 한편으로는 전혀 다른 일로
뜻밖의 장난에 말려드는 경우도 있었다. 병 때문에 한동안
쉰다고 말하자, 고쓰루가 남의 가슴에 손을 넣는 것과 같은

무람없음으로 태연하게 말했다.

"선생님의 병, 입덧인가요?"

자신도 모르게 얼굴을 붉히자 얼레리꼴레리하며 놀리는 아이도 있었다. 꼬맹이 주제에 하고 생각했으나, 몸을 피하지 않고 대답했다.

"맞아. 미안해. 밥을 먹을 수가 없어서 이렇게 말랐잖아. 조금 건강해지면 올게."

그때부터 결근이 시작되었다. 쉰다고 선언했을 때 누구보다 걱정스러운 얼굴을 한 것은 역시 사나에였다는 사실이 떠올라 6년 전의 사진을 꺼내 보았다. 13장 인화를 해두었지만 이래저래 건네주지 못하고 고스란히 남아 있는 사진은, 봉투째 사진첩 사이에 끼워져 있었다. 천진난만한 얼굴들이 늘어서 있는 가운데 고쓰루가 역시 가장 조숙하게 보였다. 이때부터 눈에 띄게 키도 컸던 고쓰루였는데, 지금은 다른 아이들보다 2살쯤이나 나이가 많아 보였다. 단발머리나 두 갈래로 딴 머리를 한 아이들 가운데 그녀만은 중국의 소녀처럼 앞머리를 내려 혼자 어른처럼 보였다. 마스노가 곳의 길동무가 아니게 된 뒤부터 그녀는 혼자서 나대는 형국이었다. 고등과를 마치면 산파학교에 가는 것이 목표인

점도, 조숙한 그녀가 입덧에 흥미를 갖게 된 원인일지도 모르겠다.

곶의 여자아이 중에는 후지코가 하나 더 있는데 그녀의 방향만은 아직 정해지지 않았다. 이번에야말로 마침내 집이 다른 사람의 손에 넘어갈 것이라는 소문도 졸업을 눈앞에 둔 후지코의 움직임을 결정하지 못하게 하는 원인일 것이라는 생각이 들자 고토에와 마찬가지로 남에 의해 주어진 운명이 그녀를 기다리고 있는 것 같아 가여웠다. 마르고 핏기가 없어서 하얗게 분을 바른 것 같은 얼굴을 한 후지코는 언제나 소매에 손을 넣은 채 떨고 있는 것처럼 보였다. 한 맺힌 듯 차가운 홑겹 눈과 과묵함만이 그녀의 체면을 간신히 유지해주고 있는 것 같다는 느낌이었다.

그에 비해서 남자아이들은 참으로 활달했다.

"저는 중학교에요."

다케이치가 으스대듯 말하자 다다시도 지지 않고,

"저는 고등과에 갔다가 졸업하면 군대에 갈 때까지 어부예요. 군대에 가면 하사관이 되어 상사 정도는 될 테니 기억해두세요."

"그래, 하사관······."

부자연스럽게 말을 끊었지만 선생님의 마음의 움직임에는 누구도 눈치를 채지 못했다. 달밤의 게와 달 없는 밤의 게를 일부러 가져온 다다시가 하사관을 지원하리라고는 생각지도 못했지만, 그에게는 커다란 이유가 있었다. 징병 3년 동안을 조선의 병영에서 보냈으나 제대하지 못하고 그대로 만주사변에 출정했던 그의 큰형님이 최근에 하사가 되어 돌아온 것이 다다시의 마음을 부추긴 모양이었다.

"하사관을 지원하면 상사 정도까지는 문제없이 될 수 있대요. 하사관은 월급도 받아요."

다다시는 거기서 출세의 길을 찾아낸 모양이었다. 그러자 다케이치도 지지 않고 목소리에 힘을 주어,

"저는 간부후보생이 될 거예요. 탄코한테 질 수 없죠. 바로 소위가 될 수 있어요."

기치지와 이소키치가 부럽다는 듯한 표정을 지었다. 다케이치나 다다시처럼 그날의 생활에 그다지 어려움이 없는 가정의 아들과는 입장이 다른 기치지와 이소키치가 전쟁에 대해 집에서 어떤 말을 주고받는지는 알 방도가 없으나, 그냥 가만히 있어도 결국은 그들도 역시 군대로 끌려갈 것이다. 그해 봄(1933년), 일본이 국제연맹에서 탈퇴하여 세계

의 외톨이가 되었다는 사실에 어떤 의미가 있는지, 옆 마을 학교의 선생님이 형무소에 들어간 사실과 그것이 어떤 관계를 가지고 있는지, 그러한 모든 것을 알 자유를 빼앗겼고, 그것을 빼앗겼다는 사실조차 알지 못한 채, 시골 구석구석까지 퍼져 있는 호전적 분위기에 휩싸여 소년들은 영웅을 꿈꾸고 있었다.

"어째서 그렇게 군인이 되고 싶은 거니?"

다다시에게 묻자 그는 솔직하게 대답했다.

"저는 가업을 잇지 않아도 되니까요. 거기다 어부보다는 하사관이 훨씬 더 좋아요."

"아, 그러니? 다케이치는?"

"저는 가업을 이어야 하지만 저도 군인이 쌀장수보다는 좋아요."

"글쎄, 그럴까? 어쨌든 잘 생각해봐라."

함부로 말을 할 수 없다는 답답함을 느끼며 나머지는 말없이 남자아이들의 얼굴을 바라보고 있었다. 다다시가 무엇인가 느낀 듯,

"선생님은 군인이 싫어요?"라고 물었다.

"응, 어부나 쌀장수가 더 좋아."

"에이. 왜요?"

"죽는 거, 아까우니까."

"겁쟁이네요."

"그래, 겁쟁이."

그때의 일을 생각하면 지금도 짜증이 난다. 이 정도의 이야기를 나누었을 뿐인데 벌써 교감선생님께 주의를 들었기 때문이었다.

"오이시 선생님, 빨갱이라는 소문이 돌고 있습니다. 조심하세요."

'아아, 빨갱이란 대체 뭐란 말인가? 이렇게 아무것도 모르는 내가 빨갱이라니.'

이부자리 속에서 여러 가지 생각을 하던 오이시 선생님이 거실을 향해 어머니를 불렀다.

"어머니, 잠깐만."

"그래."

일어나 오지는 않고, 장지문 너머의 대답은 화로 옆에 웅크리고 앉은 목소리였다.

"잠깐 상의할 게 있어. 좀 와줘."

발소리에 이어 장지문이 열리자 골무 낀 손을 보며,

"나, 선생이 정말 지긋지긋해졌어. 3월에 그만둘까봐."

"그만두겠다고? 왜 또 그러니?"

"그만두고 구멍가게나 하는 편이 낫겠어. 매일, 매일 충군애국……."

"얘야!"

"어머니는 왜 나를 교사로 만든 거야? 정말."

"얘 좀 봐, 왜 남의 탓을 하니? 네가 좋아서 된 거잖아. 엄마처럼은 살지 않겠다며. 정말 노안경을 껴가면서까지 남의 재봉일은 하고 싶지 않다."

"차라리 그게 나아. 첫해부터 6년 동안 나도 내 나름대로 열심히 해왔다고 생각해. 그런데 어떤 줄 알아? 남자애들 절반 이상이 군인이 되고 싶대. 정나미 떨어졌어."

"요즘 세상이 그렇질 않나? 네가 구멍가게를 해서 전쟁이 끝나준다면 좋겠지만."

"난 더 지긋지긋해. 거기다 어머니의 삶을 봐왔으면서 남편으로 뱃사람을 고르다니, 손해만 봤어. 요즘처럼 방공연습만 하면 뱃사람의 아내는 제명에 못 죽을 거야. 폭풍이 부는 것도 아닌데, 쾅 하고 당해서 미망인이 되어야 하다니, 사양하겠어. 그렇게 말해서 당장에라도 뱃사람을 그만두라

고 할까? 둘이서 농사든 뭐든 해 보이겠어. 곧 애도 태어날
텐데, 난 우리 아이에게 나 같은 삶을 살게 하고 싶지는
않아. 그만둬도 되지?"

빠르게 늘어놓는 말을 생글생글 웃으며 듣고 있던 어머니
가 마침내 어린아이라도 달래듯 말했다.

"모든 게 마치 남의 탓인 양 말하는 아이로구나, 너는.
네가 좋아서 데릴사위로 들인 사람이 아니냐. 나야말로 한
마디 해주고 싶었다, 그때는. 나처럼 되면 어쩔까 싶어서.
하지만 네가 좋아하는 사람이라니 어쩔 수 없다고 포기했
다. 그런데 뭐냐, 이제 와서."

"좋아하는 거하고 뱃사람은 다른 거야. 어쨌든 나 선생님
은 이제 싫어."

"그래, 네 마음대로 해라. 지금은 흥분한 듯하니."

"흥분한 거 아니야."

학교에서와는 아주 다른 선생님이었다. 그러나 그 떼를
쓰는 듯한 말 속에는 사람의 목숨을 소중히 여기는 마음이
넘쳐나고 있었다.

마침내 안정을 되찾아 다시 학교에 다니게 되기는 했으나
신학기의 뚜껑을 열어보니 오이시 선생님은 쫓겨날 처지가

되고 말았다. 안타까워하거나 부러워하는 동료도 있었으나 특별히 붙잡으려 하지 않은 것은 오이시 선생님이 어딘가 눈에 띄어 문제가 되어 있기도 했기 때문이었다. 그렇다면 어디에 문제가 있는 것이냐고 물어도, 누구도 분명하게 대답하지는 못했다. 오이시 선생님 자신도 물론 알지 못했다. 굳이 말하자면 학생들이 잘 따른다는 데 있었을지도 모르겠다.

그날 아침, 700명의 전교생 앞에 선 오이시 선생님은 한동안 말없이 모두의 얼굴을 둘러보았다. 점점 흐려지는 눈으로 새로운 6학년생의 가장 뒤에 서서 이쪽을 열심히 바라보고 있는, 키가 큰 니타의 얼굴을 알아보고는 자신도 모르게 눈물이 흘러내려 준비한 작별인사도 나오지 않았다. 마치 니타가 대표라도 되는 양, 니타의 얼굴을 향해 인사를 한 형국으로 단에서 내려왔다. 고등과 학생들 가운데서 다다시와 기치지와 고쓰루와 사나에의 젖은 눈이 이쪽을 열심히 바라보고 있다는 사실을 안 것은 단에서 내려온 뒤였다. 점심시간에 다른 건물에 있는 사나에 들의 교실 쪽으로 갔더니, 고쓰루가 가장 먼저 발견하고 달려왔다.

"선생님, 왜 그만두신 거예요?"

평소와 달리 울먹이며 말하는 고쓰루의 뒤에서 사나에의 젖은 눈이 빛나고 있었다. 그렇게 여학교, 여학교 하며 누구보다 먼저 떠들어댔던 마스노도 결국은 고등과에 남게 되었는데, 그 모습이 보이지 않는 이유에 대해서 고쓰루는 언제나처럼 과장스럽게 이야기했다.

"마아짱은요, 선생님. 할머니와 아버지가 반대하셔서 여학교에 가는 것 그만뒀어요. 요릿집의 딸이 샤미센(일본 전통의 세 줄 악기. ─역주)이라면 모르겠지만, 학교의 노래는 불러봐야 아무런 도움도 되지 않는다고요. 마아짱은 분통이 터져서 밥도 안 먹고 울고 있어요. ─그리고 선생님, 미사코네 학교는 여학교가 아니래요. 학원이래요. 미도리 학원이라고 학생은 서른 명 정도인데, 바느질집을 간신히 면한 것 같은 학교라던데요. 그런 데인 줄 알았다면 고등과가 더 나았을 텐데, 그죠, 선생님."

자신도 모르게 함께 웃던 선생님은, 웃고 난 뒤에 타일렀다.

"그런 식으로 말하는 거 아니다, 고쓰루. 그보다, 마아짱은 어떻게 된 거니?"

"창피하다며 집에 있어요."

"창피할 거 없다고 위로해주렴, 고쓰루도 사나에도. 그런데 후지코는 어떻게 됐지?"

"아, 그게 말이죠, 선생님. 놀랠 노자. 까무러치는 줄 알았다니까요."

고쓰루는 목소리를 크게 하고, 부릅떠봐야 커질 리 없는 가느다란 눈을 억지로 크게 뜨려 눈썹을 치켜뜨며,

"효고로 갔어요. 시험 준비기간에 우리 집 배에 짐과 함께 식구 다섯 명을 태우고 갔어요. 이불하고 나머지는 냄비와 솥뿐인 짐. 장롱도 아주 오래 돼서 칠이 벗겨진 것 하나뿐이었고 나머지는 전부 고리짝이었어요. 후지코네 사람들은 모두 험한 일을 해본 적이 없잖아요. 당장 거지라도 되지 않았으면 좋겠다고 모두 걱정했어요. 그리고 후지코 등도 기생집에 팔려가지 않았으면 좋겠다고―."

자기 집에 내야 할 뱃삯의 절반을 팔고 남은 가재도구로 냈다는 사실까지 쉴 새 없이 이야기하는 고쓰루의 어깨를 가볍게 두드리며,

"고쓰루, 넌 말이지, 하지 않아도 될 말까지 너무 많이 하는 것 아니니? 너 산파가 될 거라고 했지? 좋은 산파가 되려면 남의 얘기는 너무 많이 하지 않는 게 좋을 거야,

틀림없이. 이건 말이지 선생님이 작별선물로 하는 말이야. 훌륭한 산파가 돼야 해."

이렇게 말하자 고쓰루도 어깨를 살짝 움츠리고,

"네, 알겠습니다."

초승달 눈으로 웃었다.

"사나에도 훌륭한 선생님이 되어야 한다. 사나에는 조금 더 말을 많이 하는 편이 좋을 것 같구나. 이것도 선생님의 작별선물."

어깨를 토닥이자 사나에는 고개를 까닥이고 말없이 웃었다.

"고토에를 보면 인사 전해줘라. 건강 조심하고 훌륭한 아내가 되라고. 이게 작별선물이라고."

고쓰루가 바로,

"선생님도 훌륭한 어머니가 되세요. 이거 작별선물이에요."

장난스럽게 선생님의 어깨를 토닥였다. 고쓰루는 벌써 선생님과 키가 거의 같을 정도가 되어 있었다.

"그래, 고맙다."

한껏 소리 높여 웃었다.

고등과가 되어 처음으로 남녀가 반을 따로 쓰게 된 교실에, 다다시 들은 없었다. 남자아이들 반으로 가서 특별히 곳의 학생들에게만 작별인사를 한다는 것도 내키지 않는 일이었기에 그만 돌아가기로 했다.

"탄코, 손키, 키친 군에게도 인사를 전해주렴. 생각나면 놀러 오라고 전해줘."

"선생님, 저희는요?"

고쓰루가 바로 말꼬리를 잡고 늘어졌다.

"물론 와도 되지. 오라고 하지 않아도 옛날부터 왔었잖아. 아, 그래, 맞다."

사진을 꺼내 한 장씩 건네주자 고쓰루는 깔깔 커다란 목소리로 웃으며 폴짝폴짝 뛸 정도로 기뻐했다.

그 이튿날, 일에서 해방되었다는 기쁨보다는 소중한 것을 빼앗긴 듯한 허전함에 풀이 죽어서 낮잠을 자고 있자니 뜻밖에도 다케이치와 이소키치가 함께 찾아왔다. 너무나도 빠른 전언의 효과에 놀라면서 헝클어진 머리도 묶지 못하고 맞아들였다.

"어머, 잘들 왔다. 자, 들어와."

둘은 서로 얼굴을 보다 곧 다케이치가 말했다.

"다음 버스로 돌아가야 돼요. 이제 10분이나 15분쯤밖에 남지 않아서 못 들어가요."

"어머, 그러니. 그 다음 버스를 타면?"

"그러면 어두워져서야 곳에 도착하게 돼요."

이소키치가 분명하게 말했다. 아무래도 오면서 그렇게 하기로 얘기한 모양이었다.

"아, 그러니. 그럼 잠깐 기다려라. 선생님이 데려다줄 테니, 걸어가면서 얘기하자."

서둘러 머리를 매만지며,

"다케이치 군, 중학교는 언제부터?"

"내일모레입니다."

그 태도는 벌써 중학생이라고 말하는 듯했으며 손에는 새 모자를 들고 있었다. 이소키치도 낯선 납작모자를 오른손에 들고, 손베틀로 짠 무명천 기모노의 무릎 부근을 예의 바르게 여미고 있었다.

"이소치키 군, 어제 학교 쉬었니?"

"아니요, 전 이제 학교에 안 다녀요."

그리고 이소키치는 갑자기 자세를 바로 하더니,

"선생님, 오랜 시간 감사했습니다. 그럼, 건강하시길."

무릎을 굽혀 인사를 했다.

"얘는, 조금 기다리라니까. 금방 나갈게."

울음과 웃음이 동시에 나오려는 것을 참으며 함께 집을 나섰다. 버스 정거장까지는 6분 걸린다. 가운데 서서 걷기 시작하자 이소키치가 얼굴을 폭 덮은 커다란 납작모자 밑에서 조그만 얼굴을 위로 치켜 올리며,

"선생님, 전 내일 밤에 오사카로 일을 떠납니다. 학교는 주인이 야학에 보내줄 겁니다."

"그래, 전혀 몰랐었는데. 갑자기 결정된 일이니?"

"네."

"무슨 집?"

"전당포입니다."

"어머나, 너 전당포를 할 거니?"

"아니요, 전당포의 지배인입니다. 군대까지 갔다 오면 지배인이 될 수 있다고 했습니다."

이소키치는 아까부터 계속 격식을 차린 말투로 몸이 굳어 있었다. 그것을 풀어주듯,

"훌륭한 지배인이 되어야 한다. 선생님한테 가끔 편지도 보내고. 어제 고쓰루한테 사진 맡겼었지? 그때의 일 생각하

며."

다케이치도, 이소키치도 웃었다.

"이건 작별선물. 엽서하고 우표야."

선물로 받은 우표첩과 엽서를 새 수건에 얹어 싼 것을 이소키치에게 건네주고, 다케이치에게는 공책 2권과 연필 1다스를 주었다.

"휴가를 얻어 돌아오면 우리 집에 꼭 와야 한다. 선생님, 너희들이 어떻게 자라는지 보고 싶으니까. 누가 뭐래도 너희는 선생님의 첫 번째, 그리고 마지막 제자들이잖니. 우리 사이좋게 지내자."

"네."

이소키치만 대답했다.

"다케이치 군도."

"네."

마을 어귀의 모퉁이로 버스의 모습이 보이자 이소키치가 다시 한 번 모자를 벗고 말했다.

"선생님, 오랜 시간 감사했습니다. 그럼, 건강하시길."

그것은 마치 앵무새처럼 어딘가 어색한 말투였다. 말을 마치고 바로 모자를 썼다. 어른용인 듯한 납작모자는, 만화

속 아이 같기는 했지만, 잘 어울렸다. 새 학생모와 둘이서 나란히 버스 뒤 창문으로 손을 흔드는 모습이 보이지 않을 때까지 바라보다 천천히 바닷가로 내려가 보았다. 조용한 내해 건너편으로 길쭉한 곶의 마을이 평소와 다름없이 펼쳐져 있었다. 거기서 사람의 아이들이 자라며 날갯짓하고 있다.

'오랜 시간, 감사했습니다. 그럼, 건강하시길…….'

곶을 향해 중얼거려 보았다. 그것은 웃음과 따스함이 동시에 느껴지는, 그리고 좀 더 함축적 의미를 가진 말이었다.

설상가상

봄이라고는 하지만 추위가 아직 아침 공기 속에 살을 에는 듯한 예리함으로 도사리고 있어서 그늘에 있으면 발끝에서부터 몸이 떨려왔다.

아직 이른 아침인데도 K마을의 정류소에는 벌써 볼일을 마치고 온 승객이 둘, 하행 버스를 기다리고 있었다. 60세를 두엇쯤 넘긴 것처럼 보이는 할아버지와, 서른 전후의 여자 승객.

"아이고, 추워라!"

자신도 모르게 웅얼거리듯 튀어나온 말처럼 중얼거린 할아버지에게,

"정말, 춥네요."

라고 여자 승객이 말을 걸지도 않았는데 동의했다. 추위는

사람들의 마음을 가깝게 해주는 듯, 누가 먼저랄 것도 없이 친밀함을 드러냈다.

"정말, 언제까지 이렇게 추우려는 건지."

"그러게요. 벌써 춘분인데."

말을 하던 젊은 여자가 네모란 꾸러미를 가슴에 끌어안듯 하고, 할아버지의 한쪽 팔에 걸려 있는 소학생용의 포장하지 않은 조잡한 책가방으로 반갑다는 듯한 눈빛을 보내며,

"손자 것인가요?"

"그래."

"저도 아들 것을 샀어요."

팔 안의 꾸러미를 바라보며,

"오늘 팔기 시작한다는 얘기를 듣고 첫 버스로 나왔는데, 이제 옛날 같은 물건은 하나도 없네요. 이렇게 종이로 만든 건 1년밖에 못 들 거예요."

서로의 물건을 한탄하듯 말하자, 맞는 말이라는 듯 할아버지가 머리를 흔들며,

"암시장에는 없는 게 없다던데."

그리고 껄껄 웃었다. 어금니가 없는 듯한 입 안이 새카맣게 보였다. 여자가 시선을 돌리며,

"요즘은 뭐든 암시장, 암시장. 책가방까지 암시장이라니, 정말 너무해요."

"돈만 있으면 뭐든 구할 수 있다더군. 달콤한 단팥죽이든 양갱이든, 있는 데는 산더미처럼 쌓여 있다고 해."

이렇게 말하며 이 없는 입가로 정말 침을 흘릴 뻔한 것을 보니 단 것을 아주 좋아하는 모양이었다. 입가를 손바닥으로 닦으며 겸연쩍다는 듯 맞은편을 턱으로 가리키고,

"애엄마, 저쪽에서 기다리세. 햇볕만은 공짜니까."

이렇게 말하고 서둘러 반대편 정류소 쪽으로 길을 가로질렀다. 애엄마라고 불렸기에 자신도 모르게 빙긋 웃으며 여자 승객도 뒤를 따라갔다. '애엄마라고.' 마음속으로 되뇌어본 여자 승객이 키 큰 할아버지를 올려다보고 웃으며 물었다.

"할아버지, 어디까지 가세요?"

"나? 난 바윗부리야."

"그러세요. 전 한 그루 소나무."

"아아, 한 그루 소나무. 거기에는 같이 배를 탔던 친구가 있었지. 벌써 먼 옛날에 죽었지만. 오이시 가키치라는 이름이었는데, 잘 모를 거야."

그 말을 들은 순간 여자 승객이 펄쩍 뛸 듯 깜짝 놀라며,

"어머, 그분, 저희 아버지세요."

이번에는 할아버지가 정색을 하며,

"오호, 이거 참 별일도 다 있군. 그랬구나. 이제 와서 가키치짱의 딸을 만나다니. 그러고 보니 닮은 데가 있어."

"그래요? 아버지는 제가 세 살 때 돌아가셔서 아무것도 기억에 남아 있지 않은데, 아저씨는 언제쯤 아버지랑 같은 배를 타셨어요?"

할아버지를 아저씨라고 고쳐 부른 것은, 살아 계셨다면 아버지도 이 정도쯤의 나이일 것이라고 생각했기 때문이었다.

말할 것도 없이 8년 뒤 오이시 선생님의 모습이었다. 뱃사람의 아내로 지내온 지난 8년 동안, 홧김에 교직에서 물러났을 때와는 비교도 할 수 없을 만큼 세상은 한층 더 격렬하게 변해 있었다. 중일전쟁이 일어났으며, 일본 · 독일 · 이탈리아 방공협정이 맺어졌고, 국민정신총동원이라는 이름으로 행해진 운동은 잠꼬대로라도 나라의 정치를 입에 담아서는 안 된다는 느낌을 주었다. 전쟁만을 보고, 전쟁만을 믿고, 몸과 마음 모두 전쟁 속에 던져 넣으라고 가르쳤다.

그리고 그대로 따르게 했다. 불평과 불만은 마음속 깊은 곳에 숨겨두고 모르는 척하지 않는 한 세상을 살아갈 수 없었다. 그런 가운데 오이시 선생님은 세 아이의 어머니가 되었다. 장남인 다이키치, 차남인 나미키, 막내인 야쓰. 완전히 세상의 평범한 어머니가 되었다는 증거로, 애엄마라고 불렸다. 그러나 가만히 들여다보면 눈의 반짝임 안쪽에 평범한 애엄마가 아닌 무엇인가가 숨겨져 있었다.

"아저씨, 혹시 괜찮으시면 차라도 마시지 않을래요?"

정류소 옆의 찻집을 가리키며 말했다. 이 노인에게서 아버지의 냄새를 맡아보려 한 것이었다. 그러나 노인네는 완고하게 머리를 흔들며,

"아니, 버스가 금방 올 거요. 여기서 기다리면 돼요."

노인네도 왠지 점잖은 태도를 보이고 있었다.

"그런데 가키치짱의 신부는 건강하신가?"

"네, 덕분에요."

라고 말했는데 나이 든 어머니가 신부라 불렸기에 자신도 모르게 미소를 지었다. 돌아가면 어머니에게 이 일을 가장 먼저 말해야겠다고 생각했다. 마침 상행 버스가 경적과 함께 다가왔다. 상행손님이 아니라는 사실을 알려주기 위해

서둘러 표식에서 떨어졌으나 버스는 멈춰 섰다. 찻집 처마 아래에 서서 내리는 사람들의 얼굴을 별 생각 없이 바라보았다. 버스는 콩나물시루처럼 사람들로 가득했는데 내리는 것은 젊은 남자들뿐이었다. 거의 전부가 여기서 내리는 것이 아닐까 싶을 만큼 차례차례로 문에 나타나는 젊은 얼굴들을 바라보다 문득 떠오른 것은, 오늘 이 마을의 공회당에서 징병검사가 행해질 것이라는 사실이었다. 아아, 그랬었지, 라고 생각하며 젊음으로 넘쳐나는 각자의 얼굴로 차례차례 시선을 옮겨가고 있었다.

"어, 오이시 선생님!"

깜짝 놀라 뛰어오를 정도로 커다란 목소리였다. 거의 동시에 선생님도 외쳤다. 무엇인가에 이끌리듯 커다란 목소리로,

"어머나, 니타!"

그리고 뒤따라 줄줄이 내리는 얼굴들을 향해서,

"어머, 어머, 어머, 모두 있는 거니? 세상에."

니타의 뒤를 이어서 이소키치, 다케이치, 다다시, 기치지까지 곶의 옛 소년들이 모두 모였다.

"선생님, 오랜만에 뵙습니다."

도쿄의 대학을 이제 1년 남겨둔 다케이치가 길고 갸름해진 얼굴에, 도회의 바람을 맞고 돌아온 사람이라고 말하기라도 하는 듯한 표정을 지으며 가장 먼저 인사했다. 뒤이어 고베의 조선소에서 일하고 있는 다다시가, 그는 노동자답게 단련된 기백으로 넘쳐나는 얼굴에, 그러나 사람 좋아 보이는 웃음을 지으며 머리를 숙였는데 쑥스러운지 귀 뒤쪽을 긁었다. 기다리고 있었다는 듯 이소키치가 앞으로 나서며,

"선생님, 오래 연락 못 드렸습니다."

약간 걱정이 될 정도로 창백한 얼굴에 붙임성 좋은 미소를 짓고 있었다. 외지로 나가지 않고 마을에서 벌목과 고기잡이를 하고 있는 기치지는 여전히 말 잘 듣는 고양이처럼 얌전하게 모두의 뒤에 서서 콧물을 훌쩍이며 말없이 고개를 숙였다. 니타만은 예전과 같은 스스럼없음으로 인사를 하지 않았다. 그는 아버지를 도와 비누를 만들고 있다고 했다. 경제적으로는 가장 여유가 있는 듯한 니타는, 새로 지은 국민복을 입고 있었다.

"선생님, 얼마 전에 후지코를 만났어요, 후지코를."

자랑이라도 되는 양 후지코의 이름을 거듭 불러댔다. 그러나 일부러 그 말에는 대답하지 않고 선생님은 자신을 둘

러싼 청년들의 모습을 올려다보듯 둘러보았다. 8년이라는 세월이 조그만 소년들을 올려봐야 할 정도로 늠름하게 길러냈다.

"그래, 검사였구나. 벌써."

눈물이 저절로 배어나오는 눈에 다섯 명의 모습이 흐려졌다. 언제까지고 이렇게 있을 수 없다는 생각에 갑자기 예전의 선생님 같은 모습으로 돌아가,

"그럼, 다녀오너라. 조만간 모두 선생님 집에 한번 와주지 않겠니?"

그것으로 역시 남자아이들답게 미련을 두지 않고 떠나가는 뒷모습을 여러 가지 생각에 잠겨 바라보며, 오랜만에 자신의 입으로 '선생님'이라고 말한 것이 왠지 신선한 느낌을 주어, 기뻤다.

돌아보니 노인네는 먼지를 피해 찻집 옆의 양지에서 기다리고 있었다. 볕 잘 드는 산울타리의 한 곳에 꽃봉오리를 단 황매화가 모여 있어서 가느다란 가지가 꽃봉오리의 무게 때문에 휘어 있었다. 그 가지 하나를 아무렇게나 꺾어 들고, 노인네도 역시 젊은이들을 바라보며 조그만 목소리로,

"정말 큰일이군. 저렇게 서글서글한 젊은이들을 일부러

총알의 표적으로 만들다니."

"그러게요."

"이런 말은 떳떳하게 할 수도 없어. 그랬다가는 이거야."

책가방을 든 채 두 손을 뒤로 돌려 더욱 작은 목소리로,

"그 왜, 치안유지법인가. 잡혀갈 거야."

이가 없는 입에 갑자기 어금니가 돋은 게 아닐까 싶을 정도로 젊게 들리는 말투였다. 치안유지법이라는 것을 그녀는 잘 알지 못했다. 단지 『풀의 열매』를 만든 이나가와 선생님이 그 치안유지법이라는 법률을 위반하는 행동을 했기 때문에 형무소에 갇혔다가 곧 풀려나기는 했으나, 복직은커녕 정당한 취급도 받지 못하고 있다는 사실만이 그 법률과 연결되어 떠올랐다. 이나가와 선생님의 어머니는 마치 미치광이처럼 아들을 감싸며, 지금은 그가 예전의 죄를 뉘우쳤다고 만나는 사람마다 선전하고 다니기에 바쁘다는 소문도 들었다. 어디까지가 사실인지 모르겠으나, 이나가와 선생님은 오직 혼자서 닭을 치며 세상에서 벗어난 생활을 하고 있다. 그가 세상에서 벗어난 것이 아니라 세상이 그를 다가 오지 못하게 한 것이었다. 그의 계란에는 독이라도 들어 있는 것처럼 싫어했기에 한때는 사주는 사람도 없었다. 시

대는 사람들에게 세 마리 원숭이(三猿, 손으로 각각 입과 눈과 귀를 가리고 있는 원숭이 상. - 역주)를 배우라고 강요하고 있는 것이다. 입을 막고, 눈을 감고, 귀를 가리고 있으면 되는 것이다. 그런데 지금 눈앞에 있는 노인네는 눈과 귀를 덮고 있는 원숭이의 손을 뜯어내는 것과 같은 말을 하고 있다. 친구의 딸이라고는 하지만 처음 만난 여자에게 어째서 속내를 내보이는 듯한 말을 하는 것일까?

절반은 경계심도 일었기에 그녀는 은근슬쩍 화제를 돌렸다.

"그런데 아저씨, 우리 아버지하고는 언제쯤 친구였어요?"

빙그레 웃은 노인네는 다시 어금니가 없는 원래의 표정으로 돌아가,

"그게, 한 열여덟이나 아홉쯤이었나? 두 사람 모두 커다란 뜻을 품고 있었지. 기회만 있으면 외국 배에 올라 미국으로 가려고 했었어. 시애틀에라도 도착하면, 바다로 뛰어들어 헤엄쳐 건너겠다는 생각이었지."

"세상에. 하지만 옛날에는 자주 있었다고 들었어요."

"그럼, 있었지. 미국에서 한밑천 잡겠다고들 했지만, 사

실은 징병이 싫었던 거야. ―지금이라면 이거야."

다시 손을 뒤로 돌리고 웃었다.

"끝내 목적을 성취하지 못한 건가요?"

"그렇게 된 거지. 그래도 그때는 배에 타기만 하면 군대에는 가지 않아도 됐어. 그러다 우리 둘 모두 뱃사람이 좋아져서 말이지. 이왕 뱃사람이 될 바에는 자격증을 가진 뱃사람이 되자며, 이래봬도 공부까지 했다고. 학교에 다니지 못했기에 우리는 5년에 걸쳐서 간신히 을1종의 운전수가 됐어. 가키치짱이 1년 먼저 시험에 붙어서 말이지, 나도 두고보자며 다음 해에 땄는데―."

그때 친구는 난파로 행방불명이 되어 결국 기쁨을 함께 나누지는 못했다고 한다. 아버지의 아내인 어머니에게서 듣는 것과는 또 다른 아버지의 모습, 눈물은커녕 미소까지 지으며 그려보는 젊은 날의 아버지의 모습, 이야기를 들려주는 사람의 애정 때문일까? 아버지는 쾌활하고 정감 있는 청년이었다는 사실을 알 수 있었다. 그런 아버지가 징병을 기피했다는 얘기는 처음 듣는 것이었다. 그에 대해서는 한마디도 하지 않는 어머니는, 아버지에게서 그런 말을 듣지 못했던 것일까? 아니면 세 마리 원숭이가 되어 있었던 것일까? '신부'라고 불렸다는 사실과 함께 어머니에게 물어봐야겠다고 생각하며, 이야기를 이어나갔다.

"그런데 아저씨는 언제까지 배를 타셨어요?"

"10년쯤 전까지. 간신히 조그만 배의 선장이 돼서 말이지. —아들은 학교에 보내서 고생시키지 않고 뱃사람으로 만들어주고 싶었는데 뱃사람은 싫다고 하더군. 상업학교에 보내서, 은행의 지점에 다니고 있었는데, 끌려가서 죽었어."

"끌려갔다니, 전쟁에요?"

"그렇지."

"어머."

"노몬한에서. 이건 그놈의 아들 거야."

책가방이 노인네의 손에서 세차게 흔들려 안쪽의 두꺼운 종이가 바스락바스락 소리를 냈다.

'누구나 아들을 두었다는 건 근심의 씨앗이네요.'라고 말하려다 그만두었다.

버스에서는 사람이 많아 나란히 앉을 수가 없었다. 뒤쪽 한가운데에 자리 잡은 오이시 선생님은 가만히 눈을 감고 있었다. 조금 전에 헤어진 제자들의 뒷모습을 떠올려보고 있었던 것이다. 짐승처럼 알몸이 되어 검사관 앞에 선 젊은이들. 병사들의 묘지에 나무를 깎아 만든 묘비가 늘어갈 뿐인 요즘, 젊은이들은 거기에 할아버지나 할머니의 무덤보다 더 관심을 가져서는 안 된다. 아니, 그렇지 않다. 커다란 관심을 갖고 칭송하고, 그 뒤를 잇는 것을 명예로 삼아야 한다. 무엇을 위해서 다케이치는 공부를 하고, 누구를 위해서 이소키치는 상인이 되려 하고 있는 것일까? 어렸을 때 하사관이 되겠다고 말했던 다다시는 군함과 무덤을 서로 연결해서 생각하고 있는 것일까? 웃는 표정의 속내를 내보여서는 안 되는, 마음 놓고 지낼 수 없는 시절을 니타만은 태평한 듯 커다란 목소리를 올리고 있었지만 니타라고 그 마음속에 아무것도 없다고는 할 수 없으리라.

그렇게 조그만 곶의 마을에서 나온 올해 징병 적령의 다섯 남자아이들, 아마도 모두 군인이 되어 어딘가의 끝으로 보내질 것만은 틀림없는 사실이리라. 무사히 살아서 돌아올 사람은 몇 명이나 될지. ─인적 자원을 한 사람 더 만들고 올 것. ……이렇게 말하며 일주일 동안의 휴가를 주는 군대라는 곳. 출산해야 할 여자도 아이의 장래가 설령 나무로 깎아 만든 묘비로 이어진다 할지라도 그것을 걱정해서는 안 된다. 남자고 여자고 마음을 비우고 살아야 한다는 말일까? 아무래도 벗어날 방법이 없는, 남자가 걸어가야 할 길. 그렇다면 여자는 어떨까? 7명의 그 여제자 가운데 미사코 혼자만은 고생을 하지 않았다. 미도리 학원에서 도쿄의 신부 학교로 들어갔다가 재학 중에 데릴사위를 맞아들여 바로 아이를 낳았다. 고단하기 짝이 없는 시절에 이건 특별한 예외였다. 바람이 강한 겨울에 혼자 온실에서 햇볕을 쬐고 있는 것과 같은 존재다.

그에 비하자면 노래를 좋아하는 마스노는 제자리를 뱅뱅 맴도는 것 같은 고생을 했다. 그저 노래를 부르고 싶다는 생각에만 정신이 팔려, 부모의 뜻을 거역하고 몇 번인가 가출을 했었다. 몰래 참가한 지방 신문사의 콩쿠르에서 1등을 했는데, 그것이 신문에 실렸을 때가 가출의 시초였다. 그때마다 잡혀서 집으로 끌려왔다가는, 다시 가출을 했다. 언제나 노래가 원인이었다. 노래를 부르고 싶은, 노래를 잘하는 아가씨가 어째서 노래를 불러서는 안 되는 것일까? 세 번째 가출을 했을 때 그녀는 게이샤가 되려 했다고 한다. 그녀는 데리러 간 어머니에게 매달려 울며,

"샤미센은 괜찮다고 했잖아."

그녀의 음악에 대한 열정이 어느 틈엔가 샤미센으로 흘러

간 것이었다. 하지만 그녀의 부모들은 그것의 좋고 나쁨을 떠나서, 자신들은 요릿집에서 게이샤들과 친분을 쌓고 있으면서도 딸을 게이샤로 만들 수는 없었다. 마스노는 지금 가출 중에 알게 된, 나이 든 남자와 결혼해서 마침내 안정을 되찾아가고 있다. 지금은 이제 나이 든 어머니를 대신해서 요릿집을 운영하고 있다고 한다. 가끔 길에서 만나면 반가워하며 달려와,

"선생님, 전 언제나 선생님이 보고 싶어서."

눈물까지 글썽이며 기뻐하는 어린아이 같은 행동에 수수한 차림을 한 그녀는, 스무 살쯤의 나이로는 보이지 않았다.

고등과에도 가지 못하고 시집가는 것을 장래의 목표로 삼아 일을 하러 나갔던 고토에는 어떻게 되었을까? 그녀는 아내로 맞아들이겠다는 사람이 나타나기도 전에 병에 걸려 고향으로 돌아왔다. 폐병이었다. 뼈와 가죽만 남아 창고에 혼자 누워 있다는 말을 들은 지도 꽤 오래 되었다.

고등과에 진학하지 못한 또 다른 한 명, 후지코에 대해서는 좋지 않은 소문이 돌았다. 니타가 후지코를 만났다고 말한 것은, 틀림없이 유녀(遊女)가 된 후지코와의 만남을 말한 것이었으리라. 니타의 얼굴에 나타난 것으로 그렇게

깨달았기에 일부러 대답을 하지 않은 것이었지만, 소문은 훨씬 전에 고쓰루를 통해서 들었다. 부모님이 후지코를 팔았다는 것이었다. 가구나 의류와 마찬가지로, 당장 일가의 목숨을 연명하기 위해서 후지코는 팔려간 것이었다. 일이라는 것을 모르고 자랐던 그녀가 설령 몸을 파는 초라한 여자라 할지라도, 팔리고 난 뒤에야 비로소 인생이라는 것을 알게 되었다면 그것은 후지코를 위해서 기뻐해야 할 일이다. 그러나 사람들은 후지코를 업신여기며 재미있다는 듯 숙덕거린다.

지금은 이제 사람들의 기억에서 지워져버린 것처럼 보이는 마쓰에도 그렇고, 또 지금의 후지코도 그렇고, 어째서 그녀들이 비웃음거리가 되어야 한단 말인가? 그러나 오이시 선생님의 마음속에서만은 그녀들도 옛날처럼 위로받고 있으며, 따뜻한 품에 안겨 있었다.

'맛짱, 어떻게 지내고 있니? 후지코, 어떻게 지내고 있니? 정말 어떻게 지내고 있는 거니? …….'

선생님은 때때로 그녀들의 이름을 부르곤 했다.

도무지 제대로 된 길이라고는 여겨지지 않는 후지코 들에 비해서 고쓰루와 사나에는 건강함 그 자체로 보였다. 우수한 성적으로 사범학교를 나온 사나에는 모교에 남는 영예를 얻어 그 눈동자가 더욱 빛나고 있으며, 오사카의 산파학교를 역시 우등으로 졸업한 고쓰루와는 오이시 선생님을 가운데 놓고 사이좋게 지내고 있었다. 현장에서의 경험을 더 쌓은 뒤에 고향으로 돌아오는 것이 고쓰루의 목표였다. 일부러 그러는 것인지, 깜빡하는 것인지 편지의 받는 사람 이름을 큰 돌 작은 돌(大石小石) 선생님이라고 적어서 보내는 적이 있는데, 인간의 성장 과정은 참으로 재미있는 것이어서, 어머니의 예언대로 수다쟁이 고쓰루를 얼마간 얌전하게, 말이 없던 사나에를 똑 부러진 사람으로 길러냈다.

두 사람은 적어도 1년에 2번, 서로 시간을 맞춰서 찾아온다. 대부분은 여름휴가와 신년 휴가 때인데 가지고 오는 선물도 똑같았다. 두 사람이 똑같은 것을 가져온다는 뜻이 아니다. 오사카에 있는 고쓰루는 좁쌀로 만든 밥풀과자를, 사나에는 다카마쓰였기에 기와 모양으로 구운 생과자를 늘 가지고 왔다. 한참 살이 오를 나이가 되어 더욱 통통해져갈 뿐인 고쓰루의 눈은 정말 실처럼 가늘어져 있었다. 그러나 그녀의 강한 성격이 이 눈 덕분에 부드럽게 보여, 헤헤 하고 웃으면 상대방도 함께 소리 내어 웃고 싶어진다. 헤헤 웃고 난 뒤에 선물이라며 들고 온 것을 놓는 것이 고쓰루의 버릇이었다.

한번은 고쓰루가 이렇게 말했다.

"언제나 같은 선물만 들고 와서 참 운치 없다고 생각하는 적도 있지만, 저는 어렸을 때 이 선물을 받으면 팔짝팔짝 뛸 정도로 기뻤기에."

사나에도 역시 기와 모양 생과자 꾸러미를 내밀며,

"바보는 한 가지밖에 생각하지 못한다고들 하잖아요."

다이키치는 선물 주는 누나들이라고 부르며 환영했고, 그날은 하루 종일 웃으며 시간을 보내다 헤어지는 것이 정해진 일처럼 되어 있었다. 그 선물들도 전쟁이 길어져 손에 넣기 어렵게 되었는지, 요즘에는 시중에서 팔고 있는 것으로 보이는 거즈를 주기도 하고, 사나에는 공책이나 연필을 아직 학교에 들어가지도 않은 다이키치를 위해서 가져오기도 했다. 마침내 학령기에 다다른 다이키치를 위해서 책가방을 사가지고 돌아오는 길에 뜻밖에도 제자들을 만나 자극을 받은 것인지 여러 가지 추억들로 가슴이 넘쳐났다.

"한 그루 소나무입니다. 내리실 분은……."

차장의 목소리에 반사적으로 일어나 서둘러 차 안을 달려

갔다. 노인네에게 인사도 제대로 못 한 채 계단에 발을 내려

놓자, 갑자기 다이키치의 목소리가 들려왔다.

"엄마."

때 묻지 않은 그 높다란 목소리가 모든 잡념을 멀리로

날려버리려 하고 있었다.

"엄마, 나 아까부터 마중을 나왔었어."

평소에는 저절로 웃음이 나오던 그 맑고 깨끗한 목소리

가, 오늘은 조금 슬펐다. 웃어 보이자 다이키치가 바로 응석

을 부리며,

"엄마, 하도 안 와서 나 하마터면 울 뻔했어."

"그랬어?"

"막 눈물이 나오려고 했는데 빵빵 울리기에 봤더니 엄마

가 보였어. 손 흔들었는데 엄마는 날 안 봤어."

"그랬구나. 미안하다. 엄마, 다른 생각을 하고 있었어. 하

마터면 한 그루 소나무도 잊고 그냥 달려갈 뻔했어."

"칫, 무슨 생각을 했는데?"

거기에는 답하지 않고 꾸러미를 건네주자 마치 그것이

목적이었다는 듯,

"이야, 이거 책가방? 작은데."

"작지 않아. 메어보렴."

잘 맞았다. 오히려 조금 큰 듯했다. 다이키치는 혼자서 달리기 시작했다.

"할머니, 책가방."

한달음에 달려가면서 발걸음의 답답함을 입의 도움으로 해결하려는 듯 앞에 있는 집을 향해 외쳤다.

어깨를 흔들며 달려가는 그 뒷모습에서, 아무런 걱정도 없이 내일을 향해 뻗어나가려는 힘이 느껴졌다. 그 사랑스러운 뒷모습의 앞길에서 기다리고 있는 것이 역시 전쟁밖에 없다면, 사람은 무엇을 위해서 아이를 낳고 사랑하고 기르는 것일까? 포탄에 맞아 찢기고 깨져 떨어질 사람의 목숨을 안타까이 여기고 슬퍼하여 말리는 것이 어째서 해서는 안 될 일이란 말인가? 치안을 유지한다는 것은 사람의 목숨을 아끼고 지키는 것이 아니라, 사람의 정신적 자유까지 억압하는 것이란 말인가……

달려가는 다이키치의 뒷모습이 다케이치와 니타와 다다시와 기치지와, 그리고 조금 전 같은 버스에서 내려 공회당으로 걸어가던 수많은 젊은이들의 뒷모습과 겹쳐 넓어져가는 듯했기에, 맥이 풀려버렸다. 올해 소학교에 들어갈 뿐인 아이의 어머니조차 이런 마음이라는 생각이 들자, 몇 십만, 몇 백만이나 되는 일본 어머니들의 마음이 어딘가의 쓰레기 장에 쓰레기처럼 버려져 성냥개비 하나로 재가 되어버린 것 같다는 느낌이 들었다.

　말에 탄 군인 아저씨
　총을 메고 지나간다
　뚜벅뚜벅 지나간다
　군인 아저씨가 아주 좋아

　너무 힘을 주어 음이 벗어난 노래가 집 안에서 들려왔다. 문턱을 넘어서자 책가방을 멘 다이키치를 선두로 나미키와 야쓰가 뒤를 따르며 집 안을 빙글빙글 맴돌고 있었다. 손주들의 그런 모습을 그저 기쁘다는 듯 바라보고 있는 어머니에게 은근히 비아냥거리듯, 오이시 선생님이 언짢다는 투로 말했다.

　"그래, 그래, 모두들 군인이 좋단 말이지. 내 참, 할머니는 모르시는 모양이네. 아들이 없으니까. —하지만 그건 아닌 것 같은데……."

그리고,

"다이키치!"라고 엄한 목소리로 불렀다. 입 안이 말라버린 듯한 얼굴로 다이키치가 멈춰 서서 놀란 표정을 보였다. 총채와 막대기를 총 대신 어깨에 짊어지고 있는 나미키와 야쓰가 그치지 않고 노래를 계속하며 뛰어다니고 있는 속에서 다이키치의 이상히 여기는 마음을 달래주듯 갑자기 등으로 손을 돌리자 책가방이 로봇과 같은 감촉으로, 그러나 급격한 기쁨으로 움직였다. 장남이라는 이유로 거의 받아본 적이 없는 어머니의 애무는 만 여섯 살이 된 남자아이를 승리감에 취하게 했다. 생긋 웃으며 무슨 말인가를 하려고 했는데 나미키와 야쓰가 그 모습을 발견했다.

"와아."

달려오는 아이들을 똑같이 와아 하고 소리를 지르며 한꺼번에 끌어안고,

"이렇게 사랑스러운 아이들을 어떻게 죽일 수 있겠어. 와아, 와아."

리듬에 맞추어 흔들자 세 개의 입이 똑같이 와아, 와아 하고 따라 했다. 거기에 어떤 마음이 감춰져 있는지를 알기에는 너무나도 어린 아이들이었다.

봄의 징병 적령기를 맞은 자들은 보고서와 대조되어, 품평회의 채소나 무처럼 그 자리에서 병종이 결정되고, 연말이 다가올 무렵이면 마침내 환호성 속에서 입영하는 것이 예전부터의 관습이었다. 그러나 날로 더해가는 전선의 핍박 때문에 그 얼마 되지 않는 시간적 여유마저 사라져 입영은 곧바로 전선과 연결되었다. 부두의 입구에 세워놓은 아치는 환송영문(歡送迎門)이라는 현판을 내건 채, 녹색 삼나무 잎이 짙은 갈색으로 변해버렸다. 환송, 환영의 술렁임은 연중 끊이지 않았으며, 그 사이사이에 소리 없는 '개선병사'의 네모나고 하얀 모습도 역시 바닷바람과 함께 이 아치를 지나 돌아왔다.

일본의 전국, 곳곳에 세워진 이 녹색 문을 헤아릴 수도 없을 만큼의 수많은 젊은이들이 끊임없이 지나던 1941년, 전선이 태평양으로 확대되었기에 환호성은 한층 더 격렬해져갈 뿐이었다. 천황의 이름으로 선전포고가 내려진 12월 8일 훨씬 이전부터, 그 해의 입영자인 니타와 기치지와 이소키치 들은 이미 마을에 없었다. 출발하는 날, 얼마간의 작별선물에 더해서 오이시 선생님은 예전에 찍었던 사진을 엽서 크기로 다시 만들어서 보내주었다. 원판은 이미 없었다. 다케이치 외에는 모두 잃어버렸기에 기뻐했다.

"몸조심해야 한다."

그리고 한층 목소리를 낮춰서,

"명예로운 전사 같은 건 하지 않아도 돼. 살아 돌아와야
해."

그러자 그 말을 들은 사람들은 마치 사진 속 옛날로 돌아
간 것처럼 고분고분했으며, 이소키치는 몰래 눈물을 글썽이
기도 했다. 다케이치는 슬쩍 옆으로 돌아 고개를 숙였다.
기치지는 말없이 머리를 숙였다. 다다시는 그늘이 있는 미
소를 지어 보이며 고개를 끄덕였다. 니타만 혼자 소리 내어,

"선생님, 걱정 마세요. 이기고 돌아오겠습니다."

그조차도 니타로서는 목소리를 죽여 '돌아오겠습니다.'
라고, 말하는 것을 주위의 눈치를 보듯 한 것이었다. 돌아오
겠다는 것은 이제 생각해서도 안 될 일이 되어버렸다. 그런
데 니타는 정말로 그렇게 생각하고 있었던 것일까? 솔직하
기만 한 그에게는 체면이나 말 속에 숨은 뜻 따위는 통용되
지 않았기 때문이었다. 아무리 니타라고 해도 목숨이 아깝
다는 생각이 남보다 뒤질 리는 없다. 그것을 니타만큼 정직
하게 말한 사람도 아마 없을 것이다. 그는 예전에 징병검사

관 앞에서, '갑종 합격!'이라고 선언 받은 찰나, 자신도 모르게 외쳤다고 한다.

"아뿔싸!"

모두가 웃음을 터뜨렸고 그날 중으로 소문이 퍼졌다. 그러나 신기하게도 니타는 뺨도 맞지 않았다고 한다. 니타가 한시의 틈도 주지 않고 한 그 말이 너무나도 비상식적이었기에 담당관에게 말뜻 그대로 들리지 않았던 것이라고 한다면, 자신의 생각을 그대로 말한 니타는 참으로 행복한 사람이다. 모두를 대신해서 속 시원하게 말한 것 같은 이 사건은, 최근의 우스꽝스러운 이야기로 오이시 선생님의 귀에도 들어와 있었다.

그 니타는 정말로 이기고 돌아올 수 있을 것이라 생각하고 있는 것일까?

어쨌든 그렇게 나선 채 한 통의 편지도 없이 그 이듬해도 절반이 지났다. 미드웨이 해전은 바닷가 마을 사람들을 말이 없는 불안과 체념 속으로 내몰아, 남몰래 '백일기도'를 하는 어머니들을 낳기도 했다. 니타와 다다시는 해군에 배치되었다. 평시였다면 미소와 함께 떠올렸을 해군 니타도, 떠나간 채로 소식이 없었다.

니타는 지금 어디서 그 사랑스러운 커다란 목소리를 지르고 있을까?

한 사람을 떠올릴 때면 반드시 뒤이어 떠오르는 것은 그 K마을의 버스 정류소에서 보았던 젊은이들이었다. 웃으면 입의 안쪽이 검게 보이는 노인네의 모습이었다. 봄의 쌀쌀한 길가에서 공짜 햇볕을 받으며 봉우리를 내민 황매화였다. 그리고 더더욱 커다란 그림자에 감싸이게 하는 것은, 어느 틈엔가 군용선이 되어 어느 바다를 달리고 있는지도 모르는 다이키치 들의 아버지에 대한 생각이었다. 그 불안한 마음을 이야기하는 것조차 허용되지 않는 군국(軍國)의 아내와 어머니들, 혼자만 그런 것이 아니라는 사실 때문에 인간의 생활이 망가져도 되는 것일까? 혼자만 그런 것이 아니니 발언권을 포기하라고 강요받고 있는 수많은 사람들이 만약 목소리를 합친다면? 아아, 그런 일이 가능하기나 할까? 혼자서 입에 담기만 해도 그 어금니가 없는 노인네가 말한 것처럼 손이 뒤로 돌아가게 된다.

공짜 햇볕을 받으며 쌀쌀한 봄의 길가에서 봉오리를 맺은 황매화는, 그래도 꽃만은 피웠을 텐데. ……

울보선생님

바다와 하늘 모두 땅 위의 전화(戰火)에서 해방된 종전 이듬해의 4월 4일, 이날 아침 일찍 한 그루 소나무의 마을을 저어 나온 한 척의 거룻배가, 감색 줄무늬의 몸뻬를 입은 한 마르고 나이 든 조그만 여자를 싣고 곶의 마을 쪽으로 나아가고 있었다. 조용한 바다에 안개가 짙게 드리워져 곶의 마을은 꿈결 속에 떠 있는 듯 보였으나, 곧 떠오르기 시작한 태양에 깨어난 것처럼 그 길고 가느다란 모습을 점점 선명하게 드러내기 시작했다.

"아, 드디어 개기 시작했다."

아직 열두엇으로밖에 보이지 않는 사공이 조그만 몸 전체를 움직여 노를 저으며 아직 멀리에 있는 곶의 마을을 바라보았다. 눈만 초롱초롱한 것 같은 그 남자아이에게, 역시 곶의 마을을 동그랗게 뜬 눈으로 바라보고 있던 여자가, 사랑스럽다는 듯한 목소리로 말했다.

"곶에는 처음이니, 다이키치?"

보기와는 달리 젊은 목소리였다.

"응, 곶에는 갈 일이 없었으니까."

돌아보지도 않고 대답했다.

"그렇구나. 엄마도 한동안 간 적이 없었으니까. 곶이라는 곳은 그런 곳이지. 벌써 18년! 그 동안 강산이 2번이나 변했네. 엄마도 나이를 먹었다는 말일까?"

놀랍게도 그것은 오랜만에 듣고 보는 오이시 선생님의 목소리와 모습이었다. 오늘 그녀는 13년 만에 교직으로 돌아와, 그것도 지금 다시 곶의 마을로 부임하는 중이었다. 전에는 자전거를 타고 시원하게 다니던 선생님도 이제는 그런 젊음이 사라져버리고 만 것일까? 하지만 그것이 전부는 아니었다. 전쟁은 자전거까지 국민들의 생활에서 앗아갔으며, 패전 후 반년이 지난 지금, 자전거는 사려야 살 수 없는 물건이었다. 곶으로의 부임이 결정되었을 때, 덜컥 당혹감을 느낀 것도 그것 때문이었다. 도중까지 있었던 버스마저도 전쟁 중에 없어진 채, 아직 개통되지 않았다. 옛날에조차도 자전거로 다녔던 8㎞의 길을 걸어서 다닐 수밖에 없었다. 몸이 도저히 버티지 못할 것이라 생각했기에 모자 셋이서 곳으로 옮길까 말을 꺼냈을 때, 한마디로 반대한 것이 다이키치였다. 배로 데려다주고 데려오겠다는 것이었다. 배라고 해도 빌리려면 상당한 사례금을 주어야만 했다.

"비가 내리면 어떻게 할래?"

"그럼 아버지의 비옷을 입지."

"바람이 강한 날에는 어렵지 않겠어?"

"……."

"아니다, 걱정할 거 없다. 바람이 부는 날에는 걸어서 갈 테니."

대답에 궁해져버린 다이키치를 서둘러 감싸주었다. 내일에는 내일의 바람이 분다. 내일의 일까지 생각할 수 없었던 오랜 세월은, 비나 바람 정도로 주저앉지 않는 것만은 가르쳐주었다. 전쟁은 여섯 가족을 셋으로 만들어버렸지만, 바로 그렇기 때문에 남은 셋은 어떻게든 살아남지 않으면 안 되었다. 다이키치는 6학년이 되었다. 나미키는 4학년이었다. 나올 때 물가에 서서 어머니의 첫 출근을 배웅해주었던 나미키도 이제는 슬슬 학교로 출발할 시간이라는 생각에 한 그루 소나무를 돌아보았다. 오랜만에 바다에서 바라보는 한 그루 소나무도 예전 그대로인 것처럼 보였다. 아무런 변화도 보이지 않는 그 마을에까지 커다란 변화를 가져다준 전쟁 끝의 패전.

"다이키치, 힘들지 않니? 손에 물집이 잡힐지도 모르겠다."

"물집은 잡혀도 금방 딱딱해져. 난 괜찮아."

"고맙구나. 그런데 내일부터는 좀 더 일찍 나올까?"

"왜?"

"선생님의 아들이 매일 지각하면, 누가 뭐래도 체면이 서질 않잖아. 엄마도 곧 자전거를 다시 손에 넣을 방법을 찾아보겠지만."

"괜찮아. 분명한 이유가 있으면 혼나지 않으니까. 배로 데려다줄게."

노에 매달려 몸을 천천히 앞뒤로 움직이며 자신만만한 얼굴로 웃었다.

"노를 잘도 젓는구나. 역시 바닷가의 아들이다. 언제 배운 거니?"

"혼자 배운 거야. 6학년이면 누구나 저을 수 있는걸."

"그러냐? 엄마도 배워볼까?"

"뭐 하러? 내가 데려다줄게."

"아, 맞다. 모리오카 다다시라는 아이가 있었는데 말이다, 1학년이었으면서 엄마를 배로 데려다주겠다고 했던 아이가 있었어. 옛날에ー. 지금은 전사했지만."

"그래? 제자?"

"응."

문득 눈물이 나왔다. 살아 있었다면 벌써 훌륭한 청년이 되었을 것이라며, 5년 전 부둣가에서 마지막으로 헤어진 다다시를 생각하자, 그것이 어린 시절의 모습과 겹쳐져 떠올랐다. 그날 이후로 끝내 만나지 못한 다다시. 그리고 이제는 영원히 만날 길이 없어져버린 제자들. 치열한 싸움에 쓰러진 지금, 몇 명의 사람들이 다시 고향땅을 밟을지, 다시 만날 수 있을지를 생각하면 마음이 어둡게 가라앉았다.

악몽처럼 지나간 지난 5년은, 오이시 선생님에게까지 남들만큼의 상처와 고통을 맛보게 한 뒤, 어린 아들의 격려를 받으며 이 외진 마을로 부임하지 않으면 안 될 처지로 내몰았다. 자신에게 할 수 있는 일이 있다는 사실을 그녀는 처음으로 마음 깊이 감사하게 생각했다. 제자인 사나에의 권유로 원서를 내보기는 했지만, 입고 갈 옷조차 없을 정도로 생활은 궁핍함의 바닥에서 허덕이고 있었다. 나날의 궁한 살림은 사람을 늙게 만드는 법이어서, 그녀도 역시 마흔 살이라는 나이보다 일고여덟 살이나 더 늙어 보였다. 쉰 살이라고 해도 누가 의심하랴?

모든 인간다움을 희생으로 삼아 사람들은 살아왔고, 그리고 죽어갔다. 놀라움에 동그랗게 뜬 눈을 좀처럼 감지 못했고, 감으면 눈가로 끊임없이 흐르는 눈물을 감추며 무엇인가에 쫓기듯 살아온 나날이었다. 게다가 사람은 그런 일에조차 어느 틈엔가 익숙해져서, 멈춰 서고 뒤돌아보기를 잊었기에 마음속 깊은 곳까지 황폐해질 대로 황폐해졌다. 황폐해지지 않으려 하면, 그것은 살기를 거부하는 일이 되기까지 했다. 그 어수선함은, 전쟁이 끝난 오늘에서 아직 내일로도 이어질 듯 여겨졌다. 전쟁은 결코 끝나지 않은 것이라 여겨지는 일들이 많았다.

원폭의 잔학함이 그 말이 가진 의미로만 전해졌을 뿐, 아직 진짜 참상은 알려지지 않았던 그 해의 8월 15일, 라디오 방송을 듣기 위해 학교에 소집되었던 국민학교 5학년생 다이키치는 패전의 책임이 자신의 조그만 어깨에 지워지기라도 했다는 듯, 풀이 죽어서 고개를 숙인 채 집으로 돌아왔다.

그로부터 겨우 반년, 지금 눈앞에서 노를 젓고 있는 가련한 모습에는 깊은 감회에 젖게 하는 것이 있었다. 시대에 순응하는 어린이들. 반년 전 그의 일을 이야기하면 지금은 부끄러워할 다이키치라는 사실을 알고 있었다. 말로는 하지 않고 혼자 떠올려볼 뿐이었다. 그날, 풀이 죽어 있는 다이키치의 마음을 격려하듯 웃는 얼굴로 어깨를 안아주며,

"왜 그렇게 풀이 죽은 거니? 지금부터 어린이는 어린이답게 공부할 수 있게 되었잖아. 자, 밥 먹자."

그러나 평소 같았으면 떠들썩했을 식탁조차 바라보지도 않은 채 다이키치는 이렇게 말했다.

"엄마, 전쟁, 졌어. 라디오 못 들었어?"

그는 목소리까지 비장하게 흐려져 있었다.

"들었어. 그야 어찌 됐든 전쟁이 끝났다니 잘된 일 아니냐."

"졌는데도?"

"응, 졌는데도. 이제 앞으로는 전사하는 사람도 없을 테니. 살아 있는 사람은 돌아올 거야."

"일억옥쇄(一億玉碎, 제2차 세계대전 당시 일본군의 슬로건 중 하나. 일본 국내에서 전쟁이 벌어지면 국민 모두가 충심을 다해 임해야 한다는 의미. – 역주), 아니었어?"

"응. 아니었어. 다행이야."

"엄마는 안 울어? 졌는데도."

"응."

"엄마는 기뻐?"

따지듯이 말했다.

"바보 같은 소리 말아라! 다이키치는 어떠냐? 우리 아버지는 전사하지 않았느냐? 다시는 돌아오시지 못하는 거야, 다이키치."

그 격한 목소리에 깜짝 놀라, 그제야 눈치챘다는 듯 다이키치는 어머니를 똑바로 바라보았다. 그러나 그것으로 그의 마음의 눈까지 뜨인 것은 아니었다. 그로서는 이와 같은 일대 사건이 벌어진 이때에, 그래도 여전히 밥을 먹자고 한 어머니에게 따지고 싶었던 것이다. 평화로운 날을 모르는 다이키치, 태어난 그날 밤도 방공연습으로 칠흑 같은 어둠이었다고 들었다. 등화관제 속에서 자랐으며, 사이렌 소리를 익숙히 들으며 자랐고, 한여름에 솜을 넣은 두건을 가지고 학교에 다녔던 그로서는, 어머니가 왜 이렇게까지 전쟁을 싫어하는지 잘 이해할 수가 없었다. 어느 집에서나 누군가가 전쟁에 나가 있어서 젊은이라고는 거의 찾아볼 수 없는 마을, 그것을 당연한 일이라 생각하고 있었던 것이다. 학도는 동원되고 여자들도 근로봉사에 나서야 했다. 모든 신사의 경내는 낙엽 하나 남기지 않고 청소되었다. 그것이 국민생활이라고 다이키치 들은 믿고 있었다. 그러나 산으로 도토리를 주우러 가고, 씁쓸한 빵을 먹어야 했던 것만은 싫어했다. 조그만 다이키치의 마을에서도 몇 명인가의 소년 항공병이 나왔다.

'항공병이 되면 팥죽을 배 터지게 먹을 수 있다.'

아직 어리기만 한 소년의 마음을 가엾게도 배불리 먹을 수 있는 팥죽에 빼앗겨 항공병을 목표로 삼은 가난한 집의 소년도 있었다. 게다가 그것으로 소년은 벌써 영웅이었다. 가난하든 가난하지 않든, 거기에 마음을 기울이지 않는 사람은 비국민(非國民, 국민으로서의 의무를 잊은 자. 특히 제2차 세계대전 전과 전쟁 중에 군이나 국가의 정책에 비판적·비협력적인 사람을 폄하해서 부르던 말. ― 역주)이기까지 했던 시대의 움직임은, 부모에게 말하지 않고 학도병을 자원하면, 더구나 그가 외동아들이기라도 하면 영웅의 가치는 한층 더 높아졌다. 마을의 중학교에서는 수많은 소년 지원병들 가운데 부모에게 말하지 않은 외동아들이 세 명이나 나와서 그것이 학교의 명예가 되었고, 부모들의 마음을 써늘하게 만들었다. 그때 아직 어렸던 다이키치는 자신의 나이가 적다는 사실을 한탄하듯,

"아아, 나도 빨리 중학생이 됐으면 좋겠다."

그리고 노래를 불렀다.

일곱 개 단추는 벚꽃에 닻……

사람의 목숨을 벚꽃에 비유하여, 지는 것만이 젊은이의 궁극적인 목적이자 끝없는 명예라고 가르쳤기에 그렇게 믿고만 있던 아이들이었다. 일본 전국의 남자아이들을, 적어도 그 생각에 근접하게 하고 믿게 만드는 것으로 방향이 잡혀 있던 교육이었다. 교정의 구석에서 책을 읽던 니노미야 긴지로(어렸을 때의 어려운 환경을 극복하고 학문에 매진했던 인물. 여기서는 교정에 세워진 그의 동상을 말한다. ─ 역주)까지 환호성 속에서 전쟁에 보내지고 말았다. 수백 년 동안 아침, 저녁을

알려주고 비상 상황을 알려주었던 절의 종조차 종루에서 내려져 전쟁에 나섰다. 다이키치 들이 무턱대고 비장함에 잠겨 목숨을 아끼지 않게 된 것도 어쩔 수 없는 일이었을지 모른다. 그러나 다이키치의 어머니는 한 번도 거기에 동의하지 않았다.

"얘, 다이키치야. 엄마는 역시 다이키치가 그저 인간으로 살아주었으면 한다. 명예로운 죽음 같은 건, 한 집에 한 명이면 충분하지 않겠니? 죽으면 아무것도 아니다. 엄마가 정성껏 키웠는데 다이키치는 그렇게 전사하고 싶니? 엄마는 매일 울며 눈물로 살아가도 괜찮다는 거니?"

열이 오른 얼굴에 젖은 수건이라도 대주는 마음으로 말했으나, 젖은 수건 정도로는 효과가 없을 만큼 뜨거운 열이었다. 오히려 다이키치는 어머니를 타이르듯,

"그럼 엄마는 야스쿠니(나라를 태평하게 함. – 역주)의 어머니가 될 수 없잖아."

그것이야말로 임금에 대한 충성이자, 부모에 대한 효라고 믿고 있는 것이다. 이래서는 말이 통할 리가 없었다.

"아아아, 지금 여기서 또 야스쿠니의 어머니로 만들고 싶은 거니, 이 엄마를? '야스쿠니'는 아내만으로도 지긋지

긋하다."

그러나 다이키치는 그렇게 말하는 어머니를 남몰래 부끄럽게까지 여기고 있었다. 군국의 소년에게는 체면이라는 게 있었다. 그는 그런 어머니를 극력 세상에 감추고 있었다. 다이키치의 입장에서 보자면 어머니의 언동이 어딘가 마음에 걸렸던 것이다. 훨씬 전에도 이런 일이 있었다. 병으로 휴가를 나와 있던 아버지에게 다시 승선하라는 명령이 떨어졌을 때, 다이키치가 가장 먼저 신이 났고 나미키 들과 소란을 피우자 어머니는 눈썹을 찌푸리고 낮은 목소리로 말했다.

"너 왜 이러니? 남의 속도 모르고, 한심하게."

이렇게 말하며 이마를 손가락으로 툭 밀었다. 비틀비틀 쓰러지려던 다이키치가 화를 내며 사납게 덤벼들었다. 그러나 어머니의 눈에서 눈물이 넘쳐나려는 것을 보고는 기운이 쑥 빠져버리고 말았다. 아버지가 웃으며 다이키치를 달래주었다.

"괜찮다, 다이키치. 겨우 여덟, 아홉 살인 너희들마저 훌쩍대면 아버지는 숨도 쉬지 못할 거다. 놀아라, 놀아."

그러나 그런 말을 듣고 나자 더는 떠들어댈 수가 없었다.

그러자 아버지는 세 아이를 한꺼번에 끌어안고,

"모두 씩씩하게 자라야 한다. 다이키치도, 나미키도, 야쓰도. 얼른 자라서 할머니와 어머니를 잘 보살펴드려야 한다. 그때까지는 전쟁도 끝나겠지."

"넷? 전쟁이 끝난다고요? 어째서요?"

"나 같은 환자까지 끌어내지 않으면 안 되는 것을 보니ㅡ."

그러나 다이키치 들은 그 의미를 알 수 없었다. 단지 우리 집에서도 아버지가 전쟁에 나간다는 사실이 자랑스러웠던 것이다. 온 가족이 모여 있다는 사실이 아이들의 마음을 움츠러들게 할 정도로 어느 가정이나 파괴되어 있었던 것이었다.

전사했다는 통보가 온 것은 사이판을 잃기 조금 전이었다. 아무리 다이키치라 해도, 그때는 울었다. 팔꿈치를 가슴 근처에서 접어 손목 부근으로 눈물을 닦고 있는 다이키치의 어깨를, 어머니는 감싸 안 듯하며,

"마음 굳게 먹자, 다이키치. 정말로 마음 굳게 먹어야 한다, 다이키치."

자신까지도 격려하듯 말하고, 그런 다음 조그만 목소리로

아버지가 얼마나 집에 있고 싶어 했는지를 들려주었다.

"한번 가면 다시는 오지 못하리라는 걸 알고 계셨으니까. 그런데도 너희들은 큰소리로 좋아했었지? 가엾고, 괴로워서 엄마……."

그러나 다이키치는 그때조차 어머니가 왜 이런 말을 하는 걸까 생각했다. 아버지는 기뻐하며 용감하게 나갔다고 말해주기를 바랐던 것이었다. 전사한 것은 슬프지만, 아무리 그렇다 해도 아버지를 잃은 아이가 자신만은 아닌데, 라고 그 일을 더 당연하게 생각했다. 이웃 마을의 어떤 집에는 아들이 넷 있었는데 넷 모두 전사해서 명예의 표식 4개가 그 집의 문에 나란히 늘어서 있었다. 다이키치들은 그것을 얼마나 존경스러운 눈길로 올려다보았는지. 그것은 일종의 선망이기까지 했다.

그 '전사'라는 두 글자를 볼록하게 새긴 기다랗고 조그만 문패가 마침내 다이키치의 집에도 배달되어 왔다. 조그만 못 2개와 함께 종이봉투에 들어 있던 것을 손바닥 위에 펼쳐놓고 한동안 바라보던 어머니는 그대로 종이봉투에 싼 뒤 화로의 서랍 속에 넣었다.

"이런 거 문에 달아놓으면 무슨 주문이라도 되나? 기가 막혀서."

　화난 듯한 얼굴로 중얼거리고 자르륵자르륵 쌀을 빻기 시작했다. 쌀은 맥주병 속에서 빻았다. 병으로 누워 있는 할머니를 위한 것으로, 다이키치 들의 입에는 들어가지 않았다. 방공연습 때 넘어져 그대로 병에 걸려버리고 만 할머니는, 더 이상은 도저히 나을 가망도 없이 그저 누워 있기만 했다. 넘어졌기 때문에 병에 걸린 것이 아니라 병들어 있었기에 넘어진 것 같다고 의사는 말했다. 80살이 넘어 머리와 수염 모두 새하얀 이웃 마을의 의사는 나을 가망성이 없는 환자의 집에는 좀처럼 와주지 않았다. 달리 부를 의사도 없었기에 하다못해 맛있는 음식이라도 드시게 하자며 신경을 썼으나, 좀처럼 손에 들어오질 않았다. 바닷가에 사는데 생선조차 손에 들어오지 않았다. 생선 없나요? 계란 없나요? 한 마리의 볼락, 하나의 계란을 위해서 세 번이고 다섯 번이고 머리를 숙이지 않으면 손에 들어오지 않았다. 그것을 위해서 어머니가 혼자 뛰어다녔다.

　그러던 어느 날, 명예로운 문패가 어느 틈엔가 화로의 서랍에서 문 상인방의 정면으로 자리를 옮겼다. 어머니가 안 계시는 틈을 타서 다이키치가 거기에 박아놓은 것이었다. 조그만 '명예로운 문패'는 마땅히 있어야 할 자리에서 빛나고 있었다. '문패'의 아내는 한동안 멈춰 서서 그것을 바라보았다. 한 남자의 목숨과 맞바꾼 조그만 '명예'를. 그 명예는 모든 집의 대문을 장식하며, 부끄러운 줄 모른다는 듯 늘어만 갔다. 그것을 가장 갖고 싶어 한 것은 나이 어린 아이들이었던 것일까?

그러다 마침내 맞이하게 된 8월 15일이었다. 탁류가 그 어떤 시골의 구석구석에까지 밀려든 듯한 소동 속에서 다이키치 들이 비로소 눈을 떴다 한들 어찌 그것을 비웃을 수 있겠는가? 비웃음을 살 만한 그 어떤 원인도 아이들에게는 없었다.

전쟁의 잔반을 뒤지고 다니는 사람들도 많은 가운데 살아남은 병사들이 매일같이 돌아왔다. 살아 있기는 하지만 돌아오지 못하는 병사, 영원히 돌아올 수 없는 아버지와 남편과 아들과 형제들의 명예로운 예전의 문패는 각 집의 문에서 일제히 모습을 감추어 다시 행방불명이 되었다. 그것으로 전쟁의 책임에서 벗어날 수 있기라도 하다는 듯.

마찬가지로 그것이 사라진 집에서 다이키치는 뜻밖에도 여동생 야쓰의 갑작스러운 죽음을 맞이해야만 했다. 할머니가 돌아가신 지 1년째 되던 해의 일이었다. 겨우 1년이 될까 말까 하는 동안에 세 사람의 죽음을 맞이하게 된 것이었다. 아버지처럼 널따란 바다의 포말 속으로 사라져 모습을 보이지 않는 죽음, 할머니처럼 병으로 쇠약해져 마른 나무 같이 쓰러져버린 생애, 어제까지만 해도 건강했던 사람이 하룻밤 사이에 꿈처럼 사라져버린 허무한 야쓰의 죽음. 그 가운데서도 야쓰의 죽음은 모두를 가장 슬프게 했다. 급성 장염이었다. 집안사람들 몰래, 야쓰는 파란 감을 먹은 것이었다. 앞으로 한 달만 기다리면 익을 텐데, 떫지 않다며 야쓰는 그것을 먹은 것이었다. 같이 먹은 아이도 있었으나 야쓰만이 목숨을 빼앗겼다.

전쟁은 끝났지만 야쓰는 역시 전쟁 때문에 목숨을 잃은 것이다. ―

어머니가 그렇게 말했을 때 다이키치는 그 의미를 얼른 이해할 수 없었지만, 점점 깨닫게 되었다. 몇 년 전부터 마을의 감나무도, 밤나무도 익을 때까지 열매가 달려 있던 적이 없었다. 모두 기다릴 수 없었던 것이었다.

아이들은 언제나 들판으로 나가서 띠의 꽃을 먹고, 호장근을 먹고, 수영을 뜯었다. 흙이 묻은 고구마를 날것으로 먹었다. 모두 회충이 있는 듯 혈색이 좋지 않았다. 그런 가운데 병에 걸려도 마을에는 의사가 없었다. 잘 듣는 약도 없었다. 의사와 약 모두 전쟁에 나간 것이었다. 할머니가 돌아가셨을 때는 마을 절의 스님까지 출정해서 없었다. 근처 마을 절의 스님은 전사자들 때문에 바빴다. 종전 조금 전에 돌아온 마을 절의 스님이 돌아오자마자 바로 공양을 드리러 와주었는데, 연달아 지금 다시 야쓰를 위해 불경을 외워달라고 부탁하게 될 줄 어찌 생각이나 했겠는가?

할머니는 돌아가시기 전, 대대로 조상의 위패를 모셔놓은 마을의 절에 스님도 안 계시다는 사실을 한탄했으나, 어린 야쓰는 스님은 생각지도 않았을 것이라고 생각하자 다이키치는 소리 높여 불경을 외우는 스님까지 원망스러웠다. 어머니의 말에 의하면 야쓰를 낳았을 때 아버지는 이미 몸이 조금 나빠지기 시작했기에 배에서 내려 양생을 할 생각이었다고 한다. 오랜 세월 세계 7개의 바다를 돌아다닌 아버지는 이제 그만 집으로 돌아와 쉬고 싶다고 말했으며, 자기 집을 여덟 번째 항구에 비유하여 그때 태어난 여자아이에게 야쓰(八津)라는 이름을 지어준 것이었다. 그러나 병든 아버지는 자신의 집이라는 항구에서 병든 몸을 쉴 수 없었으며,

희망을 걸었던 야쓰도 역시 세상을 떠나고 말았다. ……

　물자가 부족해서 야쓰의 시신을 넣을 상자도 재료를 가져오지 않으면 만들 수 없다고 하기에, 조금 부서지기 시작한 낡은 농을 써서 만들기로 했다. 꽃까지도 사람들의 생활 속에서 쫓겨나 있었다. 다이키치는 나미키와 둘이서 무덤가로 가 기생초와 분꽃을 따다 야쓰를 제사했다. 원래는 꽃도 많이 심었던 정원도 다이키치 들이 기억하고 있는 한은 무와 호박밭이었으며, 좁다란 처마 밑에까지 호박을 심어 지붕으로 덩굴이 뻗어 있었다. 야쓰가 세상을 떠나자 어머니는 울며 처마의 호박을 억지로 뜯어내듯 잡아당겨 떼어냈다. 철 지난 열매가 서너 개, 기다란 덩굴에 딸려 떨어졌다. 그 가운데 둥근 것을 쟁반에 올려 불단에 바쳤는데 이질이라는 소문이 돌아서 아무도 와주지 않는 장례식의 마지막 날 밤, 머리맡에 앉아서 정전 시간이 끝나고 나자 어머니가 문득 떠올랐다는 듯 은장도 대신으로 쓰고 있던 조그만 졸링겐의 식칼을 들더니 갑자기 호박 옆구리를 푹 찔러서 다이키치 들을 깜짝 놀라게 했다. 졸링겐은 아버지가 사온 것이었다. 만약 어머니가 웃고 있지 않았다면, 평소 조심해야 한다고 배운 졸링겐이었다. 다이키치 들은 비명을 질렀을 지도 모른다. 그러나 어머니는 웃고 있었다. 울음을 그친 뒤의 웃는 얼굴은 다른 사람처럼 보였으나 아무 일도 아니다, 아무 일도 아니다, 라고 말하는 듯한 눈빛이 다이키치 들을 순간적으로 안심시켰다.

"재미있는 거, 야쓰한테 만들어주자. 이런 거 너희는 모르지? 야쓰는 끝내 모르는 채로 떠났구나. 호박은 철 지난 것이라도 먹을 수 있다고 다이키치 들은, 그렇게 생각하고 있지? 엄마가 어렸을 때, 철 지난 호박은 아이들의 장난감. 자, 이게 창문─."

호박의 옆구리가 사각형으로 잘려 있었다.

"이쪽은 동그란 창문으로 하자. 조금 어려운데. 작은 접시 가져와라, 다이키치. 모양을 잡아야겠다. 그거하고 쟁반도. 속을 파내야 하니."

다이키치와 나미키는 눈을 동그랗게 뜨고 바라보았다. 완성된 것은 초롱이었다. 창문에 종이를 바르고 바닥에 못을 박자 촛불을 꽂을 곳도 만들어졌다. 배급받은 초에 불을 밝히자, 그것은 참으로 야쓰가 좋아할 만한 초롱이 되었다. 슬픔도 잊고 다이키치가 말했다.

"엄마, 공작 만점이야."

조그만 관이 완성되어 들어오자 초롱을 야쓰의 얼굴 옆에 넣어주었다. 야쓰가 가지고 놀던 조개껍데기와 종이인형도 옆에 놓았다. 갑자기 슬픔이 밀려와서 다이키치도 나미키도 소리 내어 울었다. 엉엉 울며 다이키치는 야쓰가 언제나 갖고 싶어 했던 마술고리가 떠올라, 빌려주지 않았던 자신의 매정함을 스스로 책망하며 이제야 새삼스럽게 그것을 야쓰에게 주어야겠다고 생각했다. 가슴에 모아놓은 손에 쥐어주려 했지만 차가운 손이 더 이상은 그것을 받아주지 않았기에, 마술고리는 미끄러져 관 바닥에 떨어졌다. 나미키도 울며, 역시 야쓰의 눈에 띄지 않도록 감춰놓았던 소중한 색종이를 가져와 학과 사람과 풍선을 접어 넣어주었다. 그러한 것들을 가지고 야쓰는 저승으로의 여행길을 떠났다.

이런 일들이 있었기에 오이시 선생님은 갑자기 늙은 것이었다. 흰머리까지 늘어났다. 안 그래도 조그만 몸이 말라서 더욱 조그맣게 보였기에 허리라도 구부리면 할머니랑 똑같은 모습이 되었다. 어린 마음에도 다이키치는 가슴이 덜컥 내려앉으며 이번에는 어머니가 어떻게 되는 것 아닐까 걱정했다. 사람의 목숨이 얼마나 소중한지를 뼈저리게 느낄 수 있는 나이가 된 것이었다.

'어머니를 잘 보살펴드려야 한다.'

아버지의 말이 되살아났다.

"엄마, 장작은 내가 해올게."

이렇게 말하고 나미키와 함께 산으로 갔다.

"엄마, 배급은 내가 학교에서 오는 길에 받아 올게."

먼 배급소까지 가는 것도 그의 역할이 되었다. 나미키도 가만히 있지 않았다.

"엄마, 물은 전부 내가 길어다줄게."

눈물이 많아진 어머니는,

"어머, 두 사람 모두 갑자기 효자가 됐네."

이 정도로 나약해져서 보살핌을 받던 그녀가 다시 교직으로 돌아갈 수 있었던 것은 뒤에서 사나에가 열심히 노력을 해주었기 때문이었다. 사나에는 지금 곶의 본마을에 있는 모교에 재직 중이었다.

"마흔 살이라. 현직에 있어도 늙어서 그만두게 해야 할 나이 아닌가."

머리를 갸웃거리는 교장에게 거듭 부탁해서, 마침내 곶이라면 허락하겠다는 쪽으로 결론이 내려졌다. 게다가 그것은 오이시 선생님이 가지고 있는 교원으로서의 자격으로 가는 것이 아니라, 교장의 판단으로 채결할 수 있는 조교(助敎)였던 것이다. 임시 교사인 셈이었다. 대신할 사람이 오면 언제 그만두어야 할지도 모를 일이었다. 사나에는 딱하게 되었다는 생각에 풀이 죽어 그 사실을 보고했다. 그러나 오이시 선생님의 눈은 이상할 정도로 반짝였다.

"곳이라면 늘 바라던 곳이다. 전에 진 빚도 있으니."

좋지 않은 조건 따위는 마음에도 두지 않고 마음 깊은 곳에서 솟아오르는 듯한 미소를 지어 보였다. 그때 오이시 선생님의 마음에서는 잊었던 기억이, 막 피어난 꽃과 같은 신선함으로 되살아나고 있었다.

선생님, 또 오세요…….

다리 나으면, 다시 오세요…….

약속했어요…….

그때 자기 다음으로 부임했던 늙은 고토 선생님과 마찬가지로, 자신 역시 사람들이 안쓰러워한다는 사실도 모른 채, 아니 오이시 선생님이 그것을 모를 리 없었다. 그러나 두 어린 아들을 데리고 있는 미망인인 그녀도 역시 고토 선생님처럼 기꺼이 곶으로 가지 않으면 안 되었던 것이다. 더구나 그녀는 지금, 가까이 다가오고 있는 곶 마을 산들의 밤기운에 씻긴 초록의 윤기 나는 아름다움을 보자 자신도 역시 젊어진 듯한 느낌이 들었다. 예전에는 양장이네 자전거네 시대를 앞서가던 그녀도, 지금은 백발이 섞인 머리를 아무렇게나 묶고, 남편의 기모노로 만든 몸뻬를 입은 채, 어린 아들이 젓는 배에 몸을 싣고 있었다. 예전의 모습을 억지로 찾아보자면 갑자기 반짝이기 시작한 눈빛과, 생기발랄한 목소리 정도였을지 모른다. 시건방지다며 비난받았던 그녀의 양장과 자전거는, 그것을 계기로 유행하기 시작해서 지금은 마을에 자전거를 못 타는 여자가 없을 정도였다. 그러나 20년 가까운 세월이 흘렀으니, 이제는 누구도 젊은 시절의 그녀를 기억하고 있지 못하리라.

육지가 슥 미끄러지듯 가까워졌다 싶은 순간, 배는 이미 물가 부근에 와 있었다. 익숙하지 않은 손놀림으로 삿대를 미를 다이키치와 낯선 오이시 선생님의 모습에, 옛날처럼 마을의 아이들이 줄줄이 모여들었다. 그러나 낯익은 얼굴은 하나도 없었다. 오랜 세월 계속된 의류 부족은, 검소한 곶 아이들 위에 더욱 가엾게 드러나 있어서 미역처럼 찢어진

팬티를 입어 그 틈으로 살갗이 보이는 남자아이도 있었다. 웃음을 지어 보이자 겁먹은 듯한 눈을 하기도 하고, 표정에 아무런 느낌도 드러내지 않은 채 깊은 관심의 눈길을 보내며 길을 열어주기도 했다. 신기하다는 듯 빤히 바라보는 것은 예전 그대로였다. 그 호기심 어린 눈빛에 둘러싸인 오이시 선생님이 몸에 탄력을 주어 뛰어내렸다. 돌멩이 하나에조차 예전의 모습이 남아 있는 것 같은 그리움. 약간 뱃멀미를 하는지 머리가 어질어질했다. 천천히 걷고 있자니 뒤에서 속삭이는 소리가 들려왔다.

"아마, 선생님일 거야, 저 사람."

"한번, 인사를 해볼까? 그럼 알 수 있을 거야."

자신도 모르게 생긋 웃는 얼굴 앞으로 후다닥 서너 명의 어린 아이들이 길을 막더니, 넙죽 머리를 숙였다. 신학기를 맞아 신입생에게 머리 숙여 인사하는 것이 도입되자, 그것을 계기로 아직 학교에 갈 나이가 되지 않은 어린 아이들까지 흉내를 내는 것이리라. 가볍게 인사를 받으며 오이시 선생님은 눈물을 글썽였다. 어린 아이들에게 먼저 환영을 받은 듯한 느낌이 들어 기뻤던 것이었다. 살짝 눈가를 누르며 웃음을 지어 보였다. 다시 한 번 살펴보았으나 바로 떠오르는 얼굴은 없었다. 길을 가는 사람들도 마찬가지였다. 예전과 다름없는 마을의 길인데, 사람들의 모습은 왜 이다지도 변했는지. 하지만 그 가운데서도 가장 변한 것은 자신이라는 사실은 깨닫지 못했다. 그런 오이시 선생님을 앞지르며, 앞지르며 삼삼오오 달려가는 학생들도 끊이지 않았다. 힐끗힐끗 이쪽을 훔쳐보고는 앞으로 달려갔다. 그런 아이들의 모습에서 일부러 눈을 돌린 것은 보이고 싶지 않은 것이 반짝이며 쏟아질 것만 같았기 때문이었다.

혼자 돌아가는 다이키치에게 손을 흔들어 보인 뒤, 교문 안으로 들어섰다. 이제는 낡아버린 교사의 대부분 깨져 있는 유리창을 본 순간 절망적인 기분이 밀물처럼 밀려들었으나, 예전 그대로인 교실에 예전처럼 책상과 의자를 창가에 놓고 밖을 바라보고 있자니 등이 반듯하게 펴졌다. 모든 것이 낡은 이 학교에 새로운 것이 찾아오기 시작했기 때문이었다. 낡은 허리끈의 안감인 듯한 하얀 천으로 만든 새로운 가방. 한가운데 실 한 겹으로 꿰맨 자국이 있는 듯한 거친 비단으로 된 보자기, 그 안에 그저 신문을 접어놓은 것처럼 표지도 없는 조잡한 교과서가 들어 있다는 사실만으로도 아이들은 희망에 불타오르는 얼굴을 하고 있었다. 예전과 다름 없는 곳 아이들의 표정이었다. 18년이라는 세월이 어제처럼 느껴져 어제에 이은 오늘인 것 같다는 착각까지 들었다. 과장스러운 개학식도 없이 교실에 들어서자 순간 얼굴로 피가 확 올라오는 듯한 느낌이 들었다. 그래도 익숙한 태도로 출석을 불렀다. 젊고 생기 있는 목소리로,

"이름을 부르면 커다란 목소리로, 네, 하고 대답해야 한다."라고 미리 말한 뒤,

"가와사키 가쿠."

"네."

"가베 요시오."

"네."

"씩씩하구나. 모두 대답을 아주 잘 할 것 같네. 가베 요시오는 가베 고쓰루 씨의 동생?"

지금 막 대답을 잘한다고 칭찬했는데, 가베 요시오는 벌써 입을 닫은 채 머리만 흔들었다. 이름을 불렸을 때가 아니면 네, 라고는 말할 수 없는 사람처럼. 그러나 선생님은 웃음을 잃지 않고,

"오카다 분키치."

그는 틀림없이 이소치키의 형네 아들일 것이라는 생각이

들었으나, 장님이 되어 제대한 이소키치를 힘들게 하는 형이라는 말을 들었기에 아무런 말도 하지 않고 다음으로 넘어갔다.

"야마모토 가쓰히코."

"네."

"모리오카 고로."

"네."

다다시의 얼굴이 크게 떠올랐다가 사라졌다.

"가타기리 마코토."

"네."

"너, 고토에 씨네 집 아이?"

마코토는 멍한 얼굴을 했다. 그녀는 어렸을 때 세상을 떠난 언니를 기억하고 있지 못한 것이었다. 그것으로 옛날 일을 묻는 것은 이제 그만두기로 했다. 니시구치 미사코의 딸은, 가쓰코라고 했다. 그 외의 세 여자아이 가운데 빨간색 새 양복을 입은 가와모토 지사토라는 아이가 있었다. 참지 못하고 쉬는 시간에 은근슬쩍 물어보았다.

"지사토네 아버지, 목수시지?"

그러자 지사토가 마쓰에를 꼭 닮은 검은 눈을 동그랗게

뜨고,

"아니요. 목수는 할아버지."

"어머, 그러니?"

그러나 그녀의 학적부에는 그녀의 아버지가 목수로 되어
있었다.

"마쓰에 씨는 누구니, 언니?"

"아니요, 엄마. 오사카에 있어요. 옷을 보내줬어요."

가슴이 덜컥 내려앉았다. 그리고 이 반에 니타나 마스노
가 없다는 사실에 마음이 놓이기도 했지만, 또 그렇기 때문
에 허전한 마음이 들기도 했다. 니타가 있었다면 지금쯤은
벌써 신입생 열 명의 집안 사정이 폭로되었을 것이며, 각자
를 부르는 이름이나 별명까지 알고 있었을 것이다. 그 니타
와 다케이치와 다다시는, 그리고 이소키치와 마쓰에와 후지
코는, 하고 생각하자 그들의 때와 마찬가지로 한결같은 신
뢰를 보이며 오늘 새로이 문턱을 넘어선 1학년생 열 명의
얼굴이, 한 그루 소나무 아래에 모인 적이 있었던 12명 아이
들의 모습으로 바뀌었다. 자신도 모르게 창밖을 보자 한
그루 소나무는 예전 그대로의 모습으로 서 있었다. 그 옆에
서 두 남자아이가 가만히 곳을 바라보고 있을지도 모른다,

그런 사실도 모르는 듯한 모습이었다.

오이시 선생님은 가만히 운동장 구석으로 가서 남몰래 얼굴을 매만져야 했다. 그런 그녀에게 벌써부터 별명이 생겼다는 사실을 그녀는 아직 모르고 있었다. 곶의 마을에 니타는 역시 살아 있었던 것이다. 누가 선생님 손가락 하나의 움직임에서 눈을 떼겠는가?

그녀의 별명은 울보선생님이었다.

어느 맑은 날에

　4월이라고는 하지만 아직 추위의 흔적이 오후의 바닷가에 넘쳐나고 있었다. 모래 위에 앉아 있던 오이시 선생님은 문득 자리에서 일어나 탁탁 몸뻬의 무릎을 털었다. 그 뒤에서 부르는 사람이 있었다.

　"선생님, 그런 데서 뭐하세요?"

　니시구치 미사코였다.

　"어머, 미사코."

　화려한 꽃무늬 비단 겹옷에 허리끈을 단정히 맨 미사코는 지금부터 어디 외출이라도 하려는 듯 보였다. 예의를 갖춰서 인사를 한 뒤 갑자기 친밀함을 내보이며,

　"선생님을 뵈려고 지금 학교로 가던 중이었어요."

　이렇게 말한 다음, 다시 예의를 갖춰서 허리를 숙이고,

"선생님, 정말 신기한 인연으로 이번에는 가쓰코가 다시 가르침을 받게 되었으니, 모쪼록 잘 부탁드리겠습니다."

그 차분한 말투와 정중한 몸짓은 20년 전 그녀의 어머니를 쏙 빼닮았다. 그러나 미사코는 역시 자기의 속마음을 그대로 드러내며, 반갑다는 듯이 말했다.

"선생님께서 다시 곳으로 오신다는 말을 듣고, 저 기뻐서 눈물이 났어요. 모녀 2대가 배우는 거잖아요. 이런 일은 정말 흔치 않을 거예요. 선생님, 어쨌든 건강하셔서 다행이에요."

"너희들 덕분이다. 하지만 모두 여러 가지로 고생을 겪었겠지."

거기에는 답하지 않고 주위를 둘러보며 미사코는,

"선생님이 다치셨던 곳, 이 부근이었죠?"

그립다는 듯한 눈빛으로 말했다.

"그랬었지. 잘도 기억하고 있구나."

"그걸 어떻게 잊겠어요. 가끔 떠올리고는 사나에와 이야기를 나누는걸요. 저희 반은 곳에 학교가 생긴 이래, 가장 괴짜들만 모인 반이었던 것 같다고. 생각해보세요, 그때 선생님 댁까지 걸어가질 않았나."

그렇게 말하며 저 멀리 있는 한 그루 소나무 쪽으로 눈길을 주었다가 마침 가까이로 다가온 다이키치의 배를 이상하다는 듯한 얼굴로 바라보았다. 배는 벌써 눈앞에 그 모습을 드러내고 있었다. 얼굴을 돌려 그쪽을 가리키며 오이시 선생님이 웃는 표정으로 말했다.

"미사코, 저기 우리 아들이야. 저렇게 매일 나를 데리러 와주고 있어."

그 말을 들은 미사코가 놀란 듯한 목소리로,

"어머, 그러세요. 선생님, 그래서 바닷가에 계셨던 거군요."

벌써 사흘이나 계속해서 다이키치가 데리러 와주었는데 미사코는 아직 그 사실을 모르고 있었던 것일까? 옛날부터 이웃들과 별로 교류하지 않았던 가풍을 미사코도 물려받은 듯 보였다. 그러나 시대의 바람은 미사코네 집의 높은 흙담도 잊지 않고 넘어서 그녀의 남편까지 휩쓸어간 채, 아직 돌아오지 않는 군인 중 한 사람으로 만들어놓았다. 그러나 눈앞에 있는 미사코는 아무런 걱정도 없는 아가씨처럼 서글서글하게, 옛날과 다름없이 사람 좋은 얼굴로 생글생글 웃고 있었다. 초라한 몸뻬를 벗어던지지 못하고 있는 마을사람들 가운데서 그녀 혼자만은 대갓집의 젊은 마나님이었다. 오랜 세월의 어제부터 오늘까지 이어지고 있는 여러 가지 고난을 미사코는 어떤 식으로 헤쳐 나온 것일까? 종전 때에는 니시구치 집안의 창고에도 군용 물자가 천장까지 쌓여 있다는 소문도 있었으나, 사실인지 아닌지조차 모르는 채로 지나왔다. 그 물자로 미사코네 집이 부를 쌓고 있다는 소문도 들려왔으나 미사코의 얼굴에서 그런 떳떳하지 못한 일 때문에 드리운 그림자는 찾아볼 수 없었다.

지금도 그녀는 오이시 선생님과 어깨를 나란히 한 채, 다이키치의 배가 흔들릴 때마다 진심으로 걱정을 하고 있었다.

"아이한테 이 바람은 조금 버거워요, 선생님. 아, 조심해!"

다이키치의 조그만 몸을 노와 함께 바다가 집어삼킬 것처럼 보이곤 했다. 그 힘껏 애를 쓰는 모습이 작은 배와 함께 다이키치의 조그만 몸에 넘쳐나고 있어서, 보고 있는 사람들까지 저절로 힘이 들어갔다. 뭍은 춥기까지 한데 다이키치는 땀을 뻘뻘 흘리고 있을 것임에 틀림없었다.

"이제 자전거는 안 타세요, 선생님?"

미사코가 물어도 거기에는 귀를 기울일 여유도 없이, 오이시 선생님은 파도에 흔들리는 다이키치를 작은 배와 함께 끌어당기고 싶은 심정으로 바라보고 있었다. 미사코가 거듭,

"비나 바람이 부는 날에 배는 어려울 거예요. 자전거가 오히려 빠를 텐데."

"그래. 하지만 미사코, 지금 같은 때 자전거는 사고 싶어도 살 수가 없지 않니. 혹시 살 수 있다 해도 주머니 사정이 허락하지 않을 거다."

배에서 눈을 떼지 않고 말하며 예전에조차 월부로 샀다는 사실을 떠올렸다. 그렇게 편의를 봐주었던 자전거포의 딸 도미코는 그 후 결혼을 해서 도쿄에서 살았는데, 엽서조차 구하기 힘들었던 전쟁 중에 소식이 끊긴 채 감감무소식이었다. 도쿄의 혼조에서 역시 자전거포를 하고 있던 그녀의 일가는 지금 어디서 어떻게 지내고 있는지, 혹시 3월 9일에 있었던 공습으로 일가가 전멸한 것 아닐까 하는 생각이 떠오른 것은 전쟁도 끝나갈 무렵이었다. 자기 몸에 닥친 어수선한 변화에 마음을 빼앗겨 남의 일에는 신경 쓸 틈조차 없었던 것이었다.

도미코의 아버지가 살고 계시던 K마을의 집은 지금도 자전거포이기는 하지만, 어떤 사연이 있었던 것인지 전쟁 중에 가게의 주인이 바뀌어 지금은 언제 보아도 궁상맞은 느낌이 드는 나이 많은 남자가 혼자, 더러워진 낡은 자전거를 만지작거리고 있을 뿐이었다. 그 집에서도 대를 이어야 할 아들이 전사한 것이었나. 새 자전거라니, 과연 있기나 한 것일까? 그런데도 미사코는 아주 간단하게 말했다.

　"선생님, 혹시 자전거를 사시게 되면, 저한테 말씀하세요."

　그 말이 무슨 뜻인지 물을 사이도 없이 다이키치의 배가 갑자기 속도를 더해 다가오기 시작했다. 육지 가까운 곳으로 들어와 바람이 잠잠해진 것이리라. 다이키치는 어머니에게만 싱긋 웃어 보이고 시선을 돌려 새침한 표정을 짓고 있었다. 삿대로 밀어 평소에 그랬던 것처럼 뱃머리를 모래밭에 다가가게 해 어머니가 타기를 기다리던 다이키치의 옆얼굴로, 평소와는 다른 말이 가장 먼저 날아들었다.

　"자, 도련님. 잡고 있을 테니 내려오세요."

　놀라 돌아본 다이키치에게 이번에는 오이시 선생님이 웃어 보이며,

"다이키치, 잠깐 쉬지 않을래?"

말없이 머리를 흔드는 다이키치에게 다시,

"엄마, 이 분하고 잠깐 할 얘기가 있어서 그래. 그러니 그 동안만 기다려줘."

다이키치는 심통이 난 듯한 얼굴을 한 채 말없이 물가로 뛰어내렸다. 커다란 돌에 배의 밧줄 묶기를 기다렸다가,

"다이키치도 이리 오렴."

다이키치도 있는 앞에서 미사코에게 자전거에 대한 이야기를 들어야겠다고 생각했으나 그 일은 벌써 잊은 듯한 얼굴을 하고 있는 미사코와, 마치 어른처럼 무릎을 끌어안고 바다를 바라보고 있는 다이키치 사이에 앉자, 어쩐 일인지 자전거에 대해서는 말을 하고 싶지 않아졌다. 어떤 방법이 미사코에게 있겠는가? 결국은 서로의 마음을 더럽히는 것 외에 길이 없다는 사실을 알게 될 것이라 여겨졌기 때문이었다. 울적하게 입을 다물고 있자니 그것을 풀어주듯 미사코가 가벼운 마음으로 이야기하기 시작했다.

"얼마 전에 사나에랑 얘기했는데요, 저희 반 아이들끼리 선생님의 환영회를 해보자고요."

"어머, 기뻐라. 하지만 환영을 받을 만큼 내가 도움이나

될지. 여기에 오기 전까지는 옛날처럼 씩씩할 줄 알았는데, 막상 와보니 자꾸만 눈물이 나서. 눈물이 나는 일들만 떠올라서 말이지……."

이렇게 말하며 벌써 눈물을 글썽이고 있는 선생님이었다. 그것을 서둘러 닦고 생각 끝에 마음을 정했다는 사실을 목소리의 울림에도 담아,

"하지만 정말 기쁘구나. 반 아이들, 몇 명이나 있니?"

"남자가 둘, 여자가 셋. 하지만 여자 중에서는 고쓰루와 맛짱도 부를 생각이에요."

"맛짱이라면 가와모토 마쓰짱?"

"네, 오래도록 어디에 있었는지 몰랐는데 전쟁 중에 훌쩍 돌아왔어요. 아주 잠깐 머물러 있다가 다시 어딘가로 갔지만 마스노가 사는 데를 안다고 해요. 맛짱, 예뻐져서요, 선생님. 몰라볼 정도였어요."

그렇게 말하는 미사코의 얼굴에 이상한 표정이 스쳐 지난 것을 일부러 눈치채지 못한 얼굴로 오이시 선생님은 그저께 교실에서 있었던 일을 떠올렸다.

'지사토는 아버지와 할아버지 모두 목수?'

'아니요, 목수는 할아버지.'

'마쓰에 씨는 언니지?'

'아니요, 엄마예요. 오사카에 있어요. 양복을 보내줬어요.'

마쓰에를 쏙 빼닮은 까만 눈을 반짝이던 가와모토 지사토였다. 그에 대해서 미사코에게 물을 마음은 들지 않았다. 그러나 다른 일 가운데 묻지 않고는 견딜 수 없는 것이 있었다.

"그보다, 후지코는 어떻게 지내고 있는지 모르니?"

미사코가 마쓰에 때의 표정을 더욱 강하게 지으며 말했다.

"그 아이야말로, 선생님, 완전히 행방불명이에요. 잘은 모르겠지만 전쟁 중에 벼락부자가 돈을 내고 몸을 빼줬다는 소문도 있었지만, 어차피 군수회사였을 테니 지금은 어떻게 되었을지……."

자신도 모르게 얼굴빛에 나타난 미사코의 우월감에서도, 인생의 뒷길을 걷고 있는 듯한 마쓰에와 후지코에게서도 일부러 눈을 돌리듯 오이시 선생님은 고개를 숙이고 마치 자신에 들려주기라도 하는 것처럼 조그만 목소리로 중얼거렸다.

"살아만 있다면 다시 만날 날이 있을지도 모르겠지만, 목숨을 잃어서야."

미사코도 차분히 목소리를 가라앉혀,

"맞아요. 죽으면 모든 게 끝이니……. 고토에가 세상을 떠난 건 알고 계신가요?"

말없이 고개를 끄덕이는 선생님에게 미사코가 뒤이어,

"손키는요?"

마찬가지로 고개를 끄덕이는 선생님의 눈에서 다시 눈물이 넘쳐나고 있었다. 이소키치가 실명을 해서 제대했다는 소식을 사나에에게서 들었을 때, 선생님은 사나에와 함께 소리 내어 울었는데, 그때의 슬픔이 지금도 마음속에 잠겨 있었다. 사나에가 문안을 가자 이소키치는 안대를 한 얼굴이 무릎에 닿을 정도로 고개를 숙인 채, 차라리 죽는 편이 나았다며 완전히 맥이 빠져 있었다고 한다. 전당포의 지배인을 꿈꿨던 그가 가난한 집으로 돌아왔을 때의 입장을 생각하면 죽고 싶다고 했던 이소키치의 마음도 이해가 됐기에 눈물을 흘렸던 것이었으나, 지금은 사정이 달라졌다. 그 후, 이소키치가 마을 안마사의 제자로 들어갔다는 말을 듣고, 그의 늦은 출발에 마음이 놓였기 때문이었다. 단 하나밖에 남지 않은 삶의 길, 그 암흑의 세계를 이소키치는 어떻게 살아갈지. 하지만 미사코는 자기 마음의 가난함을 드러내는 듯한 말을 했다.

"살아 돌아왔다 해도 장님이어서는 곤란하죠. 차라리 죽는 편이 나았을 텐데."

누가 이소키치를 장님으로 만들었는지, 그런 것에 대해서는 조금도 생각하고 있지 않은 듯한 미사코의 말에서 더는 도망칠 수 없다는 듯 오이시 선생님이 말했다.

"그런 말, 미사코. 어떻게 그런 말을 할 수가 있니? 애써 다시 일어서려 하고 있는데. 더구나 너는 동급생이잖니."

야단을 맞은 학생처럼 미사코는 당황해서,

"하지만, 하지만, 손키는 사람을 만날 때마다 죽는 편이 낫다, 죽는 편이 낫다고 말한다고 하던걸요."

자기 생각이 깊지 못했다는 사실에 눈을 뜬 듯, 얼굴을 붉게 물들인 미사코가 말했다.

"그걸 가엾다고는 생각지 않니? 죽고 싶다는 건, 살아갈 길이 달리 없다는 말이야. 가엾게도. 그렇게 생각하지 않니?"

"그야, 그렇게 생각하죠. 가엾어요. 누가 뭐래도 동급생

이니까요. 하지만 우리 반에는 불행한 사람이 유난히 많아
요, 선생님. 남자아이 다섯 가운데 셋이나 전사를 하다니,
이런 경우가 또 있을까요?"

나란히 앉아 있던 다이키치가 팔꿈치를 찔렀기에 오이시
선생님은 퍼뜩 정신이 들어 뒤를 돌아보았다. 예닐곱 명의
아이들이 세 사람의 바로 뒤를 찌그러진 반원형으로 감싼
채 신기하다는 듯 바라보고 있었다. 갑자기 돌아보았기에
아이들이 날아오르는 새처럼 달리기 시작했으나, 달리면서
외쳤다.

울보선생님
울보선생님

바로 뒤쪽 언덕에 있는 공동묘지 쪽으로 달아나는 것을
보고,

"잠깐, 무덤에 인사를 하고 올까, 미사코."

"네, 물을 얻어서 가요."

미사코가 얼른 자리에서 일어나 길 옆에 있는 집으로 종
종걸음을 쳐 들어갔다. 잠시 후, 물통을 들고 나오는 모습을

본 오이시 선생님이 턱으로 묘지 쪽을 가리키며,

"바로 저기야. 한 10분쯤 걸릴까 말까 할 테니, 기다려줘. 엄마 제자들의 무덤에 인사를 하러 가는 거니. 같이 가도 상관없지만."

무엇 때문인가 심통이 난 듯한 다이키치를 남겨놓고 두 사람은 나란히 걷기 시작했다.

"어머, 키다리가 됐구나, 미사코. 너, 제일 작았었잖니."

"아니에요. 고토에가 제일 작았어요. 그 다음이 저였어요. ……선생님, 고토에의 무덤."

길에서 두어 걸음 들어간 곳에 그 고토에의 무덤이 있었다. 비바람에 시달려 까맣게 변한 판자지붕 아래에, 역시 거뭇하게 더러워진 조그만 위패가 하나, 마치 누워서 잠이라도 자고 있는 듯 쓰러져 있었다. 생전의 고토에가 쓰던 것이었을까? 야트막한 대접에 갈색 물이 절반쯤 말라 있었다. 거기에 찰랑찰랑 물을 붓는 옆에서 오이시 선생님은 위패를 쥐어 가슴에 안았다. 그것만이 예전에 고토에가 존재했었다는 사실을 증명해주는 것이었다. 속명 고토에, 향년 22세, 아아, 여기에 이렇게 사라진 생명도 있다. 의사도 약도 육신을 돌보는 일까지도 완전히 포기한 채, 창고 구석에서 어느 틈엔가 혼자 죽어 있었다고 하던 고토에. ―만약 제가 남자아이였다면 도움이 됐을 텐데, 라며 아버지가 억울해 해요. 제가 남자아이가 아니기 때문에 어머니가 고생을 해요…….

남자로 태어나지 못한 것이 마치 자신이나 어머니의 책임이라도 되는 양 말했던 6학년생 고토에의 얼굴이 떠올랐다. 희망처럼 그녀가 남자로 태어났다 할지라도 지금쯤은 군인묘에 있을지도 모를 이 젊은 생명을 가차 없이 빼앗은 것은 누구란 말인가? 또 눈물이었다.

"저리 가. 왜 이렇게 따라다니는 거야."

그렇게 말한 미사코의 야단치는 소리에, 아이들이 보고 있다는 사실을 깨달았다.

"이제는 정말 울보선생님이라고 생각하겠구나."

이렇게 말하고 웃자 미사코도 따라 웃으며 재촉하듯 국자를 내밀고,

"선생님, 여기, 물."

언제 올려놓은 것인지 꺾어온 참빗살나무 꽃의 파란 잎이 대접에 수북하게 담겨 있었다. 군인묘는 언덕의 꼭대기에 있었다. 청일, 러일, 중일전쟁으로 순서에 따라서 낡은 비석

이 이어져 있고, 새로운 것은 대부분 칠을 하지 않은 나무였는데 썩고 쓰러진 것도 있었다. 그 가운데 니타와 다케이치와 다다시의 것은 아직 새것처럼 늘어서 있었다. 어수선한 세상의 모습은 여기에도 나타나 있어서, 죄도 없이 젊은 생명을 빼앗긴 그들의 무덤 앞에 꽃을 바치는 것조차 잊고 있다는 사실을 알 수 있었다. 꽃통의 동백이 바싹 마른 채 오후의 햇빛을 받고 있었다. 정연하게 나뉘어 있는 묘지에 묘표만이 나란히 서 있는 새로운 군인묘. 사람들의 생활은, 거기에 돌로 된 무덤을 만들어 그나마 위로로 삼을 만한 힘도 지금은 잃었다는 사실을 묘지는 이야기하고 있었다.

그것은 오이시 선생님의 마음에도 울리는 일이었다. 비슷한 상태인 남편의 무덤을 생각하며 여기저기 봄풀이 돋아나기 시작한 가운데서 민들레와 제비꽃을 꺾어다 바치고 두 사람은 말없이 묘지를 나섰다. 이제 울고 있지는 않으나, 뒤를 졸졸 따라오는 아이들은 여전히 외쳐댔다.

"울보선생님."

그러자 반사적으로 반응을 하듯 오이시 선생님이 뒤를 돌아서 대답했다.

"네에."

놀란 것은 미사코만이 아니었다. 아이들의 깔깔 웃는 소리를 뒤로, 선생님도 웃으며 아직 모르는 것 같은 미사코에게 말했다.

"아무래도 이상한 별명이야. 이번에는 울보선생님인가 봐."

새싹의 냄새가 감도는 듯한 5월 초의 어느 날 아침, 오이시 선생님은 교문으로 들어서자마자 선생님을 기다리고 있었던 듯한 1학년생 니시구치 가쓰코의 모습과 마주쳤다.

"선생님, 편지."

가쓰코가 자랑스럽다는 듯 한 통의 편지를 내밀었다.

「─모처럼 만의 일요일, 선생님도 바쁘실 줄 알지만 부디부디 발걸음을 해주시기 바랍니다. 한번 말씀을 여쭌 뒤에 정해야겠다고 생각하고 있는 동안 보리도 점점 물들기 시작했고, 보리를 벨 때가 다가오면 더욱 어려워질 듯하여 서둘러 저희끼리만 날을 정했습니다. 이 날에는 대부분의 사람들이 모일 듯하니 모쪼록 발걸음을 해주시기…….」

전에 말했던 환영회의 안내장이었다. 미사코와 마스노의 이름도 적혀 있었으나 사나에의 글씨임은 처음부터 알고 있었다. 읽기를 마친 선생님이 가쓰코를 향해,

"어머니에게 선생님이, 네, 라고 했다고 전해줘. 알겠지? 그냥 네, 라고만 말하면 돼."

하지만 자신의 책상에 혼자 앉은 순간, 아차 이를 어쩌지, 라고 중얼거렸다. 왜냐하면 바로 그날에 해당하는 내일모레 일요일에, 조금 이르기는 하지만 야쓰의 제사를 지내자고, 바로 어젯밤 다이치키 들과 약속을 했기 때문이었다. 유부초밥이라도 만들자고 말하자,

"이야!"

하고 나미키는 온몸으로 환호성을 질렀으며, 다이키치는 다이키치대로 오빠답게 속 깊은 생각을 이야기했다.

"엄마, 엄마. 야쓰의 무덤에도 유부초밥을 가져가자. 내일 학교에서 돌아오는 길에 K마을의 암시장에 가서 내가 유부를 사다놓을게. 엄마, 엄마. 유부 몇 개 달라고 할까? 우리 오늘부터 병으로 쌀 찧을까?"

이럴 때면 유독 엄마, 엄마하고 거듭 불러대는 것이 다이키치의 버릇이었다. 아주 기뻤던 것이었다. 그런데 뒤로 미

루자고 하면 얼마나 실망할지. 제사라고는 하지만 시절이 시절인 만큼 손님을 부르거나 스님을 부르는 것은 아니었다. 굳이 말하자면 언제나 빈집을 지키기도 하고, 출퇴근을 도와주기도 하는 두 아들을 위로하기 위한 계획이자, 오랜만에 월급을 받은 것에 대한 은밀한 자축이기도 했다. 그것을 야쓰와 연결 지은 것은 야쓰와 같은 나이인 1학년생들을 볼 때마다 야쓰가 떠오르기도 했으며, 미사코와 함께 니타와 다케이치 들의 무덤에 다녀왔기에 떠오른 생각이기도 했으리라.

그날 집으로 돌아간 선생님이 두 아들 앞에서 이야기를 꺼냈다.

"저기, 얘들아. 조금 어려운 일이 생겼는데, 내일모레 일요일, 엄마한테 볼일이 생겼어. 야쓰의 제사 일주일만 미루자."

"싫어."

"안 돼."

둘은 그 자리에서 반대했다.

"그러니? 이를 어쩐다. 엄마의 옛날 제자들이 환영회를 해준다는데. 환영회는 기뻐하며 반겨주기 위한 모임이야.

그걸 거절할 수는 없지 않겠니?"

"싫어, 약속했잖아."

언제나 집을 보는 시간이 많은 나미키는 굽히지 않고 이렇게 말했으나, 다이키치는 그저 말없이 있었다. 그러나 그 얼굴에는 실망의 빛이 분명하게 드러나 있었다.

"그래. 너희들하고 약속을 했으니 엄마가 어떻게 했으면 좋을지 모르겠구나. 같이 생각해보자, 나미키도 다이키치도. 엄마, 환영회에 가지 않고 집에 있는 게 좋겠니?"

그리고 편지를 읽어주었다. 둘 모두 입을 다문 채 서로의 얼굴을 바라보고 있었으나, 곧 나미키가 툴툴툴 중얼거렸다.

"약속했잖아. 우리하고 약속이 먼저잖아. 민주주의잖아."

민주주의라는 말에 그만 웃음이 터져 나온 어머니는, 그와 동시에 한 가지 생각이 떠올랐다.

"그럼, 이렇게 하는 건 어떻겠니? 야쓰의 제사는 뒤로 미루는 거야. 그리고 내일모레에는 본마을로 피크닉을 가자. 엄마의 모임은 수월루(水月樓)야. 그 왜, 가가와 마스노라는 학생이 하고 있는 요릿집. 거기서 환영회가 끝날 때까지 너희들은 본마을의 신사나 절에서 놀면 되지 않겠니? 도시락은 부두에서라도 먹으렴. 그래, 낚싯대를 가져가 부두에서 낚시를 하는 것도 재미있겠구나. 어떠니?"

"와아, 좋은 생각이야, 좋은 생각."

이번에도 나미키가 먼저 환호성을 질렀고 다이키치도 찬성이라는 듯 웃으며 고개를 끄덕였다.

일요일은 아침부터 날이 흐렸다. 비만 내리지 않는다면 한 그루 소나무에서 10리 길을 걷기에는 오히려 좋은 날씨였다. 1시부터 환영회를 한다고 하기에 12시에는 벌써 집을 나섰다. 예전에는 15분 정도 버스를 타면 갈 수 있었던 길을 모자는 터벅터벅 걷기 시작했다. 흔치 않은 일이었기에 길에서 마주치는 사람들이 물었다.

"온 식구가 어딜 가십니까?"

대답을 하는 것은 언제나 나미키였다. 나미키는 약간 장난스럽게,

"피큰 가요."

그건 피크닉을 일부러 그렇게 말한 것이었는데 누구도 알아듣지 못했다. 되묻는 사람도 없었다. 둘은 또 그것이 재미있어서 견딜 수가 없었다. 맞은편에서 낯익은 사람이

모습을 드러낼 때마다,

　온 식구가 어딜 가십니까.

라고 둘은 세 모자에게만 들리는 목소리로 말했다. 그러면 그것은 언제나 맞아떨어졌다.

　"온 식구가 어딜 가십니까?"

　"피큰가요."

　나미키는 아주 빠른 투로 말하고 얼른 지나쳐 갔다. 다이키치가 따라가면 둘은 쪼그리고 앉아 웃었다. 이런 일은 태어나서 처음이었기에 둘은 매우 들떠 있었다. 몇 번이고 같은 일을 거듭하는 동안 더는 묻는 사람도 없어졌을 무렵에는, 옆 마을에 접어들어 있었다. 본마을로 접어들어 어머니와 헤어져야 할 장소가 가까워지자 그렇게 들떠 있던 형제도 조금은 불안해진 듯, 번갈아가며 물었다.

　"엄마, 우리 피크닉이 먼저 끝나면 어떻게 하지?"

　"그럼 수월루 밑에 있는 모래밭에서 돌이라도 던지며 놀면 되지."

　"본마을 아이들이 괴롭히러 오면?"

　"흠, 나미키도 그 아이들을 괴롭혀주면 되지."

　"우리보다 세면?"

"한심하고 커다란 소리로 엉엉 울면 되지."

"비웃을 거야."

"그래, 비웃을 거야. 울음소리가 들리면 엄마도 수월루의 2층에서 손뼉을 치며 웃어줄게."

"엄마 환영회는 모래밭이 보이는 방?"

"아마 그렇겠지?"

"그럼 가끔 얼굴 내밀고 봐야 돼."

"그래, 그래. 보고 손 흔들어줄게."

"그럼 오이시 선생님의 아들이라고 괴롭히지 않을지도 모르니까."

나미키가 오이시 선생님이라고 말했기에 오이시 선생님은 자신도 모르게 방긋 웃으며,

"그래? 오이시 선생님이야? 이 엄마가……."

곳에서는 울보선생님이라고 불린다고 말하려다가 그만두었다. 갈림길까지 왔다. 둘은 거기서 신사가 있는 산으로 올라갔다. 10간(약 18m. - 역주)쯤 가다가 다이키치가 외쳤다.

"엄마, 혹시 비 오면 어떻게 할까?"

"바보구나. 둘이서 생각하렴."

수월루까지는 이제 10분도 남지 않았다. 똑바로 걸어가고 있자니 맞은편에서 사나에와 미사코가 어린아이처럼 달려왔다.

"선생님."

인사도 제대로 하지 않고 양쪽에서 달려들었다.

"선생님, 보기 힘든 얼굴, 누구라고 생각하세요?"

사나에가 말했다.

"보기 힘든 얼굴?"

"한 번에 맞히면 선생님을 믿어드릴게요. 그렇지, 미사코?"

둘은 장난스럽게 서로 고개를 끄덕이며 웃었다.

"아이고 무서워라. 믿음을 받느냐, 못 받느냐, 둘 중 하나의 갈림길이로구나. 어디 보자, 보기 힘든 얼굴이라면, 글쎄, 그래, 두 사람이지? 후지코하고 마쓰짱?"

"와아, 이를 어쩌지!"

사나에가 어린아이처럼 커다랗게 소리를 질렀다.

"맞았니? 둘 다 온 거니?"

"아니요, 한 명이에요, 한 명. 맞혀보세요. 아이고, 벌써 알아버렸네. 저기 있잖아."

세 사람은 벌써 수월루 앞까지 와 있었다. 이쪽을 보고 있었는지 현관에 고쓰루와 마스노를 한가운데 두고, 나란히 늘어서 있었다. 검은 안경을 낀 이소키치의 모습을 보고 깜짝 놀란 오이시 선생님의 어깨에 갑자기 매달려서 울기 시작한 것은 마스노 옆에 서 있던, 어딘가 화류계를 떠오르게 하는 기모노를 입고 있는 여자었다.

"선생님, 저, 마쓰에에요."

이름을 말하기 전부터 선생님은 바로 알고 있었다.

"세상에, 정말로 보기 힘든 얼굴. 잘 왔다, 맛짱. 정말 잘도. 고맙구나, 맛짱."

마쓰에가 훌쩍이며,

"마스노한테 편지를 받아서요. 이런 때를 놓치면 앞으로 평생 상대해주지 않을 거라고 생각했기에 부끄러움도 체면도 전부 버리고 달려왔어요. 선생님, 죄송합니다."

그야말로 부끄러움도 체면도 잊은 채 울고 있는 모습을 보고 마스노가 일부러 목덜미의 머리끄덩이를 잡아 원래 있던 자리에 세워놓은 뒤,

"얘 좀 봐. 맛짱 혼자만의 선생님이 아니야. 자, 그만 하고 위로 가자, 가."

역시 바다를 향한 방이었다.

"손키, 잘 지냈니?"

선생님이 이소키치의 손을 잡고 함께 계단을 올라가려 했다.

"아, 선생님. 오랜만입니다."

"7년 만이야."

"그렇게 됐네요. 이런 꼴이 되어버리고 말아서."

이소키치는 잠깐 멈춰 서서 고개를 숙였으나, 이끌리는 대로 선생님과 나란히 계단을 올랐다. 흐렸던 하늘이 조금씩 개기 시작해 한낮의 태양이 바다 위에서 번쩍번쩍 빛나고 있었다. 2층은 눈이 부실 정도로 밝았지만, 산을 향해 있는 북쪽 창문의 하늘은 당장이라도 비가 쏟아질 것 같은 기묘한 날씨였다. 그러나 8첩(첩은 다다미를 세는 단위. 1첩은 약 반 평. - 역주)짜리 방 2개의 문을 활짝 열어놓은 곳으로는 상쾌한 바람이 불고 있어서 피부로 기분 좋게 스며드는 듯한 느낌이었다.

"어머나, 세상에. 전망이 아주 좋구나. 잠깐⋯⋯."

난간 옆에서 모두를 돌아본 고쓰루가 갑자기 입을 가리더니 말을 잇지 못했다. 이소키치를 봤기 때문이었다. 그 어색

함을 바로 지워버리듯 마스노가 그 울림이 좋은 목소리로,

"자, 선생님은 여기. 손키랑 나란히 앉으세요. 이쪽은 우리 맞짱. 둘이서 선생님을 끼고 앉아서 마음껏 이야기를 나누렴. 나머지는 각자 마음대로 앉아."

툭 던지듯 말하기는 했으나 거기에는 참으로 배려심 깊은 마스노의 마음이 담겨 있다는 사실을 선생님은 가만히 느꼈다.

"선생님을 1학년생 모두가 맞아들인 셈이에요. 그래서……."

이소키치를 힐끗 본 뒤, 마스노도 역시 말을 잇지 못하고 도코노마(床の間, 방의 윗자리에 단을 하나 높여 따로 마련한 공간. 족자, 화분 등으로 장식한다. - 역주)를 손가락으로 가리켰다. 거기에는 엽서 크기의 조그만 액자에 넣은, 한 그루 소나무 아래서 찍은 사진이 소 모양의 목각 인형에 기대어 세워져 있었다. 사나에가 간단하기는 하지만 격식을 갖춘 인사말을 하자, 마스노가 다시 틈을 주지 않고 말했다.

"자, 지금부터는 격식 같은 건 잊기로 하자. 예전의 1학년생이 된 것처럼, 그치, 손키?"

바른 자세로 무릎을 꿇고 앉아 있던 이소키치가 생글생글

웃으며 무릎을 쓰다듬었다. 아까부터 기회를 잡기 위해 초조해 하던 마쓰에가 선생님 옆으로 바싹 다가가 그 얼굴을 들여다보듯 하며,

"선생님, 지사토가 가르침을 받게 되었습니다. 그 얘기를 들었을 때, 저 너무 기쁘고 기뻐서. 저는 이제 선생님 앞에 설 수 있는 사람이 아니지만, 설령 아무리 멸시받는다 할지라도 저는 선생님을 잊을 수가 없었어요. 그 도시락, 지금도 가지고 있어요, 소중하게."

이렇게 말하며 손수건을 눈에 대는 모습을 보고 마스노가 농담으로 말을 끊으려는 듯한 투로,

"뭐라는 거야, 맛짱, 또, 술도 마시지 않았는데 벌써 술주정이야? 그런 말은 그만해, 그만. 선생님 앞에서 할 말도 아니잖아. 옛날로 돌아가자!"

마쓰에의 어깨를 툭 두드리자 마쓰에가 발끈하듯, 그러나 쾌활함을 머금은 채 말했다.

"그래서 옛날얘기를 하고 있는 거잖아. 그쵸, 선생님. 저, 그 도시락, 전쟁 중에는 방공호에까지 가지고 가서 지켰어요. 그 도시락만은 딸에게도 주지 않을 거예요. 저의 보물이었으니까요. 오늘도 쌀을 넣어서 가지고 왔어요, 선생님."

그 말을 듣고 기치지가 아, 맞다, 라고 말하며 국방복 옆주머니에서 조그만 천 주머니를 꺼내,

"여기, 내 몫."

이라며 마스노에게 내밀었다.

"됐어, 키친. 넌 생선도 가지고 왔잖아."

아무래도 오늘의 모임은 갹출하기로 한 모양이라고 생각하며 오이시 선생님은 얼른 마쓰에의 이야기를 듣고 싶었다. 마쓰에가 말한 도시락이 대체 뭔지 궁금했기 때문이었다. 방공호까지 들고 들어갔던 보물 도시락이라.

선생님은 그 백합꽃 도시락을 까맣게 잊어버리고 있었던 것이다.

"맛짱, 도시락이라니, 무슨 소리니?"

조그만 목소리로 묻자 마쓰에가 깜짝 놀란 목소리로,

"어머, 선생님. 잊으셨어요? 그럼 가져올게요."

통통 소리를 내며 계단을 달려 내려갔는가 싶더니, 곧 다시 통통 달려 올라온 마쓰에가 모두의 앞에서 어린아이처럼 자랑하듯,

"이것 좀 보십시오. 제가 5학년이 되었을 때 선생님께서 주신 겁니다, 여러분. 어떻습니까? 어떻습니까?"

와아 하고 환호성이 오르고,

"선생님, 제가 잘못 봤네요. 선생님이 맛짱만 그렇게 편애했다니, 몰랐구마, 몰라쓰."

마스노의 항의에 다시 웃음소리가 피어났다. 그러나 선생님은 눈물을 글썽이며 그것을 보고 있었다.

직접 보고 나서야 생각이 난 그 도시락에 단 한 번도 밥을 담아 학교에 오지 못했던 마쓰에가, 수학여행 때 부둣가 앞의 작은 요릿집에서 튀김우동 한 그릇을 외치던 마쓰에의 모습이 오랜만에 살아 움직이며 지금 눈앞에 있는 마쓰에와 이어지려 하고 있었다. 가엾었던 마쓰에, 그 안쓰러움을 헤치고 살아온 것을 자신의 부끄러움이라도 되는 양 비하하고 있는 마쓰에……

하나둘 요리가 들어오자 마쓰에가 가장 먼저 자리에서 일어났다. 맥주와 사이다를 양손에 들고 익숙한 손놀림으로 따르며 한 바퀴 돌고 나자, 그것을 지켜보고 있던 마스노가 말했다.

"그럼, 선생님을 위하여, 건배!"

마스노가 가장 먼저 잔을 비웠다. 마쓰에가 따라준 것을 거푸 비우더니 커다란 한숨을 쉬고,

"아아, 여기에 니타하고 탄코도 있었다면. 그럼 더 바랄 게 없었을 텐데요, 선생님. 손키에 탄코에 키친에 니타, 모두 좋은 사람들만 모여 있었는데. 다케이치도 상급 학교에 다니기 시작한 뒤부터는 약간 새침해졌지만, 사람은 좋았어요. 저희 반, 좋은 사람들만 모여 있지 않나요? 그런데 남자들은 전부 몹쓸 경험을 했고, 여자들은 산전수전 다 겪었어요. 고쓰루하고 사나에도 역시 산전수전 다 겪었어요. 하지만 가장 고생을 한 건 나와 맛짱이려나? 그래도 역시 사람은 나쁘지 않아요. 고생을 했을 뿐, 이제는 세상을 알 나이도 됐어요. 미이상 같은 현모양처, 고쓰루나 사나에처럼 훌륭한 올드미스는 하지 못하는 일도 우리는 하니까요. 안 그러니 맛짱? 우리 한잔 하자."

이렇게 말하며 마쓰에의 잔에 맥주를 따랐다. 맥주를 마시는 것은 둘뿐이었다. 고쓰루는 처음부터 이소키치 옆에 앉아 하나하나 먹는 것을 거들어주고 있었으며, 마쓰에는 마쓰에대로 이게 바로 나의 일이라고 말하기라도 하듯 부지런히 앉았다 일어났다 하며 요리를 나르고 있었다. 예전과 다름없는 얌전함으로 말없이 먹고 마시는 기치지와 나란히 앉은 사나에가 웃음을 터뜨리며 선생님 쪽을 보고,

"선생님, 그렇게 생각하지 않으세요? 이런 데 오면 제일 쓸모없는 게 학교의 선생이라고."

어깨를 들썩이며 웃자,

"나야말로."

하고 미사코가 우물쭈물 말했기에 다시 한 번 웃음소리가 떠들썩하게 피어올랐다. 꽤 취하기 시작한 마스노가 이소키치 옆으로 다가가 잔을 손에 쥐어주고,

"자, 손키. 안마사가 될 너를 위해서 한잔 마시자."

그러고 보니 이소키치는 처음부터 무릎을 꿇은 채 단정하게 앉아 있었다.

"손키, 모두 아무렇게나 앉아 있단다. 너도 조금 더 편하게 앉지 그러니."

오이시 선생님이 이렇게 말하자 이소키치는 약간 옆으로 돌린 목의 뒤로 손을 가져가며,

"아니에요, 선생님. 사실 이렇게 앉는 게 더 편해요."

전당포의 지배인이 목표였던 10대 때 겪은 무릎의 고행이 벌써 몸에 밴 것이라고 했다. 그는 지금 서른 살 가까이가 되어 이번에는 팔을 단련하지 않으면 안 된다. 그것 외에 달리 살아갈 길이 없는 것이다. 안마의 스승은 그런 제자를

받으려 하지 않았지만, 마스노가 고생을 한 덕분에 그의 경우는 순조롭게 스승의 집에서 묵으며 안마를 배울 수 있게 된 것이라고 한다. 그런 이소키치에게 마스노가 마치 동생을 대하는 듯한 투로,

"네가 장님이 되어 돌아왔기에 모두가 불쌍히 여기며 보이지 않는 네 눈에 신경을 쓰는 거야, 손키. 넌 거기에 져서는 안 돼, 손키. 장님, 장님이라고 해도 못 들은 척 떡하고 버텨야 해, 손키."

맥주가 이소키치의 무릎으로 쏟아졌다. 이소키치는 그것을 얼른 마신 뒤, 마스노에게 돌려주며,

"마아짱, 그렇게 장님, 장님하고 부르지 마. 나도 잘 알고 있으니까. 모두 신경 쓰지 말고 사진 얘기든 장님 얘기든 마음대로 해."

순간 모두가 서로의 눈을 마주보았고, 그러다 웃었다. 손키가 그렇게 말을 했으니 이제 와서 사진 얘기를 안 할 수 없게 되었다는 듯, 처음으로 사진이 손에서 손으로 건네졌다. 한 사람 한 사람이 각자 한마디씩 평을 한 뒤 고쓰루의 손에 넘어가자, 고쓰루는 망설이지 않고 그것을 이소키치에게 건네주었다.

"자, 한 그루 소나무의 사진!"

취기가 오르기도 했기 때문인지, 마치 보이기라도 한다는 듯 사진으로 얼굴을 향하고 있는 이소키치의 모습을 보고, 옆에 있던 기치지가 새로운 발견이라도 한 사람처럼 놀라며 말했다.

"손키, 조금은 보이는 거야?"

이소키치가 웃으며,

"눈동자가 없어, 키친. 그래도 말이지, 이 사진은 보여. 봐, 여기 한가운데 이 분이 선생님이잖아. 그 앞에 나하고 다케이치하고 니타가 나란히 앉아 있어. 선생님 오른쪽의 얘가 마아짱이고, 이쪽이 후지코잖아. 맛짱은 왼쪽 새끼손가락을 하나 남겨둔 채 깍지를 끼고 있어. 그리고―."

이소키치는 확신을 가지고 사진 속에 늘어선 반 친구들 한 사람 한 사람을 검지로 가리켜 보였으나, 그것은 조금씩 다른 곳을 짚고 있었다. 고개를 끄덕이지 못하는 기치지를 대신해서 오이시 선생님이 대답했다.

"그래, 그래. 맞아, 맞아."

밝은 목소리로 거들고 있는 선생님의 뺨으로 눈물이 흘러내렸다. 모두가 말이 없는 가운데 사나에가 불쑥 자리에서 일어났다. 취한 마스노가 혼자 난간에 기대서서 노래를 부르고 있었다.

　봄날 높은 누각의 꽃잔치
　돌리는 술잔 그림자 어려

　자신의 아름다운 목소리에 빠져들기라도 했다는 듯 마스노는 눈을 감고 불렀다. 그것은 6학년 때의 학예회에서 마지막 순서로 그녀가 독창해서, 그녀의 인기를 오르게 한 창가였다. 사나에가 갑자기 마스노의 등에 매달려 흐느끼기 시작했다.

작지만 돌처럼 단단한 애정과 신뢰

―서울 매헌초등학교
교사 박선경

큰 소리 내지 않고, 잔잔하고 담담한 목소리를 유지하면서 개구쟁이·말썽장이들을 일사불란하게 움직이게 하는 어떤 선배 선생님이 생각나는 소설이다. 그 선배가 아이들을 움직이게 하는 비결은 애정과 신뢰다. 마음속에 넘쳐나는 제자에 대한 사랑과 제자들의 마음속에 심어 놓은 신뢰.

이 소설은 전쟁이 인간들의 삶과 생각을 어떻게 파괴 시켜 가는지를 너무도 담담하게 이야기하고 있다. 그래서 더욱 오래 가슴이 먹먹하고 더욱 깊이 생각하게 한다. 모든 매체를 동원해 자신의 주장을 외쳐대는 우리 세대들에게 잔잔히 이야기한다. 다른 사람을 향한 깊은 애정의 말 한마디, 눈빛 한 번이 자신의 이익을 위한 커다란 외침보다 더 깊은 감동과 믿음을 준다는 것을……

전쟁이 자신들의 삶을 어떻게 힘들게 하는지, 어떻게 파괴시켜 가는지 생각할 겨를도 없는 삶을 살아가는 아주 순박하고 가진 것 없고 힘도 없는 동네 사람들과 아이들. 그들의 삶을 한없는 애정을 가지고 지켜보며 울고 웃는 그러나 자신의 삶도 전쟁의 소용돌이 속에 내버려 둘 수밖에 없는 여선생님의 이야기가 잔잔한 가운데 펼쳐진다.

전쟁에 동원되어 제자들이 죽고 어린 여자 아이들은 비참하고 고단한 삶을 맛보게 되는 과정을 고스란히 지켜보는 선생님이며 자신 또한 전쟁으로 남편을 잃고 말 한 마디에 사상을 의심받게 되고 전쟁으로 인한 가난으로 아이를 잃게 되는 엄마인 작은 돌 선생님은 우는 것 밖에는 할 수 있는 것이 없는 것처럼 보인다. 그러나 작지만 돌처럼 단단하게 한없는 애정으로 제자들을 지켜보고 위로한다. 노래를 가르쳐주고 제자가 갖고 싶어 하는 것을 선물하며 제자들과 마을 사람들의 마음을 감동시킨다.

이 소설이 전쟁을 겪지 않고 살아가는 우리에게도 감동적인 것은 인간에 대한 애정을 쏟아가며 사는 삶, 그 애정으로 만들어내는 신뢰의 힘으로 어떤 상황도 이겨나갈 수 있다는 삶의 희망을 말하고 있기 때문이리라.

쓰보이 사카에의 대표작인 『스물네 개의 눈동자』는 우리나라에 처음 소개되는 작품이 아니다. 이미 세 차례에 걸쳐서 출판되었기에 많은 사람들이 알고 있는 작품으로 다수의 독자에게 감동을 주었다. 그 감동의 원인은, 몸은 작지만 아이들에 대한 사랑으로 가득한 여선생님의 진심과 그 선생님에 대한 아이들의 순수한 신뢰가, 사제관계를 넘어 인간과 인간의 관계가 어때야 하는지를 잘 보여주고 있기 때문이라 여겨진다. 또한 이 책을 이야기할 때면 빼놓을 수 없는 반전(反戰) 사상을 커다란 분노 없이 잔잔하게 펼쳐놓고 있기 때문이기도 하리라. 주인공 오이시 선생님은 어떤 특정한 책이나 인물, 혹은 사건을 계기로 그런 사상을 품게 된 것이 아니라, 한 시대를 살아가는 딸로서, 스승으로서, 아내로서, 어머니로서 자신에게 주어진 상황 속에서 그런 사상을 스스로 품게 된다. 바로 이런 자연스러운 과정이 자연스럽게 사람들에게 감동을 주는 것이리라.

이 소설의 이야기는 1928년부터 일본이 전쟁에서 패한 이듬해인 1946년까지 이어진다. 20년에 가까운 세월, 물론 오이시 선생님은 성인이 되어 곳의 마을에 처음 부임한 것일 테지만, 그래도 아직은 나이 어린 성인이었다. 장편소설로는 그리 긴 분량은 아니지만, 그 길지 않은 내용 속에서 아직은 '반쪽짜리 햇병아리'에 지나지 않았던 작은 돌 선생님이 한 사람의 어엿한 스승으로, 어머니로 성장해 나가는 과정을 잘 묘사했다. 이런 종류의 소설은 대부분 제자인 아이들의 성장과정에 초점이 맞춰지는 경우가 많은데, 이 소설은 조금 특이하게도 오히려 선생님 쪽에 초점이 맞춰져 있는 듯한 느낌이다. 제자들과 함께 입학했다가 함께 졸업하고, 그 제자들의 자녀들이 학교에 입학할 때쯤 다시 학교로 돌아오는 선생님의 성장과정. 그것은 단순히 한 인간의 성장과정이 아니라 작가가 바라는 모든 인간들의 성장과정이 아닐까 여겨진다. 자신을 둘러싼 상황에 굴하지 않고 자신이 옳다고 생각하는 쪽으로 꿋꿋하게 나아가려는 정신. 몸은 비록 현실에 얽매여 국가에서 강요하는 대로 입을 막고, 눈을 감고, 귀를 가린 척 살아가고 있지만 단 한 번도 그런 현실을 받아들인 적 없는 작은 돌 선생님의 자세는 우리 모두가 배워야 할 것인지도 모르겠다.

우리나라에서도 많은 사람들에게 감동을 주었던 작품이니 일본인들에게는 더욱 커다란 감동을 주었을 것이라는 점은 쉽게 상상해볼 수 있다. 그러나 이 『스물네 개의 눈동자』가 발표 당시부터 커다란 인기를 끌었던 것은 아니다. 이 작품이 대중에게 널리 알려져 저자인 쓰보이 사카에를 '국민적 작가'의 자리에까지 올려놓게 된 계기는, 작품의 영화화에 있었다. 소설 발표(1952) 2년 뒤인 1954년에 기노시타 게이스케 감독에 의해 제작된 영화가 커다란 인기를 얻어 '눈동자 붐'이라는 말까지 생겨났을 정도였다. 그 이후 지금까지 영화화 2번, TV 드라마화 6번, TV 에니메이션화 1번 등 총 9차례에 걸쳐서 영상화되었다는 점만 보더라도 그 식지 않는 인기를 가늠해볼 수 있다.

　　그러나 이와 같은 '눈동자 붐'을 곱지 않은 시선으로 바라보는 사람들도 적지 않다. 전쟁의 원인제공자이자 가해자로 그 책임을 져야 할 일본인들이, 철저한 자기반성도 사과도 없이 전쟁에서 패했다는 이유로 오히려 피해자인 양 행세하고 있다는 것이 그러한 시선을 가진 사람들의 목소리다. 틀림없이 일리 있는 말이다. 패전 직후 보여준 일본정부의 자세, 지금 보여주고 있는 일본의 정치행태들을 보면 그런 생각을 더욱 지울 수가 없다. 특히 우리나라에서 그런 사람들의 목소리를 자주 들을 수 있는데, 이는 어찌 보면 당연한 일이라고 할 수 있다. 그 역사적 배경에 대해서는 굳이 설명하지 않아도 모두가 잘 알고 있으리라.

그러나 소설 『스물네 개의 눈동자』에 대해서까지 그런 시선을 보낸다는 건 다시 한 번 생각해보아야 할 문제라고 생각한다. 아무리 영화가 잘 만들어졌다 할지라도 책 속의 모든 내용을 다 담을 수는 없다. 이는 비단 『스물네 개의 눈동자』뿐만 아니라, 지금까지 소설을 원작으로 한 대부분의 영화들이 소설이 가진 중량감을 뛰어넘지 못했다는 점을 생각해보면 쉽게 알 수 있는 일이다. 게다가 소설에 아무리 충실했다 할지라도 영화감독이 해석하는 과정에서 원작과는 다른 뉘앙스를 주게 되는 경우가 대부분이다. 일본인들이 영화 『스물네 개의 눈동자』의 눈동자를 보고 전시체제 하에서의 자신들의 아픔에 향수를 느꼈다면 그건 영화화 과정에서, 그리고 그 영화를 일반 대중이 수용하는 과정에서 자신들의 책임은 도외시하고 아픔만을 받아들인 것이지, 소설 『스물네 개의 눈동자』의 의도는 그게 아니라고 생각한다. 어찌 보면 지금의 일본 국민들 역시 전시체제 하에서의 일본 국민들과 마찬가지로 정부의 말을 그대로 믿고 있는 것에 지나지 않는 것일지도 모른다. 그렇다면 일본인들에게는 아무런 책임도 없다는 말이냐고 할지 모르겠으나, 결코 그런 말이 아니다. 일본 정부에서 전쟁에 대한 모든 책임을 인정할 가능성은 거의 없어 보이니 우선은 그 진실을 우리가 일본인들에게 가르쳐주어야 한다고 생각한다. 물론 국가적 차원에서의 노력도 필요할 테지만, 현재로서는 민간차원의 노력도 중요하다고 본다. 그러기 위해서는 무조건 반감만 드러내서는 안 된다. 그러면 서로 감정의 골만 깊어질 뿐이다. 그리고 일본인들이 『스물네 개의 눈동자』의 눈동자를 올바로 받아들이지 못하고 있는 것과 같은 과오를 우리도 범해서는 안 된다. 쓰보이 사카에는 정말 전쟁에 대한 아무런 반성도 없이 자신들의 어려웠던 시절만을 부각시켜 사람들을 향수에 젖게 만들고, 자신들이 피해자라고 말하려 했던 것일까? 아니, 그렇지 않다. 그러한 장면들은 소설 속 곳곳에서 찾아볼 수 있다.

그런데 그런 장면들이 내용 속에 아주 잘 녹아 있어서 얼핏 그냥 지나치기 쉽다. 그러나 내용을 꼼꼼히 읽어보면 쓰보이 사카에가 진짜 하고 싶었던 말이 무엇인지를 잘 알 수 있다. 그런 내용을 가장 쉽게 알 수 있는 장면은 천황이 벽장 속에 있다고 말한 니타의 엉뚱한 대답, 빨갱이로 몰린 이나가와 선생님, 영웅을 꿈꾸는 아이들에 대한 실망, 아버지의 옛 친구와의 대화, 전장으로 제자들을 보내는 일련의 과정, 생명을 귀히 여길 줄 모르는 아들에 대한 꾸짖음 등이지만, 사실 니의 시선을 가장 강하게 끈 장면은 남선생님의 창가와 여선생님의 노래를 비교한 부분이다. 여선생님의 노래는 인간의 자연스러운 감정을 자극해 기쁨과 즐거움을 주는 것이지만, 남선생님의 창가는 무엇인가 목적을 가지고 아이들을 가르치려드는 것이다. 그 남선생님의 창가는 '마치 미치광이가 웃기도 하고 울기도 하는 것 같'다. 지면 관계상 짧게 얘기했지만 그 창가 때문에 땀을 뻘뻘 흘리는 남선생님의 모습을 다시 한 번 잘 읽어보시기 바란다.

위의 논의에 묻혀 거의 이야기되고 있지는 않지만, 이 소설에는 요즘에 말하는 페미니즘 정신도 담겨 있다. 물론 시대가 시대이니만큼 매우 초기적인 사상에 지나지 않으나 그런 정신을 뚜렷이 찾아볼 수 있는 것도 사실이다. 이에 관한 이야기는, 자리가 허락된다면 다시 이야기하기로 하겠다.

2018.01.

옮긴이 **박현석**

대학 졸업 후 일본으로 건너가 유학 및 직장 생활을 하다 지금은
전문번역가로 활동 중이며 우리나라에 아직 소개되지 않은 유명
작가들의 작품을 소개하기 위해서 출판을 시작했다. 번역서로는
『판도라의 상자』, 『갱부』, 『혈액형 살인사건』, 『사형수와 그 재
판장』, 『불령선인 / 너희들의 등 뒤에서』, 『젊은 날의 도쿠가와
이에야스』, 『다자이 오사무 자서전』, 『붉은 흙에 싹트는 것』,
『운명의 승리자 박열』, 『붉은 수염 진료담』 외 다수가 있다.

스물네 개의 눈동자

1판 1쇄 인쇄 2018년 1월 10일
1판 1쇄 발행 2018년 1월 15일

지은이 쓰보이 사카에
옮긴이 박현석
펴낸이 박현석
펴낸곳 玄 人

등 록 제 2010-12호
주 소 서울시 도봉구 덕릉로 62길 13, 103-608호
전 화 010-2012-3751
팩 스 0505-977-3750
이메일 gensang@naver.com

ISBN 979-11-88152-20-9